HOW TO READ MASTERWORK

명작을 읽을 권리

| 일러두기 |

1 '인명'은 처음 등장하는 부분에서만 한글과 영문을 동시에 표기하고, 사망한 자는 출생과 사망 년도를 함께 표기하였다.
  (예: 버지니아 울프Virginia Woolf, 1882~1941)

2 단행본은 『 』로 묶고, 단편소설과 정기간행물 등은 「 」로 묶었다. 이들 역시 처음 등장하는 부분에서만 한글과 영문을 동시에 표기하였다.

3 시와 영화 및 미술·음악·사진 작품 등은 〈 〉로 묶고, 이들 역시 처음 등장하는 부분에서만 한글과 영문을 동시에 표기하였다.

4 영문의 한글 표기는 원칙적으로 외래어 표기법에 따랐다.

HOW TO READ MASTERWORK

명작을 읽을 권리

한윤정 지음

작품이, 당신 걸다

어바웃북

Contents

Chapter 1

명작, 또 다른 명작을 낳다

명작, 텍스트와 이미지로 태어나다

Chapter 3

명작, 이념과 가치관에 고뇌하다

Chapter 4

명작, 시대와 역사를 건너다

이야기는 삶이다

우리의 삶은 수많은 이야기에 둘러싸여 있다.

지금은 빛이 바랬지만, 태몽은 이야기의 형태로 한 인간의 삶에 골격을 부여한다. 석가모니의 태몽은 어머니인 마야 부인의 옆구리로 여섯 개의 상아를 가진 하얀 코끼리가 들어온 것이다. 부인이 열 달 뒤 보리수 줄기를 잡으니 옆구리에서 싯다르타가 나와서 주위를 살피고 "천상천하 유아독존"을 외쳤다. 여섯 개의 상아가 부챗살처럼 펴진 하얀 코끼리의 위엄은 그가 온 세상의 왕이 될 것임을 상징한다. 작곡가 윤이상의 태몽에서는 상처받은 용 한 마리가 그의 고향인 경남 통영과 가까운 지리산 하늘 위로 날고 있었다. 강함과 애처로움이 조화된 그의 태몽은 세계적인 작곡가로 우뚝 섰으면서도 간첩 혐의를 받고 끝내 조국 땅을 밟지 못한 모진 운명의 예고편이 됐다.

태몽이 의미를 갖는 건 아마 아이의 반생이 지나갈 무렵일 것이다. 한 치 앞도 내다볼 수 없는 인생의 시간들이 쌓이면서 비로소 태몽의 의미가 선명하게 드러날 테니까. 이처럼 한 사람의 인생을 요약하는 한 편의 상징적 이야기를 완성해 가는 인생의 도정에서 우리는 수많은 이야기를 통해 지식을 얻고 삶을 배우며 세계에 대한 간접경험을 쌓는다.

어렸을 때 읽었던 두루미와 여우 이야기를 떠올려 보자. 이들이 서로를 초대해 주둥이가 긴 병과 납작한 접시에 음식을 담아주는 바람에 먹지 못했다는 내용의 이솝 우화는 자기중심적인 인간의 본성, 그것을 넘어서는 각성의 필요성을 일깨워 준다. 함께 농사를 짓는 두 농부 형제가 밤중에 서로의 낟가리로 곡식을 옮겨놓는 전래동화는 또 어떤가. 형제의 우애를 강조한 이 이야기는 등장인물이 모르는 비밀을 알고 있는 제3자의 위치를 깨닫게 해준다. 이야기를 통해 우리는 사회와 문화, 관습과 이데올로기를 습득하며 우리의 행동반경을 가늠하게 된다.

옛날 할머니들은 이야기를 좋아하면 가난하게 산다고 말했지만 (아마 이야기를 좋아하는 사람은 비현실적이라는 선입견에서 나왔을 것이다!) 어린 시절의 나도 재미있는 이야기를 꽤나 좋아했던 것 같다. 철들 무렵부터 동화와 만화, 소설과 영화들이 만들어내는 생생하면서 환상적인 세계의 매력에 이끌려 그 주변을 맴돌았다. 내가 지금까지 기억하는 가장 오래된 책은 이솝이야기, 그림동화, 안데르센동화, 아라비안나이트로 구성된 동화선집이었다. 당시 책을 파는 아저씨는 브로슈어가 가득 든 가방을 메고 집집마다 초인종을 눌렀고, 엄마와 아저씨가 함께 브로슈어를 뒤적거렸던 날로부터 며칠이 지난 뒤 우리 집으로 반짝반짝 빛나는 새 책이 배달됐다. 그 책들에 나왔던 엄지공주와 성냥팔이 소녀, 눈의 여왕, 병정인형,

피노키오, 헨젤과 그레텔, 알라딘과 알리바바를 나는 지금도 약간의 흥분
과 함께 회상하게 된다.

　그 이후로도 많은 책들과 함께 시간이 흘러갔다. 『이상한 나라의 앨
리스』를 읽었던 어느 늦은 오후의 비현실적인 기분, 『플랜더스의 개』에서
네로와 파트라슈가 죽었을 때의 안타깝고도 안온한 심정, 『에밀과 탐정』
에서 느껴지는 뭔가 흥미진진한 일이 벌어질 것 같은 경쾌한 분위기가 생
생하게 떠오른다. 『그리스·로마 신화』의 신들이 표현하는 풍부한 감정과
『키다리 아저씨』나 『소공녀』가 전해주는 변화무쌍한 운명, 『108일간의 세
계 일주』와 『해저 2만리』에 나오는 낯선 세계의 기이한 매력, 『올리버 트
위스트』를 읽었을 때의 분노 섞인 슬픔, 『셜록 홈즈』가 주는 오싹한 호기
심 속에서 조금씩 세상을 배웠다.

　그 시절의 독서는 추천도서 리스트도, 제대로 된 독후활동도 없이 중
구난방으로 읽어대는 것이었으나 그런 만큼 훨씬 흥미롭고 도전적인 일
이었다. 중·고등학교 시절, 각자 집에서 가져온 몇 권의 책으로 구성된 학
급문고는 『채털리 부인의 사랑』과 『탈무드』, 을지문덕의 살수대첩의 전말
이나 안창호·김활란의 전기 같은 것들이 뒤섞여 있는 참담한 형태였다.
그래도 그 속에서 활판 인쇄에 세로 편집으로 된 『전쟁과 평화』 『데미안』
『젊은 베르테르의 슬픔』 『닥터 지바고』 『카라마조프가의 형제들』을 찾아
낼 수 있었고, 지루한 책을 읽었다는 기쁨이 명작이 주는 감동과 혼동되
던 시간들이었다.

　영화에서 받은 감동도 또렷이 기억난다. 〈누구를 위하여 종은 울리
나〉 〈바람과 함께 사라지다〉 〈로마의 휴일〉 〈애수〉 〈티파니에서 아침을〉

〈카사블랑카〉처럼 제목만으로도 관객을 압도하는 할리우드 전성기의 고전영화들이 가슴을 떨리게 만들었다. 〈로미오와 줄리엣〉을 보면서 나의 로미오를 꿈꾸었고 〈아웃 오브 아프리카〉 〈아마데우스〉 〈마지막 황제〉를 보면서 인생이 크고 작은 도전으로 가득 찰 것이라는 기대에 부풀었다. 〈고래사냥〉과 〈겨울 나그네〉는 성년의 문턱에서 보았던 영화들이고, 어느 지점에서는 〈파리에서의 마지막 탱고〉 같은 금지된 영화도 볼 수 있는 나이로 훌쩍 커버렸다.

이처럼 수많은 이야기들은 누구보다 훌륭한 인생의 스승이었던 것 같다. 안정효의 소설 『헐리우드 키드의 생애』의 주인공처럼 내가 어떤 말을 했다면 그건 어떤 등장인물이 한 말이었고, 내가 어떤 행동을 했다면 그건 소설이나 영화 속의 특정한 맥락에서 학습된 행동이었을 가능성이 크다. 다양한 배경과 사연을 가진 사람들을 만나고 현실에서는 가보지 못한 세계를 여행한 것도 이야기가 있어서 가능했다. 어느 시대이든지 그 시대를 함께 살아온 사람들이 공유하는 문화적 코드가 있다면 그건 소설이나 영화가 제공하는 이야기일 것이다. 그리고 그걸 소재로 또 다른 이야기를 나누는 건 우리 자신과 우리가 살아온 시간에 대한 값진 추억이 되리라고 믿는다.

───

작품을 읽는 방법은 여러 가지가 있다. 작품은 자신에게서 가치 있는 광물을 채굴하고자 다가오는 모든 이들에게 열려있는 풍부한 광맥과 같다. 우리는 그 속에서 반짝거리는 금, 영롱한 수정, 혹은 운이 좋다면 금강석을 발견할 수도 있다. 마찬가지로 보석의 존재를 미처 눈치 채지 못하는 사람에게 그것은 한낱 사금파리 조각으로 보일 수도 있다. 세상만사처럼 작품에서 어떤 것을 얼마만큼 얻느냐는 각자에게 달려있다.

작품은 일단 감각적인 즐거움을 준다. 오감을 자극하는 재미와 감동이 없이는 작품과의 관계 맺기는 시작조차 되지 않는다. 연애가 시작될 때처럼 상대에게 관심이 생기고 조금씩 빠져 들어가면 과거에는 보이지 않던 것들이 보이면서 그동안 무심하게 넘겼던 것들이 새로운 의미로 다가온다. 작품은 바깥에서 들여다볼 수도, 안에서 내다볼 수도 있다. 그것이 직조된 방식을 한 올씩 뜯어보거나 일부러 결을 거슬러 읽어보기도 한다. 친구에게 이야기를 들려주는 소박한 수준의 공감으로부터 감상, 분석, 비평, 이론화까지 여러 층위가 있다. 이 과정에서 작품의 경계가 해체되기도 하고, 작품이라는 세계가 재구축되기도 한다. 무엇보다 작가와 사회, 작품과 독자 사이에 이뤄지는 대화야말로 작품을 구성하는 핵심이다.

먼저 작가를 중심에 놓을 때 작품은 작가의 사고와 감정을 담은 창작물이다. 하나의 작품이 존재하기 위해서는 무엇보다 작가의 창작행위가 전제되어야 한다. 작가는 자신의 어떤 경험이나 상상이 예술작품이 된다고 생각하고, 그걸 흥미롭고 독특한 방식으로 구성해 세상에 내놓는다. 개별성과 특수성을 보존하는 동시에 보편성을 획득해 진실과 윤리, 아름다움을 전달한다. 이런 작가의 삶을 작품과 대비시켜서 읽는 방법을 흔히 '작가론'이라고 부른다. 작가 개인의 삶과 정신사의 편력, 그가 살았던 당대의 정치적·사회적·사상적 조류를 파악하면서 작품을 보는 것은 작품을 이해하는 첩경이 될 수 있다.

가령 헤밍웨이의 작품을 읽을 때 작가론의 관점은 빛을 발한다. 헤밍웨이는 제1차 세계대전에 참가한 다음 『무기여 잘 있거라』를 썼다. 스페인 내전이 터지자 다시 전쟁터로 달려갔고 이 때의 경험은 『누구를 위하여 좋은 울리나』에 들어있다. 의사였던 아버지처럼 어렸을 때부터 낚시를 즐겼던 그는 『노인과 바다』라는 소설에서 산티아고라는 늙은 어부와 커다란 청새치의 85일에 걸친 대결을 통해 삶의 열망과 실패, 그래도 끝내 버릴 수 없는 희망을 이야기했다. 이상이라는 빛과 허무라는 그림자 사이에 놓인 헤밍웨이의 삶은 그의 작품 곳곳에 긴밀하게 녹아들어 있다. 작품 뒤에 숨어있는 작가들과 달리, 헤밍웨이에게 소설은 인생이란 퍼즐을 이루는 작은 조각들이었다.

작가는 보통 사람과 같은 개별적 자아이지만 자신의 경험과 생각을 작품화하는 과정에서 그의 정신은 하나의 완결된 소우주를 창조하는 신적 지위를 획득한다. 작가가 창조자로서 작품의 중심이 된 것은 예술가를 천재로 바라보기 시작한 낭만주의적 세계관에서 비롯됐다. 작가는 자연의 질서를 작품으로 표현하는 매개가 된다. 그러나 작가가 작품의 모든 면을 설명해줄 수는 없다. 작품은 반드시 작가의 의도대로 창작되지 않으며, 작가 스스로 자신의 의도를 모르거나 감추려고 할 수도 있다. 작가의 고의적인 왜곡이나 무의식을 거치면 작품은 더욱 작가와의 직접적인 관계만으로는 파악하기 어려운 독립체가 된다.

한편, 작품을 작가의 자기표현으로만 보기는 어렵기 때문에 거기에 사회적 맥락을 끌어들이는 것은 당연하고도 중요한 일이다. 작품은 어느 경우에나 시대의 거울로서 그 시대의 고유한 이야기를 담고 있다. 작품을 현실의 반영으로 보는 것은 매우 오래된 미학적 전통이기도 하다. 위대한 예술은 자연을 그대로 모방한 것이라는 '모방이론'은 그리스의 철학자 아리스토텔레스에게서 시작돼 근대까지 꾸준히 내려왔다.

이런 전통은 마르크스주의 진영에서 가장 적극적으로 수용됐다. 유물론자들은 정치와 이데올로기의 영역인 상부구조와 물질적 토대인 하부구조를 나누고, 상부구조에 속한 문학과 예술은 사회적 현실이라는 큰 골격 내에서만 올바르게 이해될 수 있다고 믿었다. 이들에게 사회적 현실은 작품을 생산하는 분명한 배경으로 존재한다. 그러나 그 관계가 일방통행인 것만은 아니다. 작품은 현실에 의해 창조되는 동시에 의식을 변혁시킴으로써 현실을 창조한다.

그러나 과연 우리의 언어와 사고를 떠난 객관적 현실이란 게 존재하는가라는 형이상학에 대한 문제 제기가 이뤄지면서 작품이 모방해야 할 자연이나 현실이 무엇인지에 대한 의문 역시 함께 제기될 수밖에 없다. 모방의 대상이 있고 그것을 모방하는 행위의 우열이 가려지는 방식으로, 대상과 모방 사이에 세워진 수직적 위계질서는 분쇄된다. 현실은 더 이상 모방되어야 할 질서가 아니라 언어와 사고를 통해 재현되는 구성물, 즉 언술행위의 대상이 된다.

오늘날 작품이 사회를 반영한다는 것은 작품 바깥의 객관적인 현실을 모방하는 행위가 아니라 작가가 사회를 인식하는 방식, 거기에 작용되는 관습과 이데올로기를 문제 삼는 담론 분석이 될 수밖에 없다. 특정 시대에 특정 작가가 자기 시대를 읽어내는 방식은 독자의 입장에서 다시 되짚어볼 때 그 가치와 함께 한계와 모순까지도 드러낸다. 가령 신역사주의자들은 작품 속의 역사적 맥락을 꼼꼼하게 짚어봄으로써 주류의 역사 속에 가려진 하위집단(마이너리티)의 역사를 재구성하는 이중의 읽기를 시도한다. 작품과 작품이 탄생한 환경을 함께 고려함으로써 숨은 그림이 드러나도록 만드는 분석방법이다.

작품이 시대의 반영이라고 한다면 단순하게 말해서 특정 시대의 작품은 모두 공통점을 가져야 한다. 그러나 동시대의 작품 사이에는 공통점보다 개별성이 두드러진다. 그렇기 때문에 작품 바깥의 환경을 염두에 두지 않고 오로지 작품 자체에만 집중해볼 수 있지 않을까 하는 생각이 나오게 된다. 작품을 독립적 실체로 보고 그것의 분석에 몰두하는 비평가들은 작품이란 일상적 인식을 낯설게 만드는 것이라고 주장하는가 하면, 작품 안에서 역사와 문명의 원형을 찾아내기도 하고, 특별한 구조를 발견하기도 한다. 작품의 형식이 곧 내용이라고 주장하는 신비평주의자들은 언어 구조물을 정교하게 분석하는 데 주력한다. 작가의 태도, 등장인물의 행태를 정신분석학의 관점에서 살펴보는 것 역시 작품에만 집중하는 읽기의 한 방식이다.

작품을 중심에 놓고 생각할 때 더욱 흥미로운 관점은 텍스트 간의 상호 영향이나 관계를 살펴보는 것이다. 작품이란 삶의 모방이기도 하지만 어떤 면에서는 다른 작품의 모방이기도 하다. 위대한 작가를 모방하는 온

고지신(溫故知新)의 창작 방법은 동서양을 막론하고 의심의 여지가 없는 창작의 근본 기조였다. 모방을 폄하하고 창조자로서 작가라는 개인의 존재가 두드러진 오늘날에도 모방은 오마주, 패러디, 다시쓰기 등의 다양한 방식을 통해 중요한 창작의 수단으로 남아있다. 명시적이든, 그렇지 않든 한 작품은 다른 작품의 메아리이며 선배 세대로부터 받은 영향에 대한 응답이다. 작품과 작품이 서로를 되비추는 방식을 통해 특정 작품은 더욱 확장된 범위에서 보다 정교하게 해석될 수 있다.

무엇보다 작품이 생명력을 얻는 데 중요한 역할을 하는 건 독자의 몫이다. 독서행위를 작품이 아니라 독자 중심으로 생각하는 발상의 전환 역시 아리스토텔레스의 '카타르시스 이론'에서 비롯됐다. 작품은 그 자체로 의미를 갖는 게 아니라 독자가 어떻게 읽어내느냐에 따라 달라진다. 독자 반응비평을 확립한 볼프강 이저는 문학적 편견에 오염되지 않은 독자들의 상식에 의해 텍스트의 장점에 대한 모든 주장이 판가름 나야 한다면서 독자를 재판관의 자리에 세우기도 했다. 작품이 드러내는 여백이나 간극에서 생기는 무결정성을 채우거나 구체화함으로써 작품의 의미를 창조하는 사람 역시 독자로 가정되었다.

기호학자이자 소설가인 움베르토 에코는 『이야기 속의 독자The Role of the Reader』에서 "텍스트는 게으른 기계와 같아서 제가 할 일을 독자에게 나누어주려 한다"고 말했다. 텍스트는 독자로부터 해석을 끌어내기 위해 고안된 장치라는 것이다. 그러나 그는 독서행위의 일방적 우위를 주장한 게 아니라 작품 창조와 해석의 공통 기반을 지적한 것이다. 작가는 자기 작품에 대한 해답을 갖고 있지 않기 때문에 작품에 의문이 생길 때 저자에게 질문하는 건 무의미하다. 동시에 독자는 작품을 읽고 싶은 대로 읽으면서 아무 해석이나 끌어내는 게 아니라 어떤 독해방식이 어떤 면에서 그 작품에 적합하고 바람직한지 이해할 필요가 있다.

독자는 개성적인 개인이지만, 독서과정에서 그들은 모종의 중력에 이끌린다. 독자들이 작품을 읽는 방식은 그들이 일상적 삶의 경험을 다루는 방식과 비슷하다. 작가와 마찬가지로 독자도 사회로부터 영향을 받는다. 그것은 사회 전체가 공유하는 삶의 상식에서 나오기도 하고, 문학이란 어떤 것인지를 규정하는 문학제도에서 나오기도 한다. 즉, 우리는 작품을 읽는 방법을 배운 대로 독서행위를 실천한다. 작품과 독자를 포함하는 해석공동체라는 합집합 속에서 작품은 독자의 해석이 가능한 범위를 어느 정도 제공하고, 독자의 해석 역시 작품과 사회가 부여한 궤도를 완전히 벗어나지는 않는다.

작품을 감상하는 일은 이 모든 읽는 방법의 시작과 끝, 그리고 교차로에 있다. 아무런 분석 없이 그저 작품을 감상할 수 있다. 굳이 일정한 관점과 면밀한 해석이 필요하지 않다면 작품을 둘러싼 특정 요소를 강조하기보다는 그들 사이의 상호작용에 주목하는 게 훨씬 이로울 것이다. 작가와 사회, 작품과 독자, 작가와 작품, 사회와 독자는 서로 많은 영향을 주고받는다. 작가는 사회적 환경으로부터 자신의 개별적 자아를 거쳐 하나의 작품을 만들어낸다. 사회는 작가와 독자에게 동시에 영향을 미친다. 작품은 작가의 산물임과 동시에 독자의 산물이다.

　그런가 하면 작가와 독자, 작품과 사회 사이에도 양방향의 화살표가 성립한다. 작가와 독자가 직접 만날 일이 없다고 하더라도 작가는 늘 독자를 염두에 두고 쓴다. 쓴다는 건 항상 그 글을 읽을 대상을 상정함으로써 가능한 일이다. 작품과 사회 사이에도 밀접한 관련이 있다. 작품은 사회를 변화시키며, 사회는 작품을 탄생시킬 뿐 아니라 새롭게 해석할 만한 기반을 제공한다는 점에서 작품이 존재할 수 있는 모태가 된다. 읽기를 놓고 다음과 같은 모형을 만들어볼 수 있다. 여기에서 어떤 곳으로 강조점이 옮아가는 지는 그때그때 달라진다.

　작품이 만들어내는 순환구조, 이를 통해 증폭되는 관심의 확장은 '읽기'란 행위를 더욱 매력적이고 흥미로운 것으로 만든다. 우리는 즐거움과 교훈, 지식을 얻고 이 세계 속에서 자신의 위치를 확인하기 위한 이정표로서 읽기를 계속한다. 이런 삶의 나침반은 항상 등장인물과 플롯이 있는 이야기의 형태로서 주어진다. 단순한 이야기에서 복잡한 이야기로, 여러 층위가 있고 다양한 가치들이 격돌하는 복합적인 텍스트로 옮아가면서

우리의 사고는 더욱 말랑말랑해지고 세상을 포용하는 힘은 더욱 커질 것
이다.

이 책에 소개된 작품들은 내가 흥미롭게 읽거나 보았던 소설과 영화
들로, 오랫동안 내 기억에 남아있었다. 그래서 그 작품들의 의미를 다양한
맥락에 비춰보고 싶은 마음이 들었다. 앞에 소개한 읽기의 방식대로 작가
의 삶과 가치관에 대입해 읽어본 것도 있고, 시대와 역사의 반영으로 살펴
보기도 했다. 작품과 작품 사이의 연결고리를 찾아보거나 섬처럼 멀리 떨
어진 작품을 독자의 입장에서 연결하는 시도를 해본 경우도 있다. 우리 시
대의 명작을 다시 간추려 생각해보는 것은 즐겁고 유익한 일이었다.

우리는 어떤 작품을 접한 뒤 그 세계에 감동하고 동화되기도 한다. 그
리고 다음 단계로 작품에 대해 토론하고 싶어진다. 새롭게 들여다보는 행
위를 통해 작품의 다양한 결들이 살아나고 그것은 단지 경탄의 대상이 아
닌, 나의 이야기로 더욱 친근하게 다가올 수 있다. 명작은 싱싱한 나무들
로 가득 찬 숲이나 마르지 않는 샘과 같아서 수많은 오솔길과 목마름을
달래주는 생명수를 제공한다. 그것은 다양한 관점의 접근을 허용한다. 읽
기에는 정답이나 오답이 없다. 단지 각자의 위치에서 다르게, 특별하게 읽
어낼 수 있을 뿐이다. 우리에게는 명작을 읽을 권리가 있기 때문이다.

HOW TO READ MASTERWORK

명작, 또 다른 명작을 낳다

경계지대에 사는 불안한 소녀들

중 국 인 거 리
고양이를 부탁해

공간(space)과 장소(place)는 비슷한 말이지만 개념상 차이가 있다. 공간이 추상적이고 중립적인 곳인 반면, 장소는 개인의 기억과 흔적이 남아있는 특정한 곳을 가리킨다. 대개 현대의 대도시는 공간이지 장소가 아니다. 시간의 때가 묻은 장소는 누추한 청산 대상으로 전락해 개발과 재개발의 거센 물결을 피할 수 없다. 기억과 흔적이 담긴 집과 골목, 거리가 사라진 공간에는 성냥갑 같은 아파트나 세계의 도시를 비슷비슷하게 만드는 초고층 건물들이 들어선다. 교통과 통신의 발달로 인해 점차 공간적 제약이 사라지는 첨단의 삶은 장소의 실향민을 만들어낸다. 그러하건대 근대화 자체가 장소 상실의 역사를 의미한다해도 과언은 아닐 것이다.

현실에서 사라지는 장소는 예술 속에서 기억된다. 예술은 시간을 보존하며, 장소의 아우라를 간직한다. 사진과 미술도 그렇지만, 소설이나 영화 같은 서사예술은 공간에 깃든 당대의 생활상을 기록해 놓은 일종의 유물이라고 할 수 있다. 이런 의미에서 오정희의 단편소설 「중국인 거리」 (1979)와 정재은의 영화 〈고양이를 부탁해〉(2001)는 50년의 시간차를 두고 바라본 '인천'이란 장소에 대한 기억이다. 소녀들의 성장기가 담긴 두 작품에서 인천이란 다층적인 공간은 다양한 이야기의 결을 제공하면서 '장소 특정적'인 예술을 가능하게 만들어준다. '장소 특정적'이란 이 이야기들이 인천이란 도시에서만 생겨날 수 있다는 뜻이다.

삶의 꼬랑내가 나는 거리의 추억

「중국인 거리」는 발표 시점보다 훨씬 이전의 기억으로 거슬러 올라간 6·25전쟁 직후의 이야기다. 인천에서 유년기를 보냈던 작가 오정희는 차이나타운의 모습과 그곳 사람들, 냄새와 분위기를 기억해 한 편의 성장소설을 완성했다. 10살짜리 소녀인 '나'는 실향민 아버지가 인천의 석유소매업소 소장 자리를 얻으면서 이 도시로 이사를 왔다. 어딘지 모를 시골에서 새벽밥을 해먹고 이웃과 인사를 나눈 뒤 이삿짐을 실어다줄 트럭을 기다리던 가족은 그날 밤 늦게야 도착한 트럭을 얻어 타고, 다음날 새벽 중국인 거리의 끝자락에 있는 허름한 적산가옥에 도착한다. 중국인 거리는 야트막한 언덕을 넘어 부두로 이어진다.

나에게 중국인 거리는 특별한 풍경으로 남아있다. 부두 끝까지 들어오는 탄차 때문에 사람들은 항상 시커먼 탄가루를 뒤집어쓰고 산다. 집 짓는 데 필요한 해인초 끓이는 냄새가 배고픈 아이들의 회를 동하게 만들

인천이란 다층적인 공간은 다양한 이야기의 결을 제공하면서
'장소 특정적'인 예술을 가능하게 한다. 사진은 인천의 명물인
'차이나타운'의 옛날(오른쪽)과 현재 모습.

어 속을 뒤집어놓는다. 중국 사람들은 무섭고 지저분하다. 어른들이 애써
못 본 척하는 중국인들은 "밀수업자, 아편쟁이, 누더기의 바늘땀마다 금
을 넣는 쿠리, 말발굽을 울리며 언 땅을 휘몰아치는 마적단, 원수의 생간
을 내어 먹는 오랑캐, 사람고기로 만두를 빚는 백정"으로 아이들에게 각
인된다. 여기에는 또 양공주가 살고 있다. 나는 치옥이란 친구를 사귀는
데, 치옥네 이층에는 양공주 매기언니가 검둥이 미군, 백인 혼혈인 딸 제
니와 함께 산다. 계모에게 매를 맞는 치옥은 정신지체인 제니를 인형처럼
갖고 놀면서 자기도 크면 양갈보가 되겠다고 다짐한다. 나와 치옥에게 동
경의 대상인 매기언니의 방에는 미제 비스킷과 향수병, 페티코트, 속눈썹,
유리알 브로치, 세 줄짜리 가짜 진주목걸이 등이 있다.

　매기언니와 상반되는 지점에는 나의 어머니와 할머니의 삶이 놓여있
다. 어머니는 중국인 거리로 이사를 올 때 일곱째 아이를 배고 있었는데
그 아이를 낳은 뒤 다시 여덟째를 임신했다. 더 이상 아이를 낳으면 죽을

것처럼 보이는 데도 수채구멍에 거꾸로 엎드려 심한 토악질을 한다. 할머니는 어머니 친정 쪽의 가까운 친척이다. 시집간 지 석 달 만에 남편이 자기 여동생과 바람이 나자 집을 나와 조카딸에게 얹혀살면서 집안일을 거들어준다. 할머니가 냉정하고 야멸찬 이유는 아이를 낳은 적이 없기 때문이란다.

중국인 거리에서 보낸 3년여의 시간 속에서 나의 주변 여성들의 삶은 점차 변화해 간다. 검둥이와 결혼해서 미국에 가게 됐다며 좋아하던 매기 언니는 검둥이에 의해 이층 베란다에서 길바닥으로 던져져 숨을 거두고, 딸 제니는 고아원으로 간다. 치옥은 아버지의 다리가 잘린 뒤 부모가 타지로 떠나면서 미장원에 맡겨지는 바람에 학교를 그만두고 지친 표정으로 파마약을 섞는다. 할머니가 빨래하다가 갑자기 쓰러지자 아버지와 어머니는 상의 끝에 "늙마에는 영감님 곁이 최고"라는 말과 함께 할머니를 택시에 태워 그 집으로 보낸다. 할머니의 반닫이에서는 줄여 입던 아버지의 헌 내의, 몸뻬, 항라와 숙고사, 동강난 비취 반지, 녹슨 구리 버클, 왜정 때의 백동전 등이 나온다. 어머니는 비명을 지르면서 여덟째를 낳는다. 그리고 열기와 어지럼증, 묵지근한 기운을 느끼던 나는 초경을 한다.

소녀에서 여성으로 성장하는 화자(話者)의 시선에 늘 어른거리는 건 중국인 거리의 이층집 덧창이 열리면서 나타나는 젊은 남자의 창백한 얼굴이다. 무표정하고 노란 중국 남자의 얼굴은 삶의 비애와 공허를 담고 있다. 전쟁 직후의 폐허, 그 중에서도 가장 소외되고 가난한 사람들이 살던 인천 차이나타운을 배경으로 작가는 1950년대를 살았던 다양한 여성들의 삶을 수놓듯이 꼼꼼하게 묘사했다. 비유와 상징, 복선, 공감각을 동원한 작가의 단단한 문체는 마른 미역이 물에 풀리면서 엄청나게 불어나는 것처럼 단편의 짧은 분량이면서도 당대의 모습을 독자의 머릿속에 풍성하게 풀어놓는다.

길고양이 하나 건사하지 못하는 무기력한 도시

소설 「중국인 거리」에 영화 〈고양이를 부탁해〉가 겹쳐지는 건 인천이라는 배경과 소녀들의 성장기라는 공통점 때문이다. 두 작품 속 이야기는 50년의 시간적 격차가 있고, 소설과 영화라는 매체의 차이도 있다. 그럼에도 인천이라는 도시는 두 작품을 연결해준다. 일제의 수탈정책에 따라 항구이자 공단으로 개발된 인천은 중국과 가까워서 일찌감치 차이나타운이 형성됐고 공산화 이후 많은 중국인들이 건너오면서 그들의 삶의 터전이 됐다. 이곳은 기회와 일자리를 찾아온 뜨내기와 이방인들의 땅이다. 그래서 미래에 대한 불안과 희망이 교차한다. 항구와 신공항이 자리잡은 인천은 미지의 장소로 떠나는 출발지이자 여러 민족과 문화가 맞부딪치는 경계지대인 것이다.

〈고양이를 부탁해〉는 인천의 한 여상을 갓 졸업한 스무 살짜리 다섯 친구의 이야기다. 혜주(이요원 분)는 '빽'으로 서울 강남의 한 증권회사 사환으로 취직했다. 유리창을 깨뜨려가며 싸우던 부모가 이혼하면서 집에서 독립한 혜주는 고시원을 거주용으로 개조한 원룸에 입주해 드디어 '서울특별시민'이 된다. 태희(배두나 분)는 아버지가 운영하는 찜질방에서 일

갓 소녀티를 벗은 고양이 같은 숙녀들은 모이면 언제나 경계도시 밖으로의 탈출을 모의한다. 〈고양이를 부탁해〉의 포스터와 영화 속 한 장면.

한다. 그녀는 또래의 정신지체 시인의 구술(口述)을 타이핑해주는 자원봉사를 하는데, 아버지는 "자기 앞가림도 못하는 주제에 무슨 봉사"라면서 딸을 깔아뭉갠다. 태희는 아버지의 강요로 가게에서 개량한복을 입어야 한다. 지영(옥지영 분)은 인천의 슬럼가에서 병석에 누운 할아버지, 할머니와 함께 산다. 그녀의 집 지붕은 조금씩 내려앉지만 주인은 눈도 꿈쩍 하지 않는다. 학교 성적이 좋았음에도 아무 자격증도, 신원 보증을 해줄 부모도 없는 지영은 취직길이 막혔다. 그리고 이들의 친구인 중국인 쌍둥이 온조와 비류가 있다. 이들은 직접 만든 액세서리를 길에서 판다.

혜주의 스무 번째 생일에 모인 그녀들은 즐거운 시간을 보낸다. 술과 담배를 마음껏 즐기고, 검정색 립스틱과 뽕브라를 선물로 주고받으면서 제도권 교육을 벗어난 자유를 만끽한다. 지영은 거리에서 주운 새끼고양이에게 '티티'란 이름을 붙여서 혜주에게 선물한다. 그러나 키울 자신이 없는 혜주는 다시 지영에게 고양이를 돌려준다. 혜주는 서울에 취직함으로써 퇴근길 인천행 지하철에서 아저씨들이 풍기는 돼지갈비 냄새를 벗어나 신분상승을 이룬 것으로 착각한다. 착한 남자친구 대신 회사의 남자 상사에게 잘 보이려고 하고, 동대문시장에서 최신 유행하는 옷을 사입고 라식 수술도 받는다.

지영은 돈을 빌리기 위해 혜주를 찾아가는데 한 시간 동안 기다리다가 허탕을 친다. 대신 태희에게 돈을 빌린 지영은 핸드폰을 산다. 그녀의 꿈은 텍스타일 디자이너가 되는 것이다. 그러나 현실 속의 그녀는 이웃 아주머니에게 부탁해 신공항 식당의 일자리를 구할 수밖에 없는 처지다. 다섯 친구의 두 번째 모임에서 잔뜩 멋이 든 혜주와 가뜩이나 위축된 지영은 말다툼을 벌이고 서먹한 사이가 된다. 태희는 지영과 혜주를 화해시키려고 하지만 소용이 없다. 지영에게 연락이 안 되자 태희는 지영의 집을 찾아가고, 비로소 지영이 얼마나 어렵게 살고 있는지 알게 된다.

비류와 온조의 자취집에서 세 번째 모임을 갖던 날, 그녀들은 옥상으로 몰려나갔다가 문이 잠기는 바람에 열쇠수리공이 오는 아침까지 밤새 추위에 떤다. 다른 친구들이 늦잠을 자는 사이, 먼저 일어나 집으로 돌아간 지영은 집 지붕이 무너져 할아버지와 할머니가 깔려 죽은 것을 알게 된다. 사건 진술을 위해 경찰서로 가던 지영은 태희에게 고양이를 맡긴다. 지영은 "네가 바라던 대로 귀찮은 노인네들 죽었으니까 잘 됐지"라는 형사의 말에 진술을 거부하고, 그로 인해 소년원으로 간다.

혜주는 혜주대로 우여곡절을 겪는다. 증권사의 유능한 여성팀장은 혜주가 야간대학을 다닐 생각이 없다고 하자 "평생 저부가가치 인간으로 살 거냐"고 핀잔을 준다. 미모와 발랄함으로 인기가 높던 그녀는 대졸 여사원들이 들어오자 찬밥 신세가 된다. 혜주는 한 번도 어울리지 않았던 여직원회에 나간다. 대졸 여사원과 달리 유니폼을 입고 근무하는 그들은

"장이 안 좋으면 우리는 (스트레스 받는 직원들에게) 계속 커피를 타줘야 하는 자판기"라고 자조하면서 낄낄 대고, 혜주는 정신없이 취한다.

자신의 꿈과 취향이 무시되고, 딸이란 이유로 차별을 받던 태희는 집을 나가 온 세계를 떠돌면서 사는 것을 꿈꾼다. 그녀는 가족들 몰래 짐을 싸고, 찜질방에서 일한 1년치 월급에 해당하는 돈을 집에서 훔친 뒤 자신이 키워오던 지영의 고양이를 비류와 온조에게 맡긴다. 지영이 출소하던 날, 문 앞에서 기다렸던 태희는 함께 외국으로 떠나자고 한다. 신공항 출국장에 선 두 사람의 얼굴은 비장하면서 희망에 부풀어 있다.

영화 속의 차이나타운은 과거와 달리 화려하고 번듯해졌다. 비류와 온조는 중국인 꼬마들과 중국어로 대화를 나눈다. 국제여객터미널에는 많은 사람들이 자기 몸보다 더 큰 보따리를 들고 바쁜 걸음으로 드나든다. 선원을 알선해주는 직업소개소에는 동남아인들이 득시글거린다. 인천은 여전히 거쳐 가는 곳이고, 과거와 미래가 교차하는 곳이다. 이런 도시에서 소녀시대를 마감하고 인생의 첫 걸음을 내딛는 그녀들은 독립적이면서 불안하다.

〈고양이를 부탁해〉는 '고양이 같은 스무 살, 그녀들의 비밀 암호'라는 부제를 달고 있다. 호기심 많고 수줍어하면서 독립성이 강한 고양이는 젊은 여성의 상징으로 적합하다. 지영의 고양이는 혜주에게서 다시 지영에게로, 태희에게로, 비류와 온조에게로 간다. 고양이는 이들의 자아이자 이들이 공유하는 미래에 대한 꿈이라고 할 수 있다.

영화는 스무 살 여성들의 일상과 문화를 경쾌하게 보여준다. 핸드폰 문자, 디지털 카메라 사진, 술과 담배, 동대문 패션타운의 야간쇼핑, 달밤에 입에다 칼을 물고 거울을 들여다보면 미래의 남편이 보인다는 놀이까지 자잘한 에피소드를 쌓아올려 작품을 완성한다. 그러면서 좀처럼 이들의 삶을 떠나지 않는 소외와 고통을 보여주는 것을 잊지 않는다. 태희는 가족사진에서 자신의 얼굴을 잘라낸 뒤 집을 나온다. 지영은 면접을 보러 간 중소기업에서 "낮술은 하냐"는 질문을 받는다. 혜주는 학력이란 장벽 앞에서 좌절한다. 중국인인 비류와 온조는 좀 웃기고 속을 알 수 없는 이방인이다.

이 영화는 인천을 부정적으로 그렸다는 이유로 일부 시민들의 비난을 받기도 했다. 다른 한편에서는 인천을 대표하는 영화로 꼽으면서 다시 보기 운동이 벌어지기도 했다. 분명한 사실은 다양한 문화가 섞여 있는 경계지대로서 인천의 아우라가 오정희의 조숙한 소녀, 정재은의 고양이 같은 숙녀들을 탄생시켰다는 점일 것이다. 그곳에서는 또 다른 그녀들이 여전히 복닥거리며 살아간다. 도시는 급격하게 개발되고 있지만, 그녀들은 여전히 소외된 채 불안해한다. 그녀들이 맡긴 길고양이 또한.

지극히 평범했던 어느 해에 관한 추억

from 1 9 8 4

to 1 Q 8 4

1984년은 그저 평범했던 한 해였을 수도 있다. 굳이 특기할 만한 일이라면 미국 로스엔젤레스에서 제23회 하계 올림픽이 열렸고, 남한에 큰 비가 내려 수해를 입자 북한이 구호물자 지원을 제의해와 '판문점 도끼만행사건' 이후 막혔던 남북적십자회담의 물꼬가 트이는 계기를 마련했다. 인도의 인디라 간디 수상이 피살되고, 영화 〈터미네이터1 Terminator1〉이 나온 해이기도 하다. 그러나 러시아에 사회주의 정권이 들어선 1917년, 제2차 세계대전이 끝난 1945년, 유럽 전역이 혁명의 열기에 휩싸인 1968년 등에 비하면 역사 속에서 1984년의 존재감은 극히 미약하다.

그런 1984년에 특별한 아우라를 부여한 이는 영국 출신의 작가 조지 오웰George Orwell, 1903~1950(본명 에릭 아서 블레어Eric Arthur Blair)이다. 소련 스탈린주의에 대한 비판을 담은 정치 우화인 『동물농장 Animal Farm』으로 명성을 얻은 그는 죽기 1년 전 마지막 작품이자 대표작이 된 『1984』를 발표한다. 장르를 따지자면 음울한 분위기의 SF쯤 되는 이 작품은 곧 20세기의 대표작 반열에 올랐고, 수많은 후배 예술가들에게 영감의 원천이 됐다. 스탠리 큐브릭Stanley Kubrick, 1928~1999의 영화 〈시계 태엽 오렌지 a Clockwork Orange〉(1971), 워쇼스키 형제Andy & Larry Wachoski의 영화 〈매트릭스 Matrix〉(2002)는 『1984』가 가진 전체주의 사회에 대한 문제의식을 차용했다. 진짜 1984년이 됐을 때는 마이클 래드포드Michael Radford 감독, 존 허트 John Vincent Hurt와 리처드 버튼Richard Burton, 1925~1984 주연의 동명영화 〈1984〉와 리들리 스콧Ridley Scott이 만든 애플 매킨토시 컴퓨터 CF가 나왔다. 백남준 1932~2006의 1984년작 비디오아트 〈굿모닝 미스터 오웰Good Morning Mr. Orwell〉 역시 오웰의 세계를 패러디한 것이며, 무라카미 하루키Murakami Haruki는 가장 직접적이고도 창조적인 오마주인 소설 『1Q84』(2009)를 바쳤다.

당신을 지켜보는 자의 시선

조지 오웰은 특이한 사람이었다. 1903년 인도 벵골에서 영국 하급관리의 아들로 태어난 그는 명문 이튼스쿨을 졸업한 뒤 1922년 버마(지금의 미얀마)에서 왕실 경찰로 근무했다. 그러나 식민체제와 제국주의에 대한 혐오감을 견디지 못해 5년 만에 경찰직을 그만두고 어린 시절부터의 꿈이었던 작가가 되기 위해 런던과 파리를 전전한다. 이 때의 체험을 바탕으로 르포르타주『파리와 런던의 밑바닥 생활Down and Out in Paris and London』(1933)을 발표하며 작가로서 첫 발을 내딛는다. 이어 버마에서의 생활을 담은 첫 소설 『버마 시절Burmese Days』(1934)을 출간한다. 1936년 스페인 내란이

영화 〈1984〉에 등장했던 '빅 브라더' 포스터. 볼에 새까만 수염이 잔뜩 난 미남형이라는 소설 속의 묘사와 다르다.

발발하자 공화파를 지지하며 의용군으로 참전하는데, 이를 기점으로 전체주의에 대해 강한 반감을 갖게 된다. 1945년에 나온 『동물농장』은 그에게 작가로서 출세길을 열어주지만 이 즈음 지병인 폐결핵이 악화되는 바람에 입원과 요양을 거듭하면서 힘든 상황 속에서 『1984』라는 필생의 역작을 남긴다.

"포스터에는 폭이 1미터 이상은 되는 거대한 얼굴이 그려져 있었는데, 나이는 마흔댓쯤 돼 보이고 볼에 새카만 수염이 잔뜩 난 덥수룩한 미남이었다. …… 포스터는 아주 교묘하게 고안되어서 사람이 움직일 때마다 그 눈초리가 따라 움직이는 것이었다. '빅 브라더는 당신을 지켜보고 있다'는 표제가 그 밑에 적혀 있었다."

『1984』는 이런 음울한 인물 묘사로 시작한다.

이 작품의 묵시록적인 분위기는 지독하게 황폐하고도 정교한 배경 설정에서 나온다. 1984년의 가상국가 오세아니아는 영사(영국사회당)의 우두머리인 빅 브라더와 그 하수인들의 지배를 받고 있다. 정부조직은 정작 하는 일과는 정반대의 명칭을 가진 진리부, 평화부, 애정부, 풍부부로 구성돼 있다. 지배자들은 허황된 수치로 경제성과를 자랑하면서도 인민들을 굶주리게 하고, 세계를 삼분하고 있는 유라시아 및 동아시아와 끊임없이 전쟁을 벌임으로써 평화를 유지한다. 과거의 역사와 미래의 청사진은 현재에 맞춰 계속 변경되며, 반체제 인사는 고문을 통해 새로운 인간으로 개조된다.

주인공인 서른아홉의 남자 윈스턴 스미스는 진리부의 서기로서 역사 기록을 고쳐 쓰는 일을 한다. 끊임없이 변화하는 당의 현행 노선과 일치 시키기 위해 과거의 신문기사를 수정하고 사진을 조작하는 게 그의 일로서, 벽에 달린 금속관을 통해 일거리를 전달받은 뒤 왜곡과 변경의 증거를 폐기한다. 그가 근무하는 방에는 '대한뉴스'처럼 당의 홍보영상을 보여주고 아침체조도 시키며 방 안의 개인과 직접 대화도 나눌 수 있는 텔레스크린이 달려있다. 수신과 송신을 동시에 하는 이 기계는 당의 거짓 시책과 성과를 전달하는 한편 사람들의 일거수 일투족을 감시한다.

빅 브라더와 당은 권력을 유지하기 위해 인간성을 극도로 말살한다. 아이들은 부모가 당의 지시에 반하는 말과 행동을 할 때 지체없이 고발하는 냉혹한 인간으로 키워진다. 극도의 빈곤과 규율 속에서 식욕은 기승을 부리고 남녀간의 성욕은 사치스러운 감정이 된다. 채워지지 않는 선병질적인 식욕과 성욕에서 우러나오는 조바심만이 당에 대한 충성을 유지시키기 때문이다. 그런데 윈스턴은 자신이 하는 일에 비판의식을 가질 뿐 아니라 줄리아라는 젊은 여성과 사랑에 빠진다.

당이 진실과 과거를 독점하는 데 대해 회의를 느낀 윈스턴은 과거에 빅 브라더와 혁명 동지였다가 이념적 차이로 결별한 뒤 형제단이라는 반체제 저항조직을 움직이는 골드스타인이라는 (조작된) 인물에 대해 관심을 갖게 된다. 그는 형제단의 일원으로 보이는 오브라이언이 건네준 골드스타인의 '과두정치적 집단주의의 이론과 실제'란 책을 읽다가 당에 적발된다. 당의 첩자였던 오브라이언은 윈스턴을 고문실로 보낸다. 전기고문, 쥐고문 등 악랄한 고문과 세뇌작업으로 인해 개조된 그는 당의 말이라면

'둘 더하기 둘은 다섯'이란 것도 믿고, 줄리아를 자기 대신 죽여 달라고 저주하며, 마침내 빅 브라더를 사랑하기에 이른다.

20세기의 독자들이 이 작품에서 가장 충격적으로 받아들인 것은 텔레스크린이라는 전일적인 미디어 네트워크의 감시가 이뤄지는 사회체제, 그리고 개인이 아무리 발버둥 쳐도 결코 그 체제의 바깥으로 빠져나갈 수 없다는 절망적인 사실이었다. 막스 베버Max Weber, 1864~1920가 '쇠우리'라고 명명했던 근대화의 폐쇄성은 자본주의와 사회주의를 모두 관통하면서 비인간적인 체제의 지배를 만들어냈다. 폐쇄회로 TV를 연상시키는 텔레스크린의 존재는 구약성경에서 이스라엘 민족을 내려다보면서 때로 엄하게 꾸짖는 편재하는 하느님, 어두운 중앙부의 감시자가 늘 자신을 보고 있다는 걸 의식하도록 설계된 제레미 벤덤Jeremy Bentham, 1748~1832의 원형감옥, 그리고 원형감옥의 이미지로부터 체제가 행사하는 권력을 스스로 내면화하는 현대인의 주체성 형성과정을 그려낸 미셸 푸코Michel Foucault, 1926~1984의 구성이론과 일맥상통한다.

그러나 『1984』의 세계는 이런 식의 자기훈육만으로는 모자라서 이탈자가 생길 때 인간 정신을 폭력적이고 근본적으로 개조한다. 빅 브라더 일당은 과거의 종교박해가 그랬듯이 이교도들이 자신의 신앙을 포기하지 않은 채 공개처형 당함으로써 사후에 영광을 안게 되는 오류를 방지하고, 독일의 나치스와 소련의 공산주의자들처럼 고문과 감금을 통해 희생자를 비열한 인간으로 만들어 죽음에 이르게 함으로써 자신들의 잔인성을 드러내는 문제점을 예방하기 위해 피의자의 기억을 완전히 바꿔놓고 그가 새 인간으로서 살거나 혹은 죽도록 만든다. 체제 유지에 방해가 되지 않도록 죽음과 희생의 신화마저 제거하는 것이다.

악을 처단하는 건 무조건 '절대선'인가,
아니면 더 강력한 '또 다른 악'인가

조지 오웰은 원래 『1984』의 제목을 '유럽의 마지막 인간'으로 정했
다. 그러나 런던의 출판사 세커 앤드 와버그의 발행인인 프레드릭 존 와
버그는 좀 더 '잘 팔릴 수 있는 제목'으로 바꿀 것을 제안했다. 그것이 왜
하필 '1984'였는지에 대해서는 여러 가지 설이 있다. 1884년에 설립된 페
이비언(Fabian) 사회주의협회 100주년을 기념하는 뜻이 담겼다는 설, 미
국 작가 잭 런던Jack London, 1876~1916의 1908년작 소설 『강철군화The Iron Heel』
에서 정치적 절정기인 1984년을 염두에 뒀다는 설, 오웰의 첫 번째 부
인이자 아마추어 시인인 아일린 오쇼네시Eileen O'Shaughnessy, 1905~1945의 시
「20세기말 1984 End of the Century, 1984」에서 따왔다는 설 등이다. 소설의 탈고
시점이 1948년이었기 때문에 뒷자리 숫자를 뒤집어서 1984로 하지 않았
느냐는 추측도 있다.

어쨌든 오웰이 만들어낸 텔레스크린의 세계와 인간개조 프로그램은
오웰 이후의 예술작품에서 다양한 방식으로 변형된다. 스탠리 큐브릭은
〈시계태엽 오렌지〉를 만들면서 인간정신의 개조라는 아이디어에 담긴 비
인간성을 주목했다. 이 영화에서 주인공인 알렉스와 친구들은 미래의 런
던 곳곳에서 〈싱잉 인 더 레인Singing in the Rain〉의 경쾌한 주제가 선율을 흥

리들리 스콧 감독이 1984년에 만든 애플 매킨토시 컴퓨터 CF의 스틸 컷. "1월 24일 애플 컴퓨터가 매킨토시를 소개합니다. 여러분은 현실의 1984년이 어떻게 조지 오웰의 소설 '1984년'처럼 되지 않는지 알게 될 것입니다"라는 광고의 마지막 자막이 인상적이다. 이 문구는 당시 컴퓨터업계를 '독점'하던 IBM(화면 속 '빅 브라더'로 묘사)에 대항해 애플이 신상품 매킨토시를 출시한 것을 의미한다는 속설이 있다. 위는 영화 〈1984〉의 한 장면.

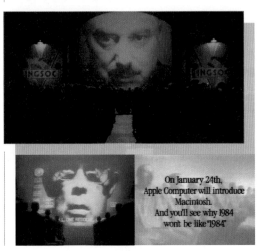

On January 24th, Apple Computer will introduce Macintosh. And you'll see why 1984 won't be like "1984"

얼거리면서 강간·살인·폭력 등 끝이 없을 것 같은 악행을 저지른다. 그러나 결국 붙잡힌 알렉스는 정부가 집행하는 인간개조 프로그램에 투입되고, 온갖 잔혹한 방식의 실험대상이 된다. 큐브릭의 질문은 과연 "악을 처단하는 것은 무조건 절대선인가, 아니면 더 강력한 또 다른 악일 뿐인가"라는 것이다.

워쇼스키 형제의 〈매트릭스〉는 네트워크의 폐쇄성에 대한 공포로부터 출발한다. 2199년 인공두뇌를 가진 컴퓨터 AI가 지배하는 세계에서 인간은 가축처럼 인공자궁에서 재배돼 에너지원으로 활용된다. AI에 의해 뇌세포에 '매트릭스'라는 프로그램을 입력당한 인간은 평생 1999년의 가상현실을 살아간다. 인간이 보고 느끼는 것들은 항상 AI의 검색엔진에 노출돼 있고, 인간의 기억 또한 그들에 의해 입력되거나 삭제된다. 이런 가상현실 속에서 주인공 네오를 비롯한 일단의 해커들만이 매트릭스의 존재를 깨닫고 진정한 현실을 인식하기 위해 투쟁한다.

네트워크를 파괴한다는 설정은 영화 〈블레이드 러너Blade Runner〉로 유명한 리들리 스콧 감독이 찍은 애플의 매킨토시 CF에서도 나왔다. 광고의 고전으로 꼽히는 이 작품은 매킨토시가 출시된 1984년 1월, 미국 전역에 방영되는 슈퍼볼 경기 때 단 한 번 방영돼 선풍적인 화제를 모았다. 거의 영화 한 편의 제작비가 투입된 CF에서 사람들은 독재자인 빅 브라더의 통제를 받으면서 음울한 분위기에서 반복적인 일을 계속한다. 그런데 매킨토시가 그려진 티셔츠와 반바지를 입은 금발의 여자가 뛰어 들어와 텔레스크린을 해머로 부숴버리면서 사람들을 구한다. 창조적이고 이상적인 사회를 구하기 위해서 매킨토시처럼 사용하기 편리한 컴퓨터가 도입돼야 한다는 메시지를 전달하는 것이다.

한편, 비디오 아트의 창시자로 불리는 백남준은 1984년 전 세계적인 미디어 네트워크를 활용해 〈굿모닝 미스터 오웰〉이라는 위성쇼를 선보였다. '지구촌'이라는 용어가 전파되기 시작하고 쿠데타로 정권을 잡은 남한정부가 문화적 이벤트를 통해 스스로의 경직된 군사문화를 희석시키려고 노력하던 시점에 벌어진 이 쇼는 뉴욕·파리·베를린·서울을 인공위성으로 연결했다. 국내정치에 집중된 관심을 바깥으로 분산시키려는 의도가 아니었을까. 어쨌든 백남준과 그의 예술적 동지들인 요셉 보이스Joseph Beuys, 1921~1986, 존 케이지John Cage, 1912~1992, 머스 커닝엄Merce Cunningham, 1919~2009 등이 출연해 전 세계의 시청자 2천5백만 명에게 미디어를 활용한 현대예술을 경험하게 만들었다. 위압적인 빅 브라더를 대신해 브라운관에 등장한 예술가들은 오웰의 긍정적 비틀기를 시도했다.

『1984』에 대한 오마주는 세기가 바뀐 뒤 무라카미 하루키에게서 가장 직접적으로 나타났다. 하루키는 1995년 도쿄 지하철에서 발생한 옴진리교 신도의 사린가스 살포사건에 큰 관심을 갖게 됐다. 그는 옴진리교 피해자들과의 인터뷰를 모은 『언더그라운드』라는 책을 내기도 했다.

백남준의 비디오 아트 〈굿모닝 미스터 오
웰〉의 스틸 컷. 1984년 당시 센세이션을
일으켰던 브라운관 설치미술은 『1984』의
텔레스크린을, 그리고 여성의 이미지를 비
추는 동공의 클로즈업 영상은 독재자 빅
브라더의 시선을 암시하는 듯하다.

1984년은 옴진리교의 교주인 아사하라 쇼코가
'옴성산회'를 결성한 해이다.

소설 『1Q84』는 세계 속의 또 다른 세계인
사이비 종교집단의 본질을 고발한다. 여주인공
아오마메는 사이비 종교의 광신도인 부모와 결
별하고 혼자 살아간다. 스포츠마사지 강사로 일
하는 그녀는 막대한 재산을 가진 노부인을 알
게 된다. 가정폭력 때문에 외동딸을 잃은 노부
인은 안전가옥을 운영하면서 아오마메에게 폭
력 남성을 죽이는 킬러 임무를 맡긴다. 어느 날
노부인의 집에 '선구'라는 종교집단의 리더에
게 성폭행 당한 소녀가 들어오고, 노부인은 아
오마메에게 리더를 살해하라고 지시한다.

한편, 아오마메의 초등학교 동창인 덴고는
수학학원 강사이자 소설가 지망생이다. 그는 평
소 알고 지내던 편집자 고마쓰로부터 후카에리
란 소녀가 쓴 '공기번데기'란 소설을 윤문해달라는 요청을 받는다. 사이비
종교집단의 실체를 리틀 피플이란 존재가 숙주의 몸에 드나드는 환상적
인 이미지로 표현한 이 작품이 문학상을 받고 베스트셀러가 되면서 덴고
는 신변의 위협을 받게 된다.

이 소설은 광신과 폭력이 난무하는 종교집단의 속성을 다루는 동시
에, 소울메이트인 아오마메와 덴고가 서로를 찾게 되는 과정을 그린다. 두

사람이 살인과 소설 대필을 통해 우연히 들어서게 된 초현실적 세계에는
두 개의 달이 떠있다. 1984년의 현실과 나란히 존재하는 이곳을 아오마메
는 '1Q84'라고 명명한다. 작가는 등장인물인 후카에리의 후견인인 에비
스노의 입을 빌려서 '1984'와 '1Q84'의 차이를 이렇게 설명한다.

"자네도 잘 알겠지만, 조지 오웰은 소설 『1984』에서 빅 브라더라는
독재자를 등장시켰어. 물론 스탈린주의를 우화적으로 그린 것이지. 그리
고 빅 브라더라는 용어는 그 이후 일종의 사회적 아이콘이 되었네. 바로
지금, 실제 1984년에 빅 브라더는 너무도 유명하고 너무도 빤히 보이는
존재가 되어버렸어. 만일 지금 우리 사회에 빅 브라더가 출현한다면 우리
는 그 인물을 가리키며 이렇게 말하겠지. '조심해라. 저자는 빅 브라더다!'
라고. 다시 말해 실제 이 세계에는 더 이상 빅 브라더가 나설 자리는 없네.
그 대신 이 리틀 피플이라는 것이 등장했어."

『1984』와 『1Q84』 표지. 『1984』는 1948년 당시 이른바 '펄
프 픽션'의 형태로 출간되었다. 표지에 쓰인 금지된 사랑
(forbidden love), 두려움(fear), 배반(betrayal) 등 3류 치정극
에나 어울릴만한 문구들이 이채롭다.

　죽은 산양의 몸에서, 사이비종교의 교주에게 성폭행 당한 소녀의 몸에서 쏟아져 나오는 리틀 피플은 "눈에 보이지 않는 존재"이며 "선한 것인지 악한 것인지, 실체가 있는지 없는지" 조차 알 수 없는 것이다. 너무나 가시적인 빅 브라더 대신 등장한 리틀 피플은 빅 브라더의 체제에서 순응하도록 길들여진 수많은 '윈스턴들'에 다름 아니다. 하루키는 인간사회의 악의 근원이 오웰이 지적했던 바 독재자가 구축한 체제로부터 그 체제를 유지하는 평범하고 의식 없는 인간들로 이행됐음을 선포했다.

　지금 우리가 속한 사회도 빅 브라더가 구축한 사회와 크게 다를 바 없다면, 그리고 우리의 존재가 그 체제를 유지하는 데 급급한 지극히 평범하고 의식 없는 인간이라면, 이미 우리 안에도 악의 근원이 뿌리내려진 건 아닐까? 오웰의 지적대로라면, 하루키의 선포대로라면.

고통에서 삶의 의미를 찾는 여성들

댈러웨이 부인

디 아 워 스

소설과 영화가 가장 행복하게 결합한 사례로 버지니아 울프Virginia Woolf, 1882~1941의 소설 『댈러웨이 부인Mrs. Dalloway』(1925)과 영화 〈디 아워스The Hours〉(2002, 감독 스티븐 달드리Stephen David Daldry)를 꼽을 수 있다. 무수한 소설이 영화로 만들어지면서 둘 사이의 관계는 통상 '원작이 훌륭하냐' '영화가 원작을 능가하냐'는 식으로 평행선을 긋는다. 이에 비해 『댈러웨이 부인』과 〈디 아워스〉는 유기적으로 맞물려 들어간다. 〈디 아워스〉는 멋들어지지만 난해한 작가 버지니아 울프의 삶과 그의 작품세계를 감동적이면서 쉽게 설파한 영화라 할 수 있다.

공로는 우선 영화 〈디 아워스〉의 동명 원작소설을 쓴 미국 작가 마이클 커닝햄Michael Cunningham에게 돌려야 할 것이다. 커닝햄은 자신의 소설에서 버지니아 울프와 그녀의 소설을 재해석했다. 버지니아 울프의 대표작 『댈러웨이 부인』과 자전적 소설 『세월The Years』(1937)을 모티브로 한 커버지니아 울프의 『댈러웨이 부인』의 구성처럼 커닝햄의 『디 아워스』는 세 여인의 아주 특별한 하루를 교차시킨다. 소설을 매개로 이어진 이들은 각자 다른 시대와 삶을 살면서도 서로에게 깊은 영향을 미친다는 점에서 영혼의 동반자이자 동지적 관계를 이룬다. 왼쪽 사진은 커닝햄의 소설을 영화화한 〈디 아워스〉의 세 여인, 버지니아(니콜 키드먼 분, 위), 로라(줄리안 무어 분, 가운데), 클라리사(메릴 스트립 분, 아래), 오른쪽은 버지니아 울프.

닝햄의 작품 『디 아워스』(1999)에는 '댈러웨이 부인'을 쓰고 있는 1923년의 버지니아 울프가 주인공으로 나온다. 또 소설 '댈러웨이 부인'을 읽는 1949년 로스앤젤레스의 주부 로라 브라운, 댈러웨이 부인이라고 불리는 1990년대 뉴욕의 출판 편집자이자 레즈비언 여성 클라리사 본이 또 다른 주인공으로 등장한다. 버지니아 울프의 『댈러웨이 부인』의 구성처럼 커닝햄의 『디 아워스』는 이 세 여성의 아주 특별한 하루를 교차시킨다. 소설을 매개로 이어진 세 여성은 각자 다른 시대와 삶을 살면서도 서로에게 깊은 영향을 미친다는 점에서 영혼의 동반자이자 동지적 관계를 이룬다.

서로 다른 시대를 사는 세 여성의 하루

커닝햄의 소설은 1941년 작가 버지니아의 자살로 시작한다. 제2차 세

계대전의 와중에 느끼는 일상의 고통과 완전한 예술을 향한 불가능한 요
구, 다시 찾아온 정신분열증 앞에서 고뇌하던 버지니아는 어느 날 아침
남편 레너드에게 유서를 남기고 집을 나와 주머니에 무거운 돌을 넣은 채
서섹스의 우즈 강으로 걸어 들어간다. 버지니아의 죽음은 작품 전체에 검
은 장막을 드리운다. 작가는 우리가 견고하다고 믿는 생의 이면에 늘 죽
음의 그림자가 존재하며, 그것이 짙어지는 과정이 '세월'이란 점을 말하기
위해 그녀의 죽음을 도입부에 배치한다.

시계는 다시 1923년 영국의 한적한 시골인 리치먼드의 하루로 돌아
간다. 두통에 시달리는 작가 버지니아는 자신이 쓰려고 하는 소설의 첫
문장을 이렇게 생각해 낸 상태다. '댈러웨이 부인은 자신이 직접 꽃을 사
오겠다고 말했다.' 신경쇠약으로 두 차례 자살까지 시도한 버지니아의 건
강을 염려해 남편 레너드는 시골로 이사했다. 호가스 하우스로 불린 이곳
에서 그는 소일 삼아 호가스 출판사를 차려 책을 인쇄하고 있다. 소설 구
상에 몰두하는 버지니아는 레너드로부터 "다른 부부처럼 함께 식탁에 앉
아 점심을 먹자"는 핀잔을 듣는다. 하인들도 글쓰기에 빠져 집안일을 소
홀히 하는 안주인을 비아냥거린다. 버지니아의 소설 속에서 1923년 6월
런던에 사는 하원의원 댈러웨이의 부인 클라리사는 저녁 파티를 준비하
고 있다. 50대 초입에 들어선 그녀는 안정되고 행복한 삶을 살았음에도
공허와 절망을 느낀다. 버지니아는 댈러웨이 부인이 파티를 끝낸 뒤 자살
하게 할까 말까를 계속 고민하고 있다. 오후가 되자 런던에 사는 언니 바
네사가 세 아이를 데리고 버지니아를 방문한다. 버지니아는 아이들이 정
원에서 발견한 죽은 새를 땅에 묻으면서 그 새와 동질감을 느낀다. 언니

네 가족이 떠난 뒤 버지니아는 갑자기 옷을 입고 리치먼드역으로 달려간다. 아내가 없어진 걸 발견하고 급히 뒤쫓아온 레너드에게 버지니아는 시골생활이 질식할 것 같다면서 런던으로 돌아가겠다고 소리친다. 레너드 역시 흥분하지만 런던으로 돌아갈 것을 약속한 뒤 버지니아를 집으로 데려온다.

커닝햄의 소설에 나오는 버지니아의 삶은 사실에 기초한 것이다. 작가 버지니아 울프는 학자이자 문필가였던 아버지 레슬리 스티븐과 아름답고 활동적인 어머니 줄리아 프린셉 덕워스 사이에서 태어났다. 두 사람모두 재혼으로 레슬리에게는 지적 장애인 딸, 줄리아에게는 2남 1녀가 있었다. 그리고 두 사람 사이에 다시 2남 2녀가 태어났는데 버지니아는 그중 셋째였다. 『국가인명사전』의 편집인이기도 한 아버지의 영향으로 버지니아는 일찍이 작가가 되기로 결심한다. 그러나 열세 살에 어머니, 스물두 살에 아버지를 잃으면서 우울증과 대인기피증, 환청 등 신경쇠약에 시달린다. 아버지의 사후 스티븐 후손과 덕워스 후손은 뿔뿔이 흩어졌다. 이때 스티븐-덕워스 부부의 자녀 중 맏언니 바네사는 케임브리지 대학에다니던 남동생 토비, 버지니아 등과 함께 블룸즈버리로 이사한다. 이를 계기로 토비의 친구인 클라이브 벨Clive Bell, 1881~1964, 자일스 리튼 스트레이치 Giles Lytton Strachey, 1880~1932, 존 메이너드 케인스John Maynard Keynes, 1883~1946, 레너드 울프Leonard Woolf, 1880~1969 등이 모이면서 당대 최고의 지식인 집단인 블룸즈버리 그룹이 형성된다. 서른 살에 레너드 울프와 결혼한 버지니아는 첫 소설 『출항·The Voyage Out』(1915)을 발표한다. 이어 '의식의 흐름' 기법을 쓴 『댈러웨이 부인』과 『등대로To the Lighthouse』(1927), 『세월』 등으로 모더니

블룸즈버리 그룹의 일원인 자일스 리튼 스트레이치(왼쪽), 비타 색빌웨스트(Vita Sackville-West, 가운데)와 어울리는 버지니아 울프(오른쪽).

즘을 대표하는 작가가 된다. 그럼에도 청년기부터 평생 따라다닌 정신병은 작가를 자살로 몰고 간다.

커닝햄은 이 같은 버지니아 울프의 분신으로 로라 브라운과 클라리사 본이라는 두 사람의 미국 여성을 더 창조한다.

둘째를 임신한 로라는 남편 댄의 생일에 어린 아들 리처드(리치)와 함께 케이크를 만든다. 그러나 살림 솜씨가 없는 로라는 케이크 만들기에 실패한다. 그녀의 불안과 공허감은 아들에게 전염된다. 그때 이웃인 키티가 로라를 찾아와서 자궁의 병 때문에 병원에 가게 됐다며 개를 부탁한다. 눈물 흘리는 키티를 위로하던 로라는 순간적으로 키티에게 키스를 한다. 로라는 다시 케이크를 만든 뒤 리치를 베이비시터에게 맡겨 놓고 차를 몰고 외출한다. 호텔에 혼자 투숙한 로라는 버지니아 울프의 소설 『댈러웨이 부인』을 꺼내 읽으면서 "다른 세상에서라면 책을 읽으며 인생을 보냈을지 모른다"고 생각한다. 몇 시간의 일탈을 끝내고 집으로 돌아온 로라는 남편 댄의 생일파티를 치른다.

한편, 클라리사 본은 전 애인인 리처드로부터 '댈러웨이 부인'으로 불린다. 그녀는 댈러웨이 부인이 소설 초입에서 그랬던 것처럼 광장으로 꽃을 사러 나간다. 작가인 리처드의 문학상 수상식에 맞춰 자신의 집에서 파티를 준비하기 위해서다. 리처드는 우울증에다 에이즈 환자로 고립된 생활을 한다. 리처드와 헤어진 클라리사는 동성 애인인 샐리와 15년째 함께 살면서 리처드를 보살피고 있다. 파티를 통보하러 간 클라리사에게 리처드는 심한 히스테리를 부린다. 아침부터 그와 한바탕 싸움을 치른 클라리사는 시상식 준비를 위해 오후에 다시 리처드의 아파트를 찾아가는데 리처드는 그녀가 보는 앞에서 창문에 몸을 던져 자살한다. 그의 장례식이 끝난 뒤 리처드의 우울과 방황의 원인을 제공한 어머니 로라가 클라리사의 연락을 받고 찾아온다. 둘째를 낳은 뒤 아침식사를 차려 놓고 홀연히 사라진 로라는 캐나다 토론토에서 사서로 살았다. 리처드를 사이에 둔 두 여성은 이렇게 그의 죽음 앞에서 처음 만난다.

1999년 퓰리처상과 펜 포크너상을 받은 커닝햄의 소설은 영화 〈디 아워스〉로 더욱 유명해졌다. 니콜 키드먼Nicole Kidman(버지니아 울프), 줄리안 무어Julianne Moore(로라 브라운), 메릴 스트립Meryl Streep(클라리사 본)이라는 쟁쟁한 여배우들이 출연한 이 영화는 원작보다 훨씬 감각적이고 뛰어난 심리묘사로 세 여성의 삶에 육박한다. 또 원작소설에서 비중이 작았던 로라에 대해서도 동등한 몫을 할애한다. 영화 속 로라는 호텔에서 '댈러웨이 부인'을 읽으며 자살하던 순간의 버지니아 울프가 된 것처럼 강물이 자신을 덮치는 악몽을 꾼다. 자살을 포기한 그녀는 집으로 돌아온다. 생일 케이크를 앞에 둔 남편 댄은 흡족해 하며 자신이 로라와 결혼한 경위를 설명한다. 전쟁터에 나간 그는 목숨이 촌각에 달려 있는 순간마다 어딘가 우울해 보이던 고등학교 동창 로라를 떠올린다. 로라를 차지하는 게 그가 살아남아야 할 이유였다. 로라는 남편에게 억지웃음을 짓지만 화장실에서 혼자 울음을 터트린다.

커닝햄 소설과 영화 〈디 아워스〉에서 작가 버지니아 울프는 댈러웨이 부인을 죽일까 말까를 계속 고민한다. 나중에 완성된 소설 『댈러웨이 부인』을 보면 댈러웨이 부인은 옛 구혼자로 인도에서 막 돌아온 피터 월시의 갑작스런 방문을 받고 약간 후회스런 감정으로 자신의 생을 돌아보기는 하지만 자살을 하기에는 지나치게 평온해 보인다. 오히려 자신의 파티에 사전 예고 없이 수상이 찾아온 것을 놓고 자랑스러워하는 그녀의 모습은 영국 부르주아 여성의 허세를 드러낸다. 대신 죽음은 댈러웨이 부인이 아침에 꽃을 사러 나갔을 때 마주친 젊은 남자인 셉티머스 워런 스미스의 몫이 된다. 전쟁에 나갔다가 이탈리아 여성 루크레치아와 결혼해 런던으로 돌아온 이 광인은 자신을 감금 치료하려는 폭력적인 의사의 손에서 놓여나고자 창문에서 몸을 던진다. 평온하게 느껴지는 일상을 한 꺼풀 벗겼을 때 존재하는 죽음의 이미지인 셉티머스는 댈러웨이 부인의 '더블'(또 다른 자아)이다. 커닝햄의 소설에서 셉티머스는 리처드의 모습으로 나타난다. 리처드는 어머니 로라가 끝까지 살아남은 것과 달리 스스로 목숨을 끊는다.

삶이란 고통을 통해 그 의미를 드러낸다

1923년의 버지니아 울프, 1949년(영화에서는 1951년)의 로라 브라운, 1990년대(영화에서는 2001년)의 클라리사 본의 삶은 어떤 차이가 있을까. 작가 버지니아 울프의 동성애 성향은 널리 알려진 사실이다. 영화에서 버지니아는 언니 바네사에게 키스를 한다. 그녀의 작품 속에서 댈러웨이 부인은 딸 엘리자베스와 어울리는 '위험해 보이는 여자'(페미니스트) 미스 킬먼에게 끌린다. 영화 속에서 남편을 사랑하지 않는 1950년대의 로라는 키티에게 키스하고 죄책감을 느낀다. 그러나 동성애는 21세기의 클라리사에게 와서 당당한 사랑의 방식으로 자리를 잡는다. 리처드의 장례를 치르면서 고통과 슬픔으로 녹초가 된 그녀는 파트너인 샐리와 정열적인 키스를 나누며 스스로를 위로한다.

　자립적 삶에서도 여성들은 진보해왔다. 버지니아 울프는 대단한 재능을 지닌 성공한 작가이지만 그녀의 삶은 남편 레너드의 관대한 이해와 보호에 의해 가능한 것이었다. 로라의 남편 댄 역시 집안 살림을 못하는 로라를 지극히 사랑했다. 그는 아내의 심리상태를 전혀 가늠조차 하지 못한 둔한 남자였으나 매일 아침 아내를 위해 꽃을 바쳤다. 그럼에도 로라는 주부 이상의 무엇이 되기 위해 가정을 버려야 했다. 죽음을 꿈꾸었으나 결국 남편과 딸, 아들마저 앞세운 뒤 혼자 살아남은 로라가 영화 속에서 클라리사에게 "당신의 삶은 완벽해 보인다"고 했을 때 클라리사의 표정은 미세하게 흔들린다. 출판 편집자라는 직업, 샐리와의 동거, 엄마를 이해해 주는 딸……. 그러나 클라리사 역시 자기 삶의 균형을 잡기 위해 수없이 많은 눈물을 흘렸으며, 무너져 내리는 내면을 추스려야 했다. 이 부분에서 메릴 스트립은 보톡스 주사를 맞지 않은 여배우만이 가능한 섬세한 표정 연기를 선보인다.

　"삶을 회피하지 않고 과감하게 싸우면서 삶의 의미가 무엇인지 깨닫게 됐다. 그 삶을 접을 때가 됐다."

　영화 속에서 자살을 선택하는 버지니아 울프는, 삶은 고통을 통해 의미를 드러낸다고 말한다. 삶과 죽음, 고통과 기쁨 사이의 위험한 외줄타기는 세 주인공뿐 아니라 모든 여성의 운명이기도 하다. 지독한 출산의 고통이 곧 최고의 기쁨이고 식구와 손님에게 대접할 음식을 준비하면서 때로 꺼질 듯한 절망과 허무를 느끼는 것. 버지니아와 로라 그리고 클라리사를 포함한 모든 여성에게 있어서 삶이란 이처럼 (정신)분열 상태의 연속이다. 이를 인정하고 난 뒤에야 비로소 일상을 균형있게 지탱해나갈 힘이 생기는 것임을 그녀들은 깨닫게 된 것이다.

용서를 구하는 두 가지 방법

서 편 제
___
밀 양

"만일 나를 고통스럽게 만들고 상처를 준 사람에게 미움이나 나쁜 감정을 키워간다면 내 자신의 마음의 평화만 깨어질 뿐이다. 하지만 내가 그를 용서한다면 내 마음은 그 즉시 평화를 되찾을 것이다. 용서해야만 진정 행복할 수 있다."

달라이 라마the Dalai Lama는 『용서The Wisdom of Forgiveness』(2004)라는 책에서 이렇게 말한다. 티베트의 정신적 지도자인 그의 가르침은 티베트 민족이 살아남은 비결이기도 하다. 1950년 중국에 점령당해 고유한 역사와 문화를 빼앗긴 티베트인들이 자신들을 억압하고 착취한 중국에 대해 끝없는 증오와 복수심을 가졌다면 그들은 더 큰 불행의 구렁텅이에 빠지거나 멸족하고 말았을 것이다. 그러나 티베트인들의 얼굴에는 미소가 감돈다. 미움과 배척 대신 사랑과 평화의 논리를 따름으로써 티베트는 불행과 공허에 시달리는 현대인들의 영적 고향이 됐다. 그런데 용서하는 일은 결코 쉽지 않다. 달라이 라마에 따르면 용서는 삶 속에서 실천할 수 있는 가장 큰 수행이자 인간이 근본적으로 지닌 자비로운 심성과 더불어 오랜 성찰과 명상, 인간관계의 문제와 사물의 실상에 대한 통찰력을 필요로 하는 일이다.

작가 이청준1939~2008의 단편소설을 원작으로 만들어진 두 편의 영화 〈서편제〉(1993, 감독 임권택)와 〈밀양〉(2007, 감독 이창동)은 서로 다른 방식으로 용서의 문제를 다루고 있다. 주인공들은 자신에게 가해진 불가해한 폭력에 직면하고 이를 어쩔 수 없이 수용하는 과정에서 기나긴 고통의 과정을 겪고 결국 용서에 이른다. 현실적인 세계를 초월하는 성격을 가진 용서는 그들의 삶에 대한 공감과 연민을 불러일으키는 동시에 인간의 삶이 지니는 근본적인 '비극성'에 눈을 돌리도록 만든다.

용서에 이르는 사다리

〈서편제〉를 지배하는 정서는 한(恨)이다. 한이란 자신에게 가해진 폭력에 맞대응하는 대신 분노와 슬픔을 안으로 곰삭이는, 아주 특별한 용서의 방식이다. 판소리는 남도 사람들이 지닌 특유의 한에서 태어난 예술이다. 한을 지님으로써 제대로 된 소리꾼으로 거듭난다는 생각을 가진 떠돌이 소리꾼들의 삶을 담아낸 이 작품에서, 예술은 단순한 테크닉이 아니라 진실한 자기의 표현이자 내면의 완성을 향해가는 수행이다.

〈서편제〉가 한국영화사에서 손꼽히는 명작이 된 것은 이청준과 임권택이란 두 예술가의 행복한 만남 때문이다. 임권택은 이청준의 소설에 깃

이청준의 소설을 영화로 만든 〈서편제〉의 한 장면. 훗날 재회한 오누이가 북을 치고 소리하는 이 장면의 카타르시스는 분노, 절망, 소멸과 같은 단어들과는 상반되는 자리에 놓여 있다. 주인공 송화에게 판소리는 용서에 이르는 사다리가 아니었을까?

든 남도 특유의 정서를 성공적으로 스크린에 옮겼다. 영화 〈서편제〉의 원작은 연작소설 『남도사람』 가운데 「서편제-남도사람 1」(1976)과 「소리의 빛-남도사람 2」(1978)이다. (나머지 한 편인 「선학동 나그네-남도사람 3」(1979)은 임권택의 100번째 영화 〈천년학〉(2007)의 원작이다.) 두 단편에서 남자는 오래 전에 버린 소리꾼 의붓아버지와 누이동생을 찾아다닌다. 남자의 어머니가 소리꾼을 만나서 누이를 낳고 죽은 뒤 의붓아버지는 남매에게 소리를 가르치면서 남도 일대를 떠돌았다. 그러나 아버지의 소리에 살의를 품었던 그는 어느 날 말없이 사라진다.

소설과 달리 영화에서 남자는 소리꾼 누이의 동생이다. 동호(김규철 분)는 전남 보성의 소릿재 주막에서 여주인의 판소리 한 대목을 들으며 회상에 잠긴다. 소리품을 팔기 위해 어느 마을 부잣집 잔치에 불려온 소리꾼 유봉(김명곤 분)은 그곳에서 동호의 어머니 금산댁을 만나 자신이 데리고 다니는 수양딸 송화(오정해 분)와 함께 새로운 생활을 시작한다. 동호와 송화는 친 오누이처럼 다정해지지만 아기를 낳던 금산댁이 아기와 함께 죽으면서 불행의 그림자가 드리워진다. 홀아비가 된 유봉은 소리품을 파는 틈틈이 송화에게는 소리를, 동호에게는 북을 가르친다.

그러나 소리를 들어주는 사람들이 줄고 냉대와 멸시 속에서 살아가던 중 동호는 어머니가 유봉 때문에 죽었다는 생각과 함께 유봉의 강압적인 교육방식, 궁핍한 생활을 견디지 못해 가출한다. 유봉은 남은 송화마저 동호의 뒤를 따라 자신의 곁을 떠날지 모른다는 두려움을 느낀 데다 소리의 완성에 집착한 나머지 비소를 먹여 송화의 눈을 멀게 한다. 유봉은 서서히 시력을 잃어 가는 송화를 정성껏 돌보지만 죄책감 때문에 괴로워하다가 결국 송화의 눈을 멀게 한 일을 사죄하고 숨을 거둔다. 그로부터 몇 년 뒤 그리움과 죄책감으로 송화와 유봉을 찾아 나선 동호는 전남 장흥의 작은 주막에서 송화와 재회한다. 북채를 잡은 동호는 송화에게 소리를 청하고, 송화는 아버지와 똑같은 북장단 솜씨로 미뤄 그가 동호임을 안다. 그러나 오누이는 아무 말도 하지 않은 채 다시 헤어진다.

〈서편제〉는 한국 영화사상 처음으로 100만 관객 돌파라는 기록을 세웠다. 2000년대 한국영화가 여러 편 1000만 관객을 돌파한데 비하면 10분의 1에 불과한 수치이지만, 1993년 개봉 당시의 파급효과는 대단했다. 1970~1980년대 유신시대와 제5공화국을 거치면서 싸구려 오락·에로 영화 일색으로 전락한 한국영화가 부흥의 날갯짓을 시작하던 시점이었기 때문이다. 〈서편제〉는 판소리라는 전통예술의 아름다움과 깊이에 눈을 뜨게 했을 뿐 아니라 우리 영화로도 돈을 벌 수 있다는 인식을 일깨워 한 국영화의 르네상스를 열었다.

한편, 딸을 자신의 곁에 붙잡아 놓기 위해, 진정한 소리꾼으로 만들기 위해 일부러 눈을 멀게 만든 아버지의 행동은 페미니스트 논객들 사이에 적잖은 논란을 낳았다. 자신이 못다 이룬 예술에의 집착 때문에 딸의 몸을 유린한 아버지의 잔인성을 놓고 여성의 육체를 볼모로 삼아서 소멸해 가는 전통문화에 대한 안타까움이라는 민족주의적 감정을 고조시킨다는 비난이 제기됐다. 또 유봉이 눈 먼 송화의 머리를 빗겨 주고 비녀를 꽂아 주는 장면을 상기시키면서 근친상간이라는 의심의 눈길을 보내기도 했다. 제자에게 시련을 주는 것이 그 계통의 관행이었다고 하더라도 그것이 미학적으로 포장되는 건 불편한 일이다.

그러나 용서라는 관점에서 이 작품을 보면 새로운 시각을 얻을 수 있다. 송화는 아버지가 일부러 자신의 눈을 멀게 했다는 것을 진작 눈치 챘을지 모른다. 또 아버지의 고백을 들은 뒤에는 자신의 삶을 비관하면서 소리를 저버릴 수도 있다. 그녀가 담담한 마음으로 듣는 이의 애간장을 끊어낼 정도의 절창을 뽑아내는 경지에 이른 것은 단지 눈먼 몸으로 다른 삶을 선택할 수 없었기 때문만은 아닐 것이다. 소리꾼으로서 송화가 일궈낸 자기완성의 경지는 동호의 한마저 녹인다. 오누이가 북을 치고 소리하는 장면의 카타르시스는 분노, 절망, 소멸과 같은 단어들과는 상반되는 자리에 놓여 있다. 그렇다면 송화에게 있어서 예술이란 용서에 이르는 사다리 같은 것일까?

증오와 분노가 두렵다면 용서를 하라?

이청준의 또 다른 원작 영화 〈밀양〉에서는 유괴범과 아이를 잃은 엄마 사이에 하느님이 개입한다. 극심한 고통을 겪던 피해자가 어렵사리 가해자를 용서하기로 결심하지만 가해자는 이미 회개하고 마음의 평화를 얻은 뒤였다. 그렇다면 용서의 본질은 무엇이냐고 이 영화는 묻는다.

신애(전도연 분)는 남편이 죽은 뒤 어린 아들 준과 함께 남편 고향인 경남 밀양으로 내려간다. 그곳에서 카센터를 운영하는 김종찬(송강호 분)을 알게 된다. 신애는 종찬의 도움으로 집을 얻고 피아노 학원을 차린다. 신애는 상처가 많은 인물이다. 어렸을 때 아버지와 좋은 관계를 맺지 못했고, 음악 대신 사랑을 택했다. 그러나 남편에게 배신당한 경험이 있고,

증오와 분노의 괴로움에서 벗어나기 위해 선택할 수 있는 일은 진정 '용서' 뿐일까? 영화 〈밀양〉의 한 장면.

끝내 혼자 남았다. 그녀는 가진 것도 없으면서 이웃에게 "땅을 보러 다닌다"며 오만한 모습을 보인다. 그러던 어느 날 아들이 유괴를 당하고, 며칠 뒤 주검으로 돌아온다. 범인을 잡고 보니 신애의 돈을 노린 태권도 학원장이다.

괴로워하던 신애는 이웃의 도움으로 기독교에 귀의하고, 많은 망설임 끝에 죄인을 용서하기 위해 교도소로 찾아간다. 그런데 범인은 이미 자신의 잘못을 참회하고 하나님의 용서를 받았다고 믿으면서 평안한 얼굴로 그녀를 맞이한다. 그런 범인의 모습은 신애에게 극심한 혼란을 준다. 교회와 교인들을 찾아다니면서 광적 행동을 일삼던 신애는 정신병원으로 간다. 그리고 퇴원한 뒤 종찬의 도움을 받으며 옛집으로 돌아가 마당 한 구석의 햇빛 한 줌을 발견한다. 비밀스러운 햇빛, 즉 밀양(密陽)이다.

원작인 이청준의 「벌레이야기」(1985)는 아들을 잃은 엄마가 죄인의 얼굴에서 평화와 구원을 발견하고 절망 끝에 스스로 목숨을 끊는 것으로 돼 있다. 마땅히 고통을 받아야 할 사람이 평화를 얻었다면 세상의 정의는 사라진 것이다. 가해자는 피해자의 용서를 받음으로써 구원을 얻어야 하는데 그런 권한을 하느님이 가로챘다고 느낀다. 그러나 정작 용서의 주체는 누구일까. 신애의 입장에서는 범인에게 평화와 구원을 준 하느님이 원망스럽겠지만 용서는 사람이 아닌, 하느님의 영역이다. 신학적으로 볼 때 불완전한 인간은 참회를 통해 평화를 얻을 수 있을 뿐이다.

작품 속의 신애 역시 죄인이다. 그녀는 돈이 많은 척하면서 교만하게 행동하는 바람에 범행의 동기를 부여했고 아들의 죽음을 불러왔다. 피해자라는 처지만으로 신애에게 범인을 용서를 할 수 있는 권한이 주어지지는 않는다. 그녀 역시 하느님 앞에서 죄인이기 때문이다. 그런 그녀에게도 하느님의 구원이 내려진다. 정신병원에서 퇴원해 집으로 돌아오던 그녀는 미용실 보조로 일하는 살인범의 딸과 눈이 마주치면서 연민의 감정을 품게 된다. 사람과 세상을 향해 굳게 닫혀있던 그녀의 가슴이 열리는 순간이다. 이 같은 삶의 희망은 마당을 비추는 한 줌의 햇빛, 즉 밀양을 통해 형상화 된다.

두 영화가 나온 시기는 14년이나 차이가 나지만 원작 소설은 비슷한 기간에 쓰였다. 이청준은 유신 말기에 모든 비판적 발언이 막혀 있는 정치 상황을 경험하면서 아무리 억압해도 무너지지 않는 존엄성 같은 게 있다는 생각으로 「서편제」를 썼다. 스스로도 정서가 너무 메말라 정(情)의 씨앗자루를 남기고 싶었다고 고백했다. 또 제5공화국의 서슬이 퍼렇던 1985년에 발표된 「벌레이야기」는 피해자는 용서할 마음이 없는데 가해자가 먼저 용서를 이야기하는 상황을 보고 피해자의 절망감을 그린 작품이다. 이처럼 그의 작품은 현실을 곧바로 인용하지 않으면서도 결코 현실과 떨어져 있지 않다.

생전의 작가 이청준은 삶을 캄캄한 밤에 산길을 더듬어 가는 것에 비유하곤 했다. 그런 도정에서 문학은 '방금 누가 지나갔으니 빨리 가면 따라잡을 수 있을 것'이라고 말해 주는 거짓말이란다. 그가 평생을 바친 '소설이란 거짓말'은 그 말의 가치를 믿음으로써 일말의 희망을 안고 남은 삶을 헤쳐 나갈 수 있도록 해 주는 위무, 인생의 부끄러운 상처와 아픔을 풀어내는 씻김질이었다.

세계에 대한 비극적 상황 인식, 실패자에 대한 공감은 그의 가족사와 분리되지 않는다. 좌익 활동을 한 아버지는 작가가 여덟 살 되던 해에 세상을 떠났고, 첫째 형도 일찍 유명을 달리했다. 어렸을 때부터 신동 소리를 들은 이청준은 자연스레 어머니와 가족, 일가친척의 기대를 한 몸에 모았다. 그것이 부담스러워 오히려 모두가 바라던 법대가 아닌 문리대를 택하고 작가의 길로 접어들었다. 그리고 평생 전업작가로 살면서 30여 권에 이르는 전집을 남겼다.

그런 그가 자기 삶의 원형이자 스스로 가장 특별하게 여긴 작품이 단편 「눈길」(1977)이다. 이미 남의 손에 넘어간 고향집에서 대처로 공부하러 간 아들을 기다리다가 마지막 잠을 재우고 이튿날 새벽에 떠나보낸 뒤 눈 위에 찍힌 자식의 발자국을 되밟아 돌아가는 어머니의 이야기는 이 세상 정처 없는 것들의 가엾음을 드러낸다. 인간에 대한 깊은 이해와 연민에서 태어난 소설이 영화로 만들어져 많은 이들의 뇌리에 남게 된 것은 결코 우연이 아니다.

본격소설의 시대가 지나가다

폭풍의 언덕

본 격 소 설

"근대에 들어서서 서양 문명의 지배가 온 세계에 확대되고, 서양소설이 잇따라 일본어로 번역되기 시작한 이래 의식했든 그렇지 않든 간에 일본의 많은 소설가는 서양소설에 있는 이야기를 다시 한 번 자기 언어로 써 보고 싶다는 모든 예술의 근원에 깃든 모방의 욕망에 사로잡혀 일본 근대문학을 꽃피워 갔다. 그렇게 생각하면 나의 시도는 일본 근대문학의 큰 흐름을 반복하는 것에 지나지 않으면서도 동시에 그 큰 흐름을 정통적으로 계승한 것이라고 할 수 있다."

일본 소설가 미즈무라 미나에Mizumura Minae는 자신의 장편 『본격소설 A Real Novel』(2002)의 서문에서 스스로의 작업을 이렇게 소개한다. '서양소설을 일본어로 다시 쓰기'는 비단 일본 근대문학의 관습일 뿐만 아니라 동아시아 근대문학의 공통적인 과제였다. 중국의 루쉰Lu Hsun, 1881~1936이나 한국의 이광수1892~1950도 일본의 나쓰메 소세키Natsume Soseki, 1867~1916처럼 서양소설의 형식에 자국의 경험과 정서를 담아내면서 근대문학의 아버지

로렌스 올리비에가 히드클리프 역을 맡은 영화 〈폭풍의 언덕〉(1939. 왼쪽)과 쥘리에트 비노슈(Juliette Binoche)가 캐서린으로 출연한 영화 〈폭풍의 언덕〉(1992).

로 자리매김 됐다. 이런 문학사의 흐름을 의식한 미즈무라는 '모방'을 자기 소설의 기법으로 채택했다. 그녀는 영국인들이 역사상 가장 뛰어난 연애소설 중 하나로 꼽는 에밀리 브론테Emily Jane Bronte, 1818~1848 의 『폭풍의 언덕Wuthering Heights』(1847)을 일본식으로 각색한 것이다.

그녀가 이 소설을 쓰게 된 계기는 가토 유스케란 문예지 편집자로부터 다로와 요코와 마사유키라는 세 사람의 치명적인 러브스토리를 들었고, 이것이 "한 편의 소설 같다"고 생각했기 때문이다. 그 이야기를 소설적이라고 생각한 것은 세계문학전집을 읽으면서 자란 소녀시절부터 '이런 게 소설'이라는 소설관이 작가 안에 자리잡았기 때문이다. 『서양미술사The Story of Art』(1950)의 저자인 에른스트 곰브리치Ernst Hans Gombrich, 1909~2001 는 풍경화가 나온 뒤에야 사람들이 그림에서 봤던 풍경을 아름답다고 여기고 그와 비슷한 장소에다 피크닉 바구니를 펼쳤다는 인지심리학적 관점을 소개했는데 이는 소설의 경우에도 적용된다. 소설 같은 이야기는 소설이 나온 뒤에야 탄생했다고 볼 수 있다.

'소설 같은 이야기'는
'소설'이 나온 뒤에야 비로소 탄생한다

『본격소설』은 작가 자신의 이야기로 시작한다. '본격소설이 시작되기 전의 길고 긴 이야기'라는 첫 장에는 아버지의 직장을 따라서 12살 때 미국으로 건너간 미즈무라 미나에가 등장한다. 일본 카메라 회사의 뉴욕지사에서 일하는 아버지는 어느 날 이즈마 다로라는 운전사를 데려온다. 어딘지 모르게 음울한 매력을 풍기는 다로는 영업직으로 업무를 바꾸면서 직장에서 승승장구한다. 제대로 교육도 받지 못했고 본토에서 뭔가 좋지 않은 일에 휘말린 듯한 분위기를 가진 그는 미국 경쟁사로 스카우트되면서 더욱 성공한다. 일본 교포사회에서 다로는 선망과 질시의 대상이다. 풍문에 따르면 그는 일본이 거품경제로 흥청망청하던 시절에 많은 투자자를 유치하고 벤처사업을 벌이면서 큰 재산을 모았다.

한편, 미즈무라는 미국에서 공부를 마친 뒤 일본으로 돌아간다. 그리고 두 권의 소설을 발표한 소설가가 된다. 일본 근대문학에 대해 강의해 달라는 요청을 받고 미국 서부 스탠퍼드대에 머물던 그녀는 가토 유스케란 편집자를 만난다. 가토는 미국에 오기 직전에 일본의 고급 휴양지인 가루이자와에서 후미코라는 가정부를 통해 사이구사 집안의 외손녀 요코와 시게미쓰 집안의 손자 마사유키, 요코 집안 인력거꾼의 손자뻘로 만주에서 중국 마적과 일본 여인 사이에 태어난 사생아인 다로의 이야기를 듣게 된다. 후미코와 함께 지내던 다로와 잠시 대화를 나누게 된 가토는 다로가 미즈무라라는 소설가를 소녀 시절에 알았다는 말을 들었고, 미국에서 만난 미즈무라에게 다로의 이야기를 털어 놓고 싶었던 것이다. 이런 상황을 첫 장에서 설명한 뒤 소설은 후미코의 1인칭 시점과 3인칭 전지적 작가 시점을 오가면서 세 남녀의 사랑 이야기를 풀어낸다.

작가는『본격소설』에서 소설이란 무엇인가, 20세기 일본소설의 규범이 된 서구의 '본격소설'은 무엇이고 서양소설이 일본식으로 변형된 형태인 '사소설'이란 무엇인가 등 소설 장르 자체에 대한 질문을 던진다. 미즈무라는 자신이 창작한 이야기가 아니라 들은 이야기를 소설로 씀으로써 소설은 '작가의 상상에서 나온 허구'라는 규정부터 깨뜨린다. 또 서양의 '본격소설'과 같은 소재를 같은 구조로 쓰면서도 근대소설의 특징인 객관적 서술 대신 작가 자신이 직접 경험한 이야기를 넣어 일본 사소설의 특성을 보여 준다. 요컨대 문학사와 장르를 넘나드는 실험을 통해 서양소설과 일본소설은 원본과 모방의 관계에 그치지 않고, 결코 같아질 수 없는 독자성을 가진다는 사실을 입증한다.

그 뒤부터 본격적으로 펼쳐지는 이야기는『폭풍의 언덕』과『본격소설』을 겹쳐서 읽도록 만든다. 여름 휴가를 떠난 가토 유스케는 길을 잃고 한 별장에 들어선다. 거기에는 중년남자가 된 다로와 노년의 후미코, 빨간 잉어가 수놓인 유카타를 입은 소녀 요코의 혼령이 살고 있다. 이튿날 가토는 후미코를 통해 사이구사 집안의 세 할머니 자매인 하루에, 나쓰에, 후유에를 만난다. 쇼와(昭和) 시대(1926~1989) 초기부터 부유하게 살아온 할머니들은 가세가 기울었지만 여전히 가루이자와의 별장에서 호사의 흔적이 느껴지는 일상을 보낸다. 서양관이라고 불리는 별장, 최신 옷본을 갖춘 도쿄의 양장점, 직수입한 고급 식기세트, 식모와 인력거꾼, 집안의 분주한 대소사, 미국이나 영국에 유학 가서 클래식 음악과 건축을 전공한 손자손녀들……. 세 자매는 이런 환경에 둘러싸여 살았다. 시게미쓰 집안 은 이런 점에서 사이구사 집안보다 한 수 위다.

패전 직후인 1950~1960년대의 나날들 속에서 요코와 다로는 아직 어린아이다. 자매 중 두 번째인 나쓰에 할머니의 외손녀 요코는 집안 분 위기와 달리 외로우면서도 자유롭게 성장한다. 어느 날 만주에서 태어나 고아가 된 다로가 요코 집안의 일꾼인 삼촌을 따라온다. 어린 시절부터 우정과 연민을 쌓은 요코와 다로는 운명적으로 얽히면서 두 몸 속의 한 영혼과 같은 사이가 되지만 결코 신분의 장벽을 뛰어넘을 수 없다. 사랑 의 정열과 그에 비례해 높아지는 현실의 압력을 이기지 못한 다로가 훌쩍 미국으로 떠난 뒤 절망에 빠진 요코는 시게미쓰 집안의 귀공자인 마사유 키와 결혼한다. 그러나 미국에서 사업가로 성공한 다로가 돌아오면서 세 사람 사이의 정신적 동거가 계속된다. 그러다가 참을성의 한계를 느낀 마

에밀리 브론테가 가족과 함께 지내던 요크셔의 목사관(왼쪽)과 『본격소설』에 나오는 가루이 자와의 서양관.

사유키가 요코를 비난하자 요코는 집을 뛰쳐나가 추운 별장에서 수면제를 먹은 채 잠이 들고, 폐렴에 걸려 죽는다.

『본격소설』을 지배하는 분위기는 제국주의 시대 일본의 '벨 에포크'(La belle époque, 아름다운 시절)가 꽃피웠다가 스러져가는 데 따른 처연함이다. 서양을 향한 문호가 활짝 열리던 시절에 일본의 신흥자본가 계급은 신문물을 흡수함으로써 새로운 귀족 신분으로 상승한다. 19세기 서양소설이 일본에 들어와 본격소설이 된 것처럼 대화 중간에 몇몇 영어 단어를 섞어 쓰면서 서양 부르주아의 일상을 모방하는 것이 '하이 칼라'('white color'의 일본식 발음)의 표지가 되던 시대다. 일본에 살면서도 영국에 유학한 마사유키의 어머니보다 더 영국적이던 세 자매는 안톤 체호프Anton Pavlovich Tchekhov, 160~1904 의 『벚꽃 동산The Cherry Orchard』(1903)의 무대를 옮겨 놓은 듯한 젊은 날의 '다이쇼(大正, 1912~1926) 로맨티시즘'을 그리운 마음으로 회고한다. 식민지 콜로니얼 양식처럼 독특한 형태로 빚어진 일본 근대문화는 불평등한 국제정세의 산물이지만 소설 속의 세 자매는 물론 작가인 미즈무라에게도 아름다운 과거로 남아 있다. 어렸을 때 일본을 떠난 미즈무라에게는 다이쇼 로맨티시즘의 잔재가 노스탤지어의 대상이다.

이런 점에서 『본격소설』의 배경인 가루이자와는 『폭풍의 언덕』에 나오는 음울하고 황량한 히이드 벌판에 비해 훨씬 아름답다. 진본보다 더욱 진본 같은 일본 부르주아의 일상은 섬세하고 세련되게 가꿔졌다. 또 마사유키는 『폭풍의 언덕』에서 히드클리프와 캐서린의 사랑을 질투하는 에드거와 비교할 때 훨씬 '젠틀맨'이다. 예일대에서 건축학을 전공한 교수인 그는 다로와 요코의 관계를 인정하고 묵인한다. 소설의 마지막에서 밝혀

지듯이 요코와 다로의 사랑을 안타깝게 지켜봐 온 후미코가 사실은 다로
와 한때 격렬한 육체적 관계를 맺었고, 세 할머니 가운데 막내이면서 평
생 독신으로 지낸 후유에가 이런 사실을 알고 질투 비슷한 감정을 느꼈다
는 점도 특별하다. 정교한 레이스처럼 짜인『본격소설』은 '터프'한『폭풍
의 언덕』에 비해 훨씬 성숙한 여성들의 세계에 근접했다.

당신은 소설가가 되기 위해 태어났다

　

　　『본격소설』의 '원본'인『폭풍의 언덕』은 영국 요크셔의 황량한 벌판
에 위치한 저택 '폭풍의 언덕'(Wuthering Heights)의 주인 히드클리프를
만나러 온 세입자 로크우드가 언쇼가의 딸 캐서린과 린턴가의 아들 에드
거, 캐서린의 아버지가 데려온 거지 소년 히드클리프의 사연을 가정부 넬
리로부터 듣는다는 플롯이다. 원작에서 복수의 화신으로 나오는 히드클
리프는 매우 집요하고 잔인하다. 또 캐서린과 에드거의 딸 캐서린(엄마와
동명), 히드클리프와 에드거의 여동생 이사벨라 사이에 태어난 아들 헤어
턴 사이의 사랑과 화해까지 나아간다. 반면 작가가 직접 작품 속으로 들
어간『본격소설』에서는 가토가 가루이자와를 방문한 때로부터 3년 뒤 시
점에 작품이 마무리된다. 미국 체류를 끝내고 일본으로 돌아간 미즈무라
는 소설의 배경인 가루이자와에 가 보지만 세 할머니 자매가 궁한 집안사
정 때문에 어쩔 수 없이 팔아넘긴 별장은 흔적조차 남아있지 않다. 그렇
다면 이 소설은 첫 장에서 작가가 공언한 대로 실제 일어난 일인가, 아니

면 통째로 작가의 창작인가.

　소설이 문화의 중심이던 시대는 지나갔다. 보편적 글쓰기의 형식이었던 문학은 다양한 매체가 인용할 수 있는 콘텐츠의 일종이 됐다. 작가 미즈무라에 따르면 "본격소설 개념은 일본 근대문학의 역사 속으로 매장돼 도서관 구석에서 조용히 먼지를 뒤집어쓰고 있다. 바야흐로 다양한 소설 형식이 동등한 정당성을 주장하며 나란히 늘어서 있고, 본격소설 같은 개념은 규범성을 지니지 않는다." 어쩌면 세계문학전집을 읽으면서 정신의 집을 짓던 '문학소녀'라는 것도 20세기의 화석일지 모른다. 사춘기의 미즈무라는 "순간적인 감상의 부추김에 이끌려 아즈마 다로를 사랑했을지도 모르지만…… 옛날 소설을 읽으며 자랐기 때문에 석기시대 같은 꿈을 이상형으로 그리고 있었던 건지, 보통 소녀였기 때문에 남자가 나보다 교양이 풍부하길 원했던 것인지 어쨌든 내 사랑의 상대가 내가 읽지도 못한 책을 많이 읽은 사람이어야 한다는 것만은 의심할 나위도 없는 대전제였다"고 고백한다.

　위대한 여성작가의 전형인 에밀리 브론테는 '문학소녀'로서 짧은 생을 마쳤다. 성공회 사제인 아버지 패트릭 브론테의 부임지인 요크셔의 황량한 벌판에서 『제인 에어Jane Eyre』(1847)의 작가인 언니 샬럿 브론테Charlotte Bronte, 1816~1855와 함께 자란 그녀는 대부분의 시간을 독서로 소일했다. 그리고 자신이 늘 산책하던 요크셔 벌판의 한 폐가에서 영감을 얻어 『폭풍의 언덕』이란 단 한 편의 소설을 남겼다. 악마적이며 거친 매력의 소유자인 히드클리프는 1939년에 만들어진 영화 〈폭풍의 언덕〉에서 로렌스 올리비에Laurence Olivier, 1907~1989가 연기하면서 구체적인 형상을 얻었다.

미국 작가 F.C. 피츠제럴드Francis Scott Fitzgerald, 1896~1940의 『위대한 개츠비The Great Gatsby』(1925)에서 사랑하는 여인을 얻기 위해 백만장자가 돼 돌아온 개츠비의 역할 모델도 히드클리프라고 볼 수 있다. 이렇게 터프하면서 순정을 지닌 남자가 요즘 시대에는 천연기념물이 된 것처럼 소설가의 고유한 아우라 역시 사라지고 있다. 수많은 소설가가 수많은 소설을 쏟아내는 시대의 작가 노릇은 단 한 권의 책으로 세계문학사에서 추앙받는 인물이 된 에밀리 브론테의 시대에 비해 상상할 수 없이 힘들다.

미즈무라는 소설 속의 '작가의 말'에서 다음과 같이 털어놓는다. "음악가나 무용가, 화가가 되려면 천부적인 재능과 오랜 시간의 혹독한 단련 이 두 가지가 절대적으로 필요하다. 이에 비해 소설가가 되는 것은 정말 간단하다. 누구나 문장을 쓸 수 있고, 누구나 하룻밤 사이에 소설가가 될 수 있다. 그렇기 때문에 더더욱 조용한 하늘의 소리가 귓가에 울리면서 '너는 소설가가 되기 위해 태어났다, 그것이 하늘의 뜻이고 섭리다'라고 말해 주었으면 좋겠다고 간절히 바라는 것이다."

한국 남성과 일본 여성의 세 번의 만남

인 연
순 애 보

수필가로서 금아 피천득^{1910~2007} 만큼 명성과 찬사를 얻은 이는 우리 문학사에 전무후무할 것이다. 특히 국어 교과서에도 실렸던 「인연」은 금아와 일본 여성 아사코 사이의 아름답고 안타까운 인연을 소개한 '국민 수필'로 잘 알려져 있다. 일본의 식민 지배와 한국전쟁 시기에 걸쳐 두 사람 사이에 흘러간, 은근한 그리움과 열정을 깔끔하면서 아스라한 문체에 담은 「인연」은 한 편의 단편소설 같다.

「인연」에서 '나'와 아사코는 세 번 만난다. 아사코는 작가가 17살에 일본으로 유학갔을 때 유숙했던 사회운동가 미우라 선생 댁 외동딸이다. 작가가 처음 만난 아사코는 성심여학원 소학교 1학년인 어리고 귀여운 소녀였다. 저자를 오빠처럼 따랐던 아사코는 정원에 핀 스위트피를 따다가 꽃병에 담아 책상 위에 놓아주었고, 토요일 오후에 자기 학교까지 함께 산보를 가서 하얀 운동화를 보여주었다. 헤어질 때는 목을 안고 뺨에 입을 맞추면서 손수건과 자신의 작은 반지를 선물했다. 두 번째 만났을 때 아사코는 성심여학원 영문과 3학년에 다니는 아름다운 여성으로 성장했다. 재회한 두 사람은 성심여학원을 함께 산책하면서 버지니아 울프의 새 소설 『세월』에 대해 이야기를 나눴다. 세 번째 만남은 한국전쟁 직후였다. 주 일본 미군부대에 근무하는 일본인 2세와 결혼한 아사코는 남편의 오만한 성품과 세월의 풍상 속에서 나이에 비해 훨씬 늙은 중년여인으로 변해 있었다. 안타까운 감정에 젖은 두 사람은 절을 몇 번씩 하고 악수도 없이 헤어진다. "그리워하는 데도 한 번 만나고는 못 만나게 되기도 하고 일생을 못 잊으면서도 아니 만나고 살기도 한다. 아사코와 나는 세 번 만났다. 세 번째는 아니 만났어야 좋았을 것이다."

누구든 인연의 끈이 닿을 듯 말듯 놓쳐 버린 이성을 한 명쯤 가슴에 품고 살아간다. 금아와 아사코 사이의 인연이 많은 독자의 심금을 울리는 것은 이런 감정의 보편성 때문이다. 특히 한국과 일본처럼 불행한 역사를 겪은 상황에서는 마음속의 말을 선뜻 꺼내 놓기 어렵다. 한·일 간의 민족 감정은 세기가 바뀌어도 녹록지 않은 앙금으로 남았지만 「인연」이 보여준 순수한 감정의 교류는 아사코를 일본인이 아닌 한 인간으로 느끼게 한다. 금아는 수필의 결처럼 단아한 삶을 살다가 97세를 일기로 조용히 이승을 떠났다. 그가 타계하기 몇 년 전 한국 언론이 일본 성심여학원의 졸업앨범에서 찾아낸 아사코는 한눈에 보기에도 썩 미인이다.

'우연'이지만 '필연'적인 만남

피천득의 「인연」을 21세기 초입에 되살린 영화가 이재용 감독의 〈순애보Asako in Ruby Shoes〉(2000)이다. 한국영화가 '한류'라는 이름을 달고 해외로 진출하기 시작하던 무렵에 만들어진 이 영화는 수필 「인연」처럼 풋풋하고 순수한 분위기를 풍긴다. 〈순애보〉에는 최초의 한·일 합작영화라는 타이틀이 붙어 있다. 2002년 한·일 공동월드컵 개최라는 이벤트에 맞춰 양국 합작으로 만들어지고 동시에 개봉했다. 한국의 쿠앤필름과 일본의 쇼치쿠가 75대35로 합작했으며, 주인공으로는 이정재와 다치바나 미사토Dachibana Misato를 캐스팅했다.

〈순애보〉는 2000년대 한국과 일본의 일상을 교차해 보여 준다. 남자 주인공 우인(이정재 분)은 동사무소의 말단 직원이다. 작품 초반에 그의 손가락 신경이 죽은 것을 보여 주는 장면이 두 차례나 나오는 것은 삶의 한 부분이 마비됐음을 상징한다. 우인을 괴롭히는 것은 아버지와의 불화를 불평하는 어머니와 가출한 누나다. 그러나 두 사람은 영화에 한 번도 나타나지 않고 누나를 찾아다니는 매형과 조카, 어머니의 목소리만 나온다. 한편, 여자 주인공 아야(다치바나 미사토 분)의 신분은 재수생이다. 그의 부모는 스와핑을 시도할 만큼 사이가 벌어졌으며, 남동생 유스케는 망가와 인터넷에 빠져 있다. 아야가 유일하게 의지하는 가족은 자신의 생일에 숨을 참고 자살한 할아버지와 게이샤 출신의 할머니이지만 이들은 이미 이 세상 사람이 아니다.

우인과 아야의 일상은 끊임없이 유예된다. 우인은 세금고지서를 배달

최초의 한·일 합작영화 〈순애보〉의 한 장면.
'세 번째는 아니 만났으면 좋았을 것'이라는
「인연」의 결말과 달리 〈순애보〉에서 세 번째
만남은 두 사람이 함께 알래스카로 떠난다는
점에서 해피 엔딩이다.

하러 다니는데 그것은 제대로 전달되지 못한다. 심지어 고지서를 변기에
빠뜨리기까지 한다. 그의 집 물탱크에는 금이 갔다. 전화 속의 어머니는
물탱크를 고치라고 채근하지만 우인은 계속 미루고, 위기는 점점 다가온
다. 아야에게 있어서도 일상은 늘 지지부진하다. 아야는 재수생활을 그만
두고 자신이 정작 원하는 것, 생일에 알래스카에서 할아버지처럼 숨을 참
고 죽는다는 계획을 실현하기 위해 학원을 그만두고 스포츠클럽 아르바
이트로 취직한다. 그러나 그곳에서마저 쫓겨남으로써 꿈의 실현은 계속
미뤄진다.

　이들은 일상에서 느끼는 곤경을 가상성(virtuality)을 통해 돌파하고자
한다. 우인에게 인터넷은 현실을 잊게 해주는 도피처다. 밤에 포르노사이

트를 보는 게 그의 유일한 취미생활이다. 어느 날 '원더원더랜드'란 사이트에서 '빨간 구두를 신은 아사코'란 메뉴를 보는 우인에게 어린 조카가 다가오자 그는 "얘네들은 음······ 삼촌이 외로울 때 나타나서 위로해 주는 거야"라고 둘러댄다. 아야에게도 인터넷은 그의 꿈을 실현시켜 줄 수 있는 통로이다. 스포츠클럽에서 실직한 뒤 우연히 포르노사이트 모델을 찾는 광고를 보게 된 아야는 '빨간 구두를 신은 아사코'(영어제목)란 포르노 모델로 출연해 자신의 정체성을 변화시킨다. 여기서 빨간 구두는 영화 〈오즈의 마법사〉에서 주인공 도로시를 먼 곳으로 데려다주는 수단이다. 또 아야가 꿈꾸는 알래스카는 모델 아사코가 환상적인 포즈를 취하는 순백색의 배경이 되는데, 알래스카는 또한 일본에서 촬영한 아사코의 이미지를 받아서 가공해 주는 웹 디자이너가 사는 곳이기도 하다.

인터넷에서는 아야뿐만 아니라 우인의 정체성도 새롭게 구성된다. 우인은 현실에서의 무력감, 즉 직장생활의 따분함과 동사무소에서 열리는 요리교실에 보조강사로 나오는 미아란 여성(나중에 동성애자로 밝혀진다)에 대한 좌절된 짝사랑을 인터넷에서 해소한다. 현실 속의 우인은 마비된 손가락 때문에 서류를 작성하면서 ㅁ과 ㅂ을 바꿔 놓아 상사에게 꾸중을 듣는다. 그러나 '원더원더랜드'에 접속한 그는 아사코의 이미지를 전후좌우 마음대로 조종할 수 있다.

이처럼 '원더원더랜드'라는 사이버 공간은 현실의 맥락을 제거한 두 사람의 만남이 이뤄지는 공간이다. "서울과 도쿄는 같은 시간이다"라는 우인의 대사처럼 눈 깜짝할 사이에 양 도시를 넘나드는 실시간성은 이질적인 두 장소를 동등하게 만들어 준다. 양국 간에 쌓인 역사적 앙금, 경제

적·문화적 불평등은 사이버 공
간에서 효과적으로 해소된다. 두
사람이 각자 서울과 도쿄를 떠나
알래스카로 향하는 마지막 장면
은 양국이 새로운 관계로 접어드
는 것을 상징한다. 아야는 소원
대로 날짜변경선을 넘는 순간 숨
을 참는데 점점 가빠지는 숨소리
와 잠깐의 암전이 지나간 뒤 다
시 눈을 뜬다. 그런 아야의 앞에
는 우인이 있다. 서로가 인연임을
알아챈 두 사람은 함께 알래스카
로 떠난다.

영화 〈순애보〉의 일본판 포스터. 이 영화의 일본판 제목은 영화
속 포르노 모델의 이름인 '빨간 구두를 신은 아사코'(Asako in
Ruby Shoes)이다.

《觸不到的戀人》 LEE Jung-jae 李政宰　Tachibana Misato 橘實里

純愛譜

Asako
in
ruby shoes

"兩個城市，一段純愛，許多埋藏的慾望…"

　　이 영화 속에서 우인과 아야
는 피천득의 「인연」과 마찬가지로 세 번의 만남을 갖는다. 첫 번째는 아
야가 집을 떠날 준비를 하면서 펼쳐 본 옛날 앨범에서 밝혀지듯이 아야가
서울로 수학여행을 갔던 '1998년 경복궁에서, 한국 아저씨와 함께'라는
사진에 찍힌 이미지로 만난다. 두 번째는 인터넷에서 포르노사이트의 소
비자와 모델 관계로 만난다. "세 번째는 아니 만났으면 좋았을 것"이라는
「인연」의 결말과 달리 〈순애보〉에서 세 번째 만남은 두 사람이 함께 알래
스카로 떠난다는 점에서 해피 엔딩이다.

국가 단위로 확대한 남녀 간 재미있는 권력 구도

　　화해나 화합의 메시지는 종종 남녀 간의 만남과 사랑으로 형상화된다. 한국에서 경상도와 전라도 간의 지역감정이 한창 심각했을 때 영·호남 커플의 결혼은 '편견과 역경을 극복한 인간승리'로 미화, 장려되기도 했다. 마찬가지로 한국과 일본의 남녀 간 결합은 양국 간의 정치적·경제적 대립을 해소한다는 뉘앙스를 띤다. 한국이 일본 식민지에서 벗어나고 1965년 국교정상화를 이룬 뒤에도 양국의 화해는 요원한 일이었다. 식민지배에 대한 반성, 독도 영유권 문제, 역사교과서 왜곡 등 과거사를 둘러싼 갈등이 양국의 국내 정치와 연관돼 주기적으로 발생하는 한편, 경제적으로 만성적인 무역역조가 계속돼 왔다.

　　더욱이 한국정부는 광복 이후부터 1990년대 후반까지 국민정서를 악화시킨다는 이유 또는 우리 문화 콘텐츠의 성장을 저해한다는 이유로 일본 대중문화의 수입을 공식적으로 차단했다. 같은 기간에 미국의 대중문화가 몰려들어 온 속도와 영향에 비춰 보면 그것은 실질적인 이유라기보다는 민족 감정을 앞세운 조치란 것을 알 수 있다. 그런데 치열한 유치경쟁에서 비롯된 유례없는 월드컵 공동 개최 결정은 한·일간의 문화교류에 새로운 전기를 가져왔다. 김대중정부는 1998년부터 2003년까지 4차에 걸쳐 단계적인 개방 조치를 내렸다. 이 시기의 한국은 지난 역사보다는 지역블록으로서 '동아시아 공동체'라는 정치적 의제를 중시했고, 일본에서의 한류 열풍으로 인해 우리 문화에 대한 자신감이 고조됐다. 이런 상황이 〈순애보〉처럼 한·일 간의 로맨스를 가능하게 했다.

　　국경을 뛰어넘은 남녀관계에서 지배자는 남성, 피지배자는 여성으로
은유되는 경우가 많다. 그런데 「인연」과 〈순애보〉는 (과거) 피지배국인 한
국의 남성이 우월한 국가인 일본의 여성과 인연을 맺는다는 점에서 전형
적인 구도를 뒤집는다. 양국 관계가 평형을 잡아 가는 과정에서 이런 식
의 구도는 계속 사용된다. 그러나 드라마 〈겨울연가〉를 보고 배우 배용준
에게 열광하는 일본 중년여성들을 보면서 한국인들이 자부심과 통쾌함
같은 감정을 느끼는 대목에는 진정한 화해의 정신이 아니라 보상심리가
들어있다. 남녀관계를 국가 단위로 확대하면 이렇게 개인 간의 관계에서
는 보이지 않던 묘한 권력관계가 드러나기도 한다.

'청춘의 열병'이 만들어낸 장르

호밀밭의 파수꾼

개밥바라기별

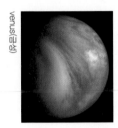

venus(금성)

인생의 봄날이라는 청소년기의 삶은 버겁기만 하다. 삶의 의미나 목적이 무엇인지 종잡을 수 없는 상태에서 향후 진로가 결정되는 시기이기 때문이다. 누구는 원하는 학교에 진학하고 누구는 사회로 나간다. 또 누군가는 제도권을 벗어나 울타리 없는 세상에 던져지기도 한다. 각자 처한 상황과 환경이 다르고 가슴 속 꿈과 좌절의 비율도 다르겠지만 모든 젊음에 깃든 공통점은 불안정성이다. 기성사회의 벽은 높기만 하고 어른들이 만들어 놓은, 그렇고 그런 질서와 가치관은 반항과 환멸의 대상이다. 무엇보다 자신이 뭘 원하는지, 어떤 운명을 가진 존재인지 알 수 없어 혼란스럽기만 하다. 성장이 지니는 이런 특성 때문에 청년기의 독자적인 내면을 다룬 '성장소설'이란 장르가 생겨났다.

성장소설은 '교양소설'(Bildungsroman)의 다른 말이다. 여기서 교양이란 지식과 기술을 익히거나 기성사회의 질서와 규범을 습득한다는 일반적인 의미가 아니라 스스로 인간으로서 갖춰야 할 모습으로 형성되는 것을 뜻한다. 즉, 주인공이 그 시대의 문화적·사회적 환경 속에서 유년부터 청년 시절에 이르는 사이에 자기를 발견하고 정신적으로 성장해 가는 과정을 묘사하는 것이다.

유럽에서 태어난 교양소설의 원형은 요한 볼프강 폰 괴테Johann Wolfgang von Goethe, 1749~1832의 『빌헬름 마이스터의 수업시대Wilhelm Meister's Apprenticeship』 (1798)이다. 유복한 상인의 아들로 태어났으나 돈벌이 대신 연극에 열중해 유랑극단과 함께 넓은 세상을 편력하던 주인공이 '탑의 모임'이라는 비밀결사 회원들과 만나면서 극단 시절은 전 생애에서 볼 때 수업시대에 불과하다는 사실을 깨닫고, 구체적으로 세상을 위해 쓸모 있는 실천적 생활을 해야 함을 배우게 된다.

이 작품 이후 문학사에는 수많은 성장소설이 등장한다. '알을 깨고 나오는 아픔'이란 상투어를 유행시킨 헤르만 헤세Herman Hesse, 1877~1962의 『데미안 Demian』(1919)을 비롯해 J.M. 바스콘셀로스Jose Mauro Vasconcelos, 1920~1989의 『나의 라임오렌지 나무 My Sweet-Orange Tree』(1968), 생텍쥐페리 Antoine Marie Roger De Saint Exupery, 1900~1944의 『어린 왕자 The Little Prince』(1943), 하퍼 리Nelle Harper Lee의 『앵무새 죽이기 To Kill A Mockingbird』(1960), 리처드 바크 Richard Bach의 『갈매기의 꿈 Jonathan Livingston Seagull』(1970) 등은 손꼽히는 성장소설들이다. 우리 작품 가운데 이효석1907~1942의 「메밀꽃 필 무렵」(1936), 황순원 1915~2000의 「소나기」(1953), 이문열의 『우리들의 일그러진 영웅』(1987)도 성장소설로 분류된다.

성장소설은 자칫 주인공이 성장과정에서 주류사회의 가치관을 내면

화 한다는 점에서 보수성을 띠기도 한다. 그러나 자기형성이라는 원래의
의미를 생각할 때 궤도를 따라가거나 길들여지기를 거부하는 저항의 정
신으로 기득권을 질타하고 무뎌진 윤리의식에 균열을 내는 작품이야말로
성장소설, 즉 교양소설의 전범이라고 할 수 있다.

절벽 위에 서 있는 위태로운 파수꾼

제롬 데이비드 샐린저Jerome David Salinger, 1919~2010의 『호밀밭의 파수꾼The
Catcher in the Rye』(1951)이 여러 성장소설 가운데 명작으로 꼽히는 이유는 결
코 타협하지 않는 저항정신 때문이다. 뉴욕에 사는 부유한 유대인 변호사
의 아들인 16세 주인공 홀든 콜필드의 1인칭 주인공 시점으로 진행되는
이 작품은 사춘기 소년의 불가사의한 내면과 혼란스런 선택을 독특한 관
점과 삐딱한 문체로 담아냈다.

작품은 펜실베이니아의 저명한 사립학교인 펜시고등학교에 다니던
홀든이 영어를 제외한 전 과목에서 낙제하는 바람에 크리스마스를 앞두
고 퇴학당한 뒤 집으로 돌아갈 때까지 겪는 사흘 동안의 방황을 그렸다.
퇴학 통보를 받은 홀든은 지하철역에서 산 1달러짜리 싸구려 사냥모자를
쓰고 돌아다니면서 기숙사에서 별로 친하지도 않은 친구들과 시시한 잡
담을 하거나 작문 숙제를 대신해 주다가 불현듯 짐을 싸서 뉴욕으로 가
는 열차를 탄다. 그리고 열차에서 만난 수녀들에게 거짓말을 늘어놓고, 옛
날 여자친구와 연극을 보다가 싸우는가 하면 호텔에 투숙해 창녀를 불렀

다가 엘리베이터 보이와의 싸움에 말려들기도 한다. 또 대학생이 된 옛
친구에게 전화를 걸어 바에서 술을 마시고, 부모가 외출한 걸 확인하고는
몰래 집에 들어가 여동생 피비를 만난다. 그리고 집에서 독립해 먼 곳으
로 떠나기로 결심한다. 결국 책에는 나오지 않는 여차저차한 과정을 거쳐
그의 퇴학 사실은 부모에게 알려지지만 그는 결코 집으로 돌아가지 않았
다. 소설은 정신병원을 나온 그가 당시를 회상하면서 시작된다.

　　소설에서는 홀든의 이해하기 힘든 행동거지와 그가 세상에 대해 품
은 불온한 생각들이 전면에 등장한다. 반면에 그가 이전까지 어떤 일을
겪었는지, 불만의 원인이 무엇인지, 가정과 학교에서 그를 어떻게 대했는
지 등의 구체적 맥락은 원경으로 밀려난다. 맨해튼 시내를 방황하는 그는

앞으로 자신이 어떻게 살아갈까보다는 센트럴파크의 연못에 사는 오리가 추운 겨울날씨에 혹시 얼어 죽지 않을까를 염려하는 소년이다. 끊임없이 투덜대고 반항하고 술 마시고 담배 피우고 세상을 욕하는 그가 언뜻언뜻 보여주는 순수함, 세상의 얼토당토 않은 폭력 앞에서 겁을 먹는 장면, 학교와 집을 멀리 하면서도 한때 미워한 친구들을 떠올리고 먼저 죽은 남동생 앨리와 집에 남은 꼬마 여동생 피비를 그리워하는 모습 등은 겉으로는 거칠게 굴망정 속은 아직 어린아이에 불과한 홀든에 대한 무한한 연민과 사랑을 불러일으킨다.

홀든이 왜 그렇게 반항적인 아이가 됐는지를 작가는 굳이 설명하지 않는다. 그러나 독자들은 성공한 유대인 아버지, 교양 있고 예민한 어머니 사이에서 부유하게 자라면서 주류사회를 지향하는 청소년이 겪는 정신적 모험이 어떤 것인지를 짐작할 만하다. 홀든이 속한 계급의 아이들은 사립 기숙사학교를 다니면서 좋은 집안 출신의 친구를 사귀고, 아름답고 자존심 강한 여학생과 사랑을 속삭이며, 아이비리그를 졸업한 다음 전문직에 안착함으로써 부모 세대의 안정된 삶을 이어가도록 강요받는다.

이런 숨 막히는 행로가 반드시 어른들의 세계인 것만도 아니다. 홀든이 기숙사에서 만난 친구들, 이를테면 굉장한 미남으로 여자를 잘 꼬드기는 스트라드레이터나 지저분한 이빨로 혐오감을 주면서 늘 남에게 불편을 끼치는 애클리 같은 아이들도 자신이 처한 환경에 무감각하다는 점에서 반쯤은 어른들의 세계에 동화돼 있다. 홀든은 학교를 떠나기 전 병상에 누워 있는 역사교사 스펜서 선생을 찾아가 작별인사를 나누고, 뉴욕에서는 옛날에 다니던 학교에서 투신자살한 급우를 가장 먼저 안아 올렸던 영어교사 앤톨리니 선생에게 하룻밤 재워달라고 부탁한다. 하지만 홀든이 좋아했던 교사들조차 그의 세계에서 언저리에 머물 뿐이다. 홀든이 진정 좋아하는 사람은 몰래 집에 갔을 때 자기 용돈을 전부 털어 주고, 그가 가출하겠다고 선언하자 기꺼이 따라나선 어린 여동생 피비밖에 없다. 그런 아이의 모습만이 홀든, 나아가 작가 샐린저가 형상화할 수 있는 세상의 선함과 순수함이다. 그래서 홀든은 피비에게 다음과 같이 말한다.

"나는 늘 넓은 호밀밭에서 꼬마들이 재미있게 놀고 있는 모습을 상상하곤 했어. 어린애만 수천 명이 있을 뿐 주위에 어른이라고는 나밖에 없는 거야. 그리고 난 아득한 절벽 위에 서 있어. 내가 할 일은 아이들이 절벽으로 떨어질 것 같으면 재빨리 붙잡아 주는 거야. 애들이란 앞뒤 생각 없이 마구 달리는 법이니까. 그런 때 어딘가에서 내가 나타나서는 꼬마가 떨어지지 않도록 붙잡아 주는 거지. 온종일 그 일만 하는 거야. 말하자면 호밀밭의 파수꾼이 되고 싶다고나 할까."

그들이 바라본 별은 빛을 잃었다

한편, 집필 당시 예순을 훨씬 넘겼던 작가 황석영은 자기 주변에서 '발견'한 어린 독자들을 위해 50년 전인 1960년으로 시계를 돌려 자전적 체험에 기댄 성장소설을 한 편 썼다. 『개밥바라기별』(2008)이 그것이다.

작가의 청춘기와 현재의 어린 독자들 사이에는 반세기의 시대적 간극이 존재한다. 그러나 방황하고 갈등하고 반항하면서 조금씩 부피를 늘

려가는 성장의 본질은 그리 다르지 않다.

『개밥바라기별』의 주인공 유준은 '한국의 홀든'이라고 할 만한 인물이다. 그는 뭔가에 사로잡혀 청춘의 열병을 앓고 있으며, 이미 존재하는 가치가 아닌 자신만의 세계를 구축하기 위해 몸부림친다. 소설은 월남 파병을 앞둔 준이 혹독한 군사훈련을 마치고 사흘간의 휴가를 얻어 서울역에 도착하면서 시작된다. 청춘의 방황을 일단락하는 군생활이 본격적으로 펼쳐지기 전에 얻은 사흘의 유예된 시간 속에서 준의 과거가 그의 친구인 영길, 인호, 상진, 정수, 선이, 미아의 시점과 교차하면서 수면 위로 떠오른다.

준과 친구들은 서울의 한 명문고 학생들이다. 준은 산악반에 들어가 상급생 인호를 만나고 그의 친구들과 어울리게 된다. 그의 주변에는 미술을 하는 정수, 문예반인 동재와 영길, 음악다방을 들락거리는 상진 등이 있다. 마치 작은 어른인 양 행동하는 이들은 책을 찾아 읽고, 시와 소설을 끼적거리고, 소주잔을 기울이면서 세상과 철학에 대해 논한다. 수업은 뒷전일 수밖에 없다. 그런 준에게 선생이란 육모방망이를 끼고 다니면서 '잘 사귀지 못한' 자신을 수시로 두들겨 패는 1학년 담임이거나 (5·16군사혁명 등의 영향으로) 사회가 바뀐 뒤에 허탈한 눈동자로 허공을 바라보는 2학년 담임 같은 이들이다. 폭력과 무력감에 물든 교사들은 4·19혁명의 실패와 군부통치라는 당시 시대상의 반영일 것이다.

준은 학교에 정을 붙이지 못한다. 준의 부모는 전쟁과 분단으로 인해 많은 걸 잃었다. 그들은 이북에서 고등교육을 받은 중산층 인텔리였지만 남한에 내려와서는 손대는 일마다 번번이 낭패를 보는 어리숙한 피란민

일 따름이다. 아버지가 돌아가신 뒤 가세는 더욱 기울고, 가난에 찌든 영
등포의 노동자 집단주택에 살면서 어머니는 자신들이 이웃과는 다르다는
걸 보여 주고 싶어하지만 준이 볼 때 그건 허위의식일 뿐이다. 공부를 잘
해 좋은 학교에 진학한 자식의 미래에 대한 기대만이 준의 어머니를 지탱
하는 힘이다.

　　준은 인호와 함께 학교를 무단결석 한 채 도봉산에서 야영을 하면서
시간을 보낸다. 온돌을 놓고 텐트를 친 뒤 식량을 공수한다. 남는 시간에
는 명상과 독서를 한다. 세상에서 스스로를 격리시킨 채 제한적이나마 자
신들의 방식으로 일상을 꾸려가면서 나름대로 구도의 시간을 보낸다. 그
러나 산을 내려온 이들을 기다리는 건 유급이라는 사회적 제재조치다. 그

제임스 딘이 주연한 영화 〈에덴의 동쪽 East of Eden〉(1955. 감독 엘리아 카잔)은 〈호밀밭의 파수꾼〉의 주인공 홀든이 가졌던 반항적 정서를 빌어 왔다.

뒤에도 문예반실에 숨어 들어가 담배를 피우거나 음악다방에 모여 앉아 있거나 정수의 화실에서 죽치거나 해질 무렵 두부김치를 안주로 소주잔을 기울인다. 시간이 흐르면서 더러는 대학에 진학하고, 몇 명은 진짜 연애에 빠지기도 한다. 대개 학교라는 울타리에 남게 되지만, 결국 인호는 퇴학당하고 준은 자퇴한다.

뭔가 다른 가치, 아마도 어렴풋한 문학에의 꿈을 향해 방황하던 준은 자신과 친구들의 탈선마저도 '명문 고교의 어린 신사들 모임, 세상 어느 사회에나 있는 엘리트 놀이, 퇴폐의 흉내도 냈지만 절대로 자기 자신을 정말 방기하지는 않는' 것에 지나지 않는다는 사실을 깨닫는다. 모든 기득권을 버리기로 결심한 그는 담임 앞으로 다음과 같은 자퇴이유서를 쓴다.

"저는 고등수학을 배우는 대신 일상생활에서의 셈을 하는 것으로 충분하며, 주입해 주는 지식 대신에 창조적인 가치를 터득하게 되기를 바랍니다. 결국 학교교육은 모든 창의적 지성 대신에 획일적인 체제 내 인간을 요구하고, 그 안에서 지배력을 재생산합니다. 어른들은 모두가 신사의 직업을 우리 앞에 미끼로 내세우지만 빵 굽는 사람이나 요리사가 되는 길은 또한 얼마나 아름다운지요. 저는 결국 제도와 학교가 공모한 틀에서 빠져나갈 것이며, 세상에 나가서도 옆으로 비켜서서 저의 방식으로 삶을 표현해 나갈 것입니다."

그 후 준은 인호와 더불어 호남선 완행열차에 무임승차하는 것으로 무전여행을 시작한다. 기차 안에서 충청도의 약재상들을 만나 숙식을 해결하고 남원과 부산, 경주를 돌면서 영길이나 정수 등과 합류해 길 위를 떠돌면서 시간을 보낸다. 여행의 끝에 더 이상 자신이 어리지 않다는 느낌을 갖게 된 준은 한일회담 반대 시위에 참가하다가 잡혀간 감방에서 '대위'라는 별명을 가진 부랑노동자를 만난다. 그리고 그를 따라 남도의 공사 현장을 떠돌아다닌다. 그곳 어디쯤에서 그는 개밥바라기별을 본다. 새벽녘 동쪽에서 뜰 때는 샛별로 불리지만 저녁에 보일 때는 식구들이 저녁밥을 다 먹은 뒤 개가 밥을 기다릴 때쯤 나온다고 하여 개밥바라기별로 불리는 금성이다. 같은 별이 처지에 따라 다른 이름으로 불린다는 사실은 그에게 큰 깨달음을 준다.

두 작가의 이후 삶의 궤적을 아는 독자로서는 그들의 삶을 되짚어 가면서 작품을 볼 수밖에 없다. 황석영은 베트남전 참전을 거쳐 유신시절 전라도에서 민중문화운동을 하면서 대하소설『장길산』(1974)을 썼고, 5·18민주화운동을 목격한 뒤 독재에 저항하는 참여작가의 전형이 된다. 민주화 이후에도 방북과 망명, 투옥으로 이어지는 긴 세월을 보낸 뒤 환갑 무렵이 되어서야 비로소 반항과 방랑기를 거두었다.『개밥바라기별』에 나타난 저항의식은 이후 그가 걸어온 문학세계를 가늠하는 단초가 된다. 샐린저는『호밀밭의 파수꾼』으로 세계적인 작가가 됐다. 그러나 1953년부터 코니시 자택에서 운둔생활을 했고, 1965년부터 아무것도 집필하지 않았으며, 1980년부터 인터뷰를 일절 거부했다. 엘리아 카잔Elia Kazan, 1909~2003 감독이 1950년대에 영화화를 제안했으나 "홀든이 싫어할까 봐 두렵다"는 이유로 거절했으며, 출간 50주년이던 2001년에도 세상의 기대와 달리 침묵으로 일관했다. 그러나『호밀밭의 파수꾼』에 나오는 홀든의 이미지는 제임스 딘James Dean, 1931~1955을 스타 덤에 올린 〈이유 없는 반항Rebel Without a Cause〉(1955, 감독 니콜라스 레이Raymond Nicholas Kienzle, 1911~1979)

을 낳게 하고 사이먼과 가펑클Paul Simon and Art Garfunkel 의 노래, 우디 앨런Woody Allen 의 영화에서 여러 번 반복되거나 패러디되기도 했다.

이렇게 어떤 작품은 한 시대를 대표하는 아이콘이자 문화의 원형이 되어 형식과 장르를 달리해가며 또 다른 작품을 낳는다. 작가는 어느 순간 성장을 멈추고 역사란 무대의 뒤편으로 퇴장하지만, 그들의 작품은 시간이 흐른 뒤에도 '성장'을 거듭해 간다. 이처럼 또 다른 작품을 잉태하는 그들의 작품에는 어느덧 '명작'이라는 칭호가 붙는다.

집을 떠나야 비로소 하늘을 날 수 있을까

오즈의 마법사
업

"저 높은 무지개 너머 어딘가엔 자장가에서 한번 들었던 곳이 있어요. 저 무지개 너머 어딘가엔 파란 하늘이 있고 그곳에서는 상상하던 꿈들이 이뤄지지요."

(Somewhere over the rainbow way up high / There's a land that I heard of once in a lullaby / Somewhere over the rainbow skies are blue / and the dreams that you dare to dream really do come true)

뮤지컬 영화 〈오즈의 마법사The Wizard of Oz〉(1939)에서 주인공 도로시 역을 맡은 주디 갈런드Judy Garland, 1922~1969가 캔자스의 농가를 배경으로 부른 주제가 〈오버 더 레인보우Over the Rainbow〉는 2002년 미국 음반업계가 뽑은 20세기를 대표하는 명곡 순위에서 1위를 차지했다. 자신의 집이 아닌 어딘가를 동경하는 마음, 이것은 인류가 늘 품어 온 꿈이지만 제국주의와 후기자본주의를 거치면서 전 세계적으로 인종과 민족이 뒤섞인 디아스포라(Diaspora, 이산)의 세기인 20세기를 가장 정확하게 대변하는 정서이기도 하다. 많은 사람들이 더 나은 삶의 조건을 찾아 불안과 기대를 안고 낯선 곳으로 떠난다. 이들은 미지의 장소에 미래에 대한 소망을 투영한다.

　원작동화 『오즈의 마법사』가 태어난 것은 1900년이다. 사우스다코타에서 시카고까지 폭넓은 지역을 여행하면서 닭 키우는 일, 외판원, 배우, 신문기자 등 다양한 직업을 전전하던 끝에 작가가 된 L. 프랭크 바움Lyman Frank Baum, 1856~1919은 결혼한 뒤 장모의 권유로 자신의 네 아이들에게 들려주기 위해 '오즈'라는 이상한 나라에 대한 글을 쓰기 시작했다. 그는 서류용 선반의 위 칸은 A~N, 아래 칸은 O~Z로 분류된 것을 보고 'OZ'라는 이름을 착안했다. 『오즈의 마법사』는 1권 『위대한 마법사 오즈』의 선풍적인 인기에 힘입어 작가가 숨지기 직전까지 14권짜리 시리즈로 출간됐으나 역시 1권이 가장 널리 알려졌다.

1900년에 출간된 L. 프랭크 바움의 원작동화 『오즈의 마법사』 초판에 들어간 윌리엄 W. 덴슬로(William Wallace Denslow, 1856~1915)의 일러스트.

무지개 너머에도 여전한 일상이

금발에 통통하고 붉은 볼을 한 귀여운 소녀 도로시는 캔자스에서 헨리 아저씨, 엠 아주머니와 함께 살고 있다. 회오리바람이 불어 온 어느 날 도로시는 강아지 토토를 구하려다가 미처 지하창고로 대피하지 못한 채 집과 함께 하늘로 휩쓸려 올라간 뒤 예쁜 꽃과 따스한 햇살이 가득한 오즈의 남쪽나라에 도착한다. 집이 땅으로 떨어지면서 엉겁결에 동쪽나라의 나쁜 마녀를 죽이고 그녀의 은 구두를 얻게 된 도로시는 남쪽나라를 다스리는 착한 마녀 글린다로부터 집으로 돌아갈 수 있는 유일한 방법은 오즈의 위대한 마법사를 찾아가 부탁하는 것이라는 말을 듣는다. 도로시는 마법사가 사는 에메랄드시로 여행하는 도중에 뇌를 갖고 싶어 하는 허수아비, 사랑을 느낄 수 있는 마음을 갖고 싶어 하는 양철 나무꾼, 용기를 갖고 싶어 하는 겁쟁이 사자를 만나 함께 간다.

마침내 에메랄드시에 도착한 도로시와 친구들은 자신들을 방해하는 서쪽나라의 나쁜 마녀를 물리치고 위대한 오즈의 마법사를 만난다. 그러나 오즈의 마법사는 사실 평범한 사람으로, 도로시와 친구들의 소원을 들어줄 수 없다. 오즈의 마법사는 결국 허수아비에게는 왕겨로 만든 뇌를, 양철 나무꾼에게는 비단으로 만든 심장을 주고 겁쟁이 사자에게는 용기를 주는 약을 마시게 한다. 그리고 자신도 캔자스가 고향이라면서 커다란 기구를 만들어 도로시와 함께 돌아가기로 하지만 실수로 혼자 날아가 버린다. 결국 허수아비는 오즈의 마법사 대신 에메랄드시의 왕이 되고 양철 나무꾼은 서쪽나라, 사자는 숲속을 각각 다스리게 된다. 마지막까지 소원

MGM사가 제작한 뮤지컬 영화 〈오즈의 마
법사〉. 할리우드 스튜디오 시대의 전성기
에 만들어진 이 영화는 당시로서는 획기적인
277만 달러의 제작비를 들여 환상적인 화면
과 촬영기술을 선보였다.

을 이루지 못한 도로시는 착한 마녀 글린다의 도움으로 주문을 외워 아저
씨와 아주머니가 기다리는 캔자스로 돌아간다.

후속 편에서도 오즈를 중심으로 한 마법의 세계와 도로시가 살고 있
는 현실세계인 캔자스를 두 축으로 해서 신비롭고 신나는 모험이 펼쳐진
다. 오즈의 북쪽나라에는 팁이라는 소년이 몸비라는 나쁜 마녀의 손아귀
에 붙잡혀 살아가는데 사실 팁은 오즈의 정통 계승자인 오즈마 공주가 마

법에 걸려 소년으로 바뀐 것이다. 오즈를 다스리는 허수아비와 착한 마녀 글린다 등의 도움으로 팁은 다시 오즈마 공주로 돌아와 에메랄드시의 왕이 된다. 한편, 캔자스로 돌아온 도로시는 강아지 토토, 친척소년 젭, 아저씨와 아주머니와 함께 오즈를 비롯해 바다 한 가운데 있는 이브의 나라, 놈이라는 나쁜 왕이 다스리는 지하세계 등을 오가면서 환상적인 모험을 계속한다. 일상과 접속되면서도 전혀 차원이 다른 환상의 세계와 그 속에서의 모험은 『반지의 제왕The Lord of the Rings』(1954)이나 『해리 포터Harry Porter』(2001) 시리즈와 같은 판타지 소설의 선구자 역할을 한다.

원작이 더욱 유명해진 건 MGM사가 제작한 뮤지컬 영화 〈오즈의 마법사〉 때문이다. 할리우드 스튜디오 시대의 전성기에 만들어진 이 영화는 당시로서는 획기적인 277만 달러의 제작비를 들여 환상적인 화면과 촬영기술을 선보였다. 오즈의 환상성을 강조하기 위해 캔자스에서의 장면은 흑백 필름으로, 오즈의 장면은 컬러 필름으로 찍었으며 녹아 없어지는 사악한 마녀, 하늘을 나는 원숭이, 불덩이 등을 특수효과로 표현했다. 도로시를 날려 보낸 거대한 회오리바람은 양털 뭉치로 10미터의 둥근 탑을 만들어 회전시켰다. 도로시가 회오리바람에 휩쓸려가는 동안 창밖에서 나타난 하늘을 나는 자전거 장면은 스티븐 스필버그Steven Spielberg의 영화 〈E.T.〉(1982)의 테마와 이미지에 그대로 반영되는 등 후대의 판타지 영화에 미친 영향은 헤아릴 수 없이 크다. 감독 빅터 플레밍Victor Fleming, 1883~1949은 영화 〈바람과 함께 사라지다Gone with the Wind〉(1939)를 만든 거장이며, 해럴드 알렌Harold Arlen, 1905~1985이 작곡하고 E.Y. 하버그E. Y. Harburg, 1896~1981가 작사한 주제가는 그 해 아카데미영화제 주제가상을 받았다.

이 영화는 특히 도로시의 구두를 원작의 은 구두 대신 루비 구두로 바꾸고 오즈에서의 모험을 도로시의 꿈으로 처리하면서 허수아비, 양철사냥꾼, 사자, 오즈의 마법사 등 캐릭터를 캔자스 농장 주변 이웃들의 얼굴과 일치시켰다. 또한 초반에 〈오버 더 레인보우〉를 부르면서 먼 곳으로 떠나는 것을 동경하던 도로시가 오즈에서의 모험을 겪은 뒤 집의 소중함을 인식하는 방향으로 원작을 변형시켰다. 도로시가 마녀 글린다의 지시에 따라 "이 세상에 집과 같은 곳은 아무 데도 없다"(There's no place like home)는 주문을 세 번 외우면서 집으로 돌아오는 마지막 장면은 무지개 너머 어딘가를 꿈꾸던 처음 장면과 대조를 이룬다.

일상을 벗어난 모험은 불가능하다

이 영화로부터 큰 영향을 받은 관객 가운데 가장 유명한 이는 작가 샐먼 루시디Salman Rushdie다. 그는 무함마드의 생애를 다룬 소설 『악마의 시The Satanic Verses』(1988)를 발표한 뒤 1989년 이란 이슬람 근본주의 정파의 지도자인 아야톨라 호메이니Seyyed Ruhollah Musavi Khomeini, 1900~1989로부터 사형선고의 파트와(fatwa, 이슬람 법에 따른 결정)를 받고 지금까지 미국 등지에서 은둔생활을 하고 있다. 인도 뭄바이 출신으로 영국 옥스퍼드 대학에서 공부한 그는 『한밤중의 아이들Midnight's Children』(1981)이란 소설로 영국의 저명한 문학상인 부커상을 받으면서 세계적으로 유명해졌다. 그는 탈식민주의 문학의 대표 주자로서 영국이 인도를 식민지로 삼으면서 두 개의 이질적인 문화가 충돌하고 뒤섞인 기괴한 양상을 판타지 형식에 담아낸다. 또 인도 출신의 영국 이민자이자 인도의 문화적 바탕 위에 서구의 지식이 이식된 '하이브리드'(hybrid, 변종)로서 자신의 정체성을 작품을 통해 표출함으로써 영국인이나 영국문화가 갖는 우월의식에 대해 저항한다.

그런 루시디에게 있어 영화 〈오즈의 마법사〉는 작가로서의 꿈을 갖게 해준 동시에 스스로의 존재를 대변하는 작품이다. 열 살 때 이 영화를 본 그는 총 천연색의 판타지 세계에 대한 소설 「오버 더 레인보우」를 처음 썼다. 그에게 인상적이었던 것은 어른들의 연약함과 대조적으로 아이들이 주도권을 쥐고 운명을 개척해 나가는 모습이었다. 이런 현실적 위계질서의 전복은 루시디에게 영국문화와 인도문화의 서열을 파괴하는데 대한 무의식적 영감을 주었을지도 모른다. 루시디는 아들에게 이슬람 근본주의자들에게 쫓기는 자신의 상황을 설명한 모험소설 『하룬과 이야기의 바다 Haroun and the Sea of Stories』(1990)에서 오즈의 모티브를 사용했다고 고백했으며, 2002년에는 영화평과 오마주 단편으로 구성된 『오즈의 마법사』라는 영화비평서를 발표했다. 그는 도로시에게서 막 낯선 나라에 발을 들인 이민자의 모습을 발견한다. 또 "이 세상에 집과 같은 곳은 아무 데도 없다"는 대사를 비틀어 "이 세상에 고정된 집 같은 건 없으며 진정한 집은 각자가 마음속에서 만들어 내는 것"이라고 주장한다. 그러면서도 '파트와' 이후 망명을 거듭하는 그는 집으로 돌아가고 싶은 도로시의 욕망에 공감한다.

떠나고 싶은 욕망과 집으로 돌아오고자 하는 꿈 사이의 변증법은 애니메이션 〈업UP〉(2009)의 주제이기도 하다. 픽사의 3D 작품으로, 애니메

픽사의 3D 작품 〈업〉은 떠나고 싶은 욕망과
집으로 돌아오고자 하는 꿈 사이의 변증법을
흥미롭게 풀어냈다. 애니메이션으로는 처음
으로 2009년 칸 영화제 개막작으로 선정돼
화제를 모았다.

이션 사상 처음으로 2009년 칸 영화제 개막작으로 선정돼 화제를 모은
〈업〉은 평생 모험을 꿈꾸었으나 집을 떠나지 못한 노인이 그 꿈을 실현하
고 거기서 집과 일상이 지니는 의미를 새로 발견하게 되는 이야기다.

　소년 칼과 소녀 엘리는 어렸을 때부터 모험을 꿈꾸었다. 두 사람은 전
설적인 모험가 찰스 먼치가 자신의 비행선을 만들어 남미 파라다이스 폭
포를 여행한 뉴스의 장면을 보면서 열광했다. 어른이 된 칼과 엘리는 결
혼해 아름다운 가정을 꾸민다. 여전히 남미로 떠나고 싶은 두 사람은 돈

을 모으지만 그 돈은 자동차를 고치고 병원에 가고 집을 수리하는데 들어간다. 엘리는 끝내 파라다이스 폭포 위에 집을 지어 살고 싶었던 꿈을 이루지 못한 채 세상을 떠난다. 혼자 남은 칼은 고집불통 노인이 된다. 그의 주변에는 노인을 돕고 마지막 배지를 받아 보이스카웃에서 승급하려는 꼬마 러셀만이 어른거린다.

칼의 집은 주변에 대형 건물이 들어서면서 고립되고, 엘리와의 추억이 담긴 집을 지키려던 칼은 실수로 공사 관계자에게 부상을 입힌다. 위험한 인물로 낙인찍힌 칼이 강제로 양로원에 입소하게 되는 날, 칼의 집은 헬륨을 넣은 수천 개의 풍선을 매달고 도시의 하늘 위로 둥실 떠오른다. 탈출했다고 기뻐하는 순간 갑자기 들리는 노크 소리. 러셀이 함께 올라탄 것이다. 두 사람은 파라다이스 폭포 근처에 불시착해 집을 끌고 목적지로 간다. 그곳에서 러셀은 케빈이란 새, 도그란 말하는 개와 친구가 된다. 그런데 파라다이스 폭포 근처에는 남미 탐험이 조작된 것이란 오해를 받고 사라진 전설적인 탐험가 찰스 먼치가 살고 있다. 그는 자신의 결백을 증명하기 위해 케빈을 사로잡으려 하고, 칼과 러셀은 케빈을 지키기 위해 고군분투한다.

칼은 이 과정에서 애지중지하던 집안 살림을 모두 버리고 끝내 집까지 날려 보낸다. 칼은 집 안에서 엘리가 언젠가 하게 될 지도 모를 모험을 기록한 사진을 끼우기 위해 남겨 둔 앨범을 뒤적인다. 앨범에는 잡다한 가정사를 담은 사진들이 끼워져 있다. 사진을 보면서 일상을 유지하는 것 자체가 어떤 오지로의 여행보다도 큰 모험이었음을 깨달은 칼은 지나간 삶에 대한 미련을 접고 마음을 활짝 연다. 영화 〈오즈의 마법사〉에서 도로시가 일상의 소중함을 깨달은 것과는 다른 의미로 칼은 "이 세상에 집과 같은 (소중한) 곳은 아무 데도 없다"는 진리를 깨우친다. 도로시에게 일상과 모험이 상반된 것이었다면, 칼이 깨달은 것은 일상과 모험이 다르지 않다는 것이다. 즉 "진정한 집은 각자가 마음속에서 만들어 내는 것"이라는 샐먼 루시디의 설명을 거꾸로 뒤집어서 "진정한 모험은 각자가 마음속에서 만들어 내는 것"이라고 영화 〈업〉은 설득한다.

70년의 세월을 사이에 두고 만들어진 영화 〈오즈의 마법사〉와 〈업〉은 현재의 삶이 최선이라는 결론에 이른다. 보수적이라면 보수적인 이 결론은 행복이란 각자의 마음속에 있는 것이고, 무지개 너머에는 아무것도 없다는 오랜 진리와 맞닿아 있다. 이런 교훈을 설득력 있게 전달하기 위해 회오리바람에 휩쓸려, 풍선에 매달려 집이 날아다닌다. 그러나 어떤 오즈와 파라다이스라도 집과 함께 떠날 수밖에 없다는 조건은 일상을 벗어난 모험이란 불가능한 것이라는 점을 암시한다.

HOW TO READ MASTERWORK

Chapter 2

명작, 텍스트와 이미지로 태어나다

작품은 현실이다

소설

올리브 나무 사이로

"이 모두가 실제로 일어난 얘긴가요?"

"그럼, 일어났었고말고. 그런데, 작가의 마음속에
서 일어난 일이야. 물론 네 마음속에서도 일어난 거
지. 그게 바로 소설이란다. 서로의 꿈을 교환하는
것……" 도서관을 들락거리면서 막 책의 세계에 빠져들기 시작한 가난
한 유태인 소녀의 질문에 뉴욕 브롱크스 공립도서관 사서는 이렇게 대답
한다. 미국 작가 제임스 미치너James Albert Michener, 1907~1997 의 『소설The Novel』
(1991)에 나오는 인물인 편집자 이본느 마르멜르가 어린 시절, 책과 관련
된 꿈이 태어나는 장면이다.

작품은 현실이다. 물론 그 현실은 진짜 현실이 아니라 상상 속의 현실
이다. 그런데 진짜 현실 역시 그것이 발생하는 순간, 물리적인 공간에서는
사라지고 기억의 공간으로 접어든다. 또 기억이란 언제나 적당히 윤색되
기 마련이어서 진짜와 상상의 경계는 생각만큼 견고하지 않다. 직접 겪었

던 일보다 허구로 접했던 일이 더 진짜처럼 느껴지거나 개인의 사고와 행동에 많은 영향을 미칠 수도 있다.

더구나 소설을 좋아하는 독자, 영화를 좋아하는 관객에게는 서사와 현실의 세계가 구분되지 않는 순간이 있다. 또 다른 현실을 경험하는 것이야말로 그들이 소설과 영화를 좋아하는 이유이기도 하다. 그런 식의 경계 넘나들기는 창작자들에게도 찾아온다. 그들에게는 자신이 창작활동을 하는 환경 자체가 작품의 소재가 된다. '자기반영적 예술'이라고 불리는 이런 작품들은 독자나 관객이 관심을 가질 만한 예술 주변의 세계를 소재로 삼는데 그치지 않고, 허구와 현실의 경계를 허물어뜨림으로써 삶을 예술로 승화시킨다. 동시에 예술이 발 딛고 서있는 기반을 검토함으로써 예술의 형식과 내용을 갱신하는 신선한 자극을 준다.

〈미술관 옆 동물원〉(1998, 감독 이정향)의 주인공 춘희(심은하 분)와 철수(이성재 분)는 함께 쓰게 된 시나리오 속 인물에 서로를 투영시킨다. 미술관과 동물원이란 두 곳의 조합만큼 생뚱맞았던 시나리오 속 텍스트와 그들의 현실은 서서히 경계를 허문다.

제임스 미치너의 『소설』과 이란 감독 압바스 키아로스타미^{Abbas} Kiarostami의 영화 〈올리브 나무 사이로^{Through The Olive Trees}〉(1994)는 '자기반영'의 정신에 충실한 작품이다. 『소설』은 소설이 창작되고 책으로 만들어지고 대학 강의와 평론이란 문학제도 속에서 유통되고 독자에게 전달되는 과정을 소설가, 편집자, 평론가, 독자의 시각에서 그렸다. 또 〈올리브 나무 사이로〉는 영화 속에서 다른 영화를 찍는 액자구조로 돼있어 영화가 어떻게 만들어지는지, 영화와 현실의 접점은 무엇인지 보여준다. 이들 소설과 영화에서 작품이 태어나는 과정은 작품의 내부(내용)인 동시에, 해당 작품을 만들어낸 외부(방식)가 된다. 즉, 작품과 현실이 꼬리에 꼬리를 문 구도를 이루고 있다.

소설이란 무엇인가

『소설』에서 독일계 펜실베니아인 작가인 루카스 요더는 23년간 집필해온 자신의 '그렌즐러' 8부작을 막 완성했다. 그는 가까운 이웃 졸리 코퍼의 집을 방문해 작품 검토를 부탁하고 오찬을 즐기면서 고통스런 창작을 끝낸 여유로움을 만끽한다. 그의 소설은 자신의 부단한 노력과 아내 엠마의 헌신적인 뒷바라지 덕분에 태어났다. 처음 '그렌즐러'를 발표한 뒤 10여 년간 그는 거의 주목받지 못했다. 그러다가 4부 '파문'을 낼 때부터 독자의 호응을 얻기 시작하더니 지금은 독일계 미국인을 대표하는 작가로 자리 잡았다.

그의 작품은 소설 장르에서 주요한 한 경향을 대변한다. 독일계 이민자 마을, 투박하면서 단호한 농부들의 삶, 세대 교체, 고유문화의 상실과 그에 따른 고통은 보편적이고 사실적이다. 사실주의란 소설에서 가장 각광받아온 유서 깊은 전통이다. 요더의 시선은 다큐멘터리 카메라처럼 마을사람들과 그들의 삶이 이뤄진 공간에 집중한다. 이는 당대 정서의 기록이라는 소설의 임무에 가장 충실한 것이기도 하다. 그의 마지막 8부는 그렌츨러 마을의 토지가 해체되는 이야기인 '돌담'이다.

소설이 끝났다고 해서 작업이 마무리된 건 아니다. 초고를 쓰는 것보다 더 고통스러운 탈고가 기다리고 있다. 그는 탈고에 집중하고 싶다. 그렇지만 출판업계의 귀찮은 일들이 그를 괴롭힌다. 출판사는 마케팅에 사용하기 위해 4000권의 저자 사인을 요청한다. 아미쉬 문화를 조명해 흥행에 성공했던 영화 〈위트니스Witness〉(1986)와 비슷한 풍으로 찍을 수 있는 '파문'을 영화로 만들기 위해 제작자와 감독이 마을을 방문한다. 방송사에서는 요더가 독일 민속예술품인 헥스를 만들어 이웃 도시에서 전시할 계획이 있다는 소식을 듣고 토크쇼를 녹화해간다. 현대의 작가는 창작자일 뿐 아니라 비즈니스세계에 몸담은 스타로서 자신의 삶과 문학을 연출할 의무를 갖는다.

소설은 이런 작가의 일상, 묵묵히 의무를 수행하는 요더의 모습을 잔잔하게 담아낸다. 요더는 작가지망생들이 부러워할 만한 성공적인 인생을 살았다. 그러나 그는 어떤 공허를 느낀다. 창작은 독자에게 보여주기 이전에 스스로를 위로하고 만족시키는 작업이다. 그래서 조용히 창작에 몰두할 수 없는 그의 상태는 별로 바람직하지 않으며, 어수선한 분위기로 작가 장(章)의 끝을 맺는다.

　그 다음 편집자 장에서는 이본느 마르멜르라는 '여자의 일생'을 만나게 된다. 뉴욕의 가난한 동네에 사는 말괄량이 셜리 마멜스타인은 남자아이들과 함께 스틱볼을 한다. 그런데 평소 자신을 좋아하던 소년이 밀쳐 다리가 부러지면서 육체적 충격 못지않게 정신적 충격을 느낀다. 삼촌은 학교에 가지 못하고 우울하게 집에 틀어박힌 셜리를 도서관으로 데려간다. 책의 세계에 매혹 당한 그녀는 가정형편 때문에 대학을 마치지 못하지만 곧 출판계에 발을 들인다.

　키네틱 출판사에 사환으로 취직한 셜리는 퇴짜 맞은 원고 더미에서 쓸 만한 원고를 찾아내는 일로 옮아가고, 나아가 편집자가 되는데 성공한다. 그녀는 아무도 알아보지 못한 요더의 '그렌츨러' 원고를 찾아내 그가 계속 작품을 쓰도록 독려함으로써 자신과 작가가 함께 성장하는 계기를 만든다. 그런 그녀는 글쓰기 강의에서 만난 작가지망생 베노 라트너와 사랑에 빠진다. 그는 베트남전 이야기를 작품으로 쓰려고 하지만, 너무 원대한 문학적 이상은 작품을 한 줄도 앞으로 나가지 못하게 만든다. 문학이란 관념 속에서 점점 질식해간 그는 권총자살로 삶을 마감한다. 셜리 마멜스타인은 불행했던 과거와 결별하는 의미에서 자신의 유대인 이름을 이본느 마르멜르라는 프랑스식 이름으로 바꾼다.

　진정한 소설이 무엇이냐 하는 문제는 평론가 장에서 본격적인 주제로 떠오른다. 칼 스트라이베르트는 작가 요더의 모교인 메클렌버그대 문학 교수다. 이 마을 출신인 그는 컬럼비아대에서 공부한 촉망받는 젊은 학자로 엘리트주의적 문학관을 갖고 있다. "진정한 예술이란 고양된 수준에서 동등한 사람들끼리 의사소통을 하는 것"이라는 생각이다.

그에게 이런 문학관을 심어준 것은 컬럼비아에서 만난 옥스퍼드대 소속의 교환교수 데블런이다. 데블런은 제인 오스틴 Jane Austen, 1775~1817, 조지 엘리어트 George Eliot, 1819~1880, 헨리 제임스 Henry James, 1843~1916, 조셉 콘래드 Joseph Conrad, 1857~1924 로 이어지는 영문학의 위대한 전통을 강조하면서 문학 비평의 엄격한 기준을 제시한다. 데블런 교수는 또 스트라이베르트의 동성애 기질을 알아보고 그를 성적으로 사로잡는다.

스트라이베르트의 관점에서 볼 때 '그렌츨러' 연작을 쓴 요더는 속이 텅 빈 우스꽝스러운 책을 쓰는 과대평가된 작가일 뿐이다. 오히려 작가지 망생인 어린 학생 티모시 툴의 치기 어린 실험적 소설에서 가능성과 매력을 느낀다. 그는 요더 때문에 마을을 방문한 편집자 마르멜르와 연결돼 '미국소설'이란 평론집을 내면서 유명인사가 된다. 그러나 정작 그의 칼날이 요더를 겨누자 마르멜르를 비롯해 요더에게 많은 후원금을 받은 대학 총장, 그리고 대학 문학부의 후원자인 갈런드 부인 등 모든 사람이 스트라이베르트에게서 등을 돌린다.

그의 스승도 쓰러진다. 두 사람은 여름방학 때마다 서양예술의 고향인 그리스를 여행하면서 문학에 대한 대화를 주고받고 사랑을 나누었다. 그러나 옥스퍼드의 젊은 학생과의 성접촉에서 에이즈에 감염된 교수는 이 사실을 고백하고 작별을 고한다. 스트라이베르트는 고향을 떠나서 필라델피아의 템플대학으로 자리를 옮긴다. 그리고 고향을 영원히 등질 수 있는 위험을 무릅쓴 채 평론가의 자존심을 걸고 「뉴욕타임스」에 요더의 '돌담'에 대한 혹평을 싣는다.

마지막 독자 장의 주인공은 제인 갈런드 부인이다. 그녀는 전통적인 소설 독자다. 성공한 철강사업가의 부인으로서 그는 자신의 서재에서 소설을 벗 삼아 살아왔다. 이제 부유한 미망인 신분인 그녀는 대학의 주요한 기부자이며 외동딸이 남긴 손자를 키우고 있다. 손자인 티모시 툴이 쓰는 소설은 너무 실험적이어서 도무지 이해할 수 없다. 오히려 손자의 여자친구인 제니 소어킨의 '막가파' 소설의 팬이다. 그런데 작가로 촉망받던 티모시가 어느 날 무참하게 살해된다. 모든 이들의 슬픔 속에서 그의 유고는 즉시 마르멜르에 의해 편집돼 나옴으로써 요절작가의 안타까운 명성을 이어간다. 한편, 마을사정을 잘 아는 요더는 친구 졸리코퍼와 더불어 티모시를 죽인 범인이 누구인지를 면밀히 추적한다. 그리고 '애플파이'란 젊은이를 지목한다. 새로운 경험은 '그렌츨러'의 완간과 함께 절필을 결심했던 요더에게 다시 펜을 잡도록 만든다.

『소설』은 소설을 둘러싼 사람들의 이야기일 뿐 아니라 소설이 무엇인지 묻는 메타소설이다. 요더의 말을 빌리자면 소설은 "글을 쓰지 못하는 사람들에게 주변에서 어떤 일이 일어나고 있고, 또 그것이 무슨 의미를 지니는 것인지 상기시켜 주는" 것이다. 그러나 쉬운 소설은 자칫 타락할 수 있다. 요더의 팬이었던 갈런드 부인은 "오늘날 대중소설의 수준이 1850년 대중시의 수준과 똑같다면 그것도 (오늘날 아무도 읽지 않는) 시의 운명과 똑같은 전철을 밟게 될 것"이라는 깨달음을 얻는다. 소설에 생명력을 부여하는 사람은 그녀가 이해하지 못했던 스트라이베르트나 티모시 툴 같은 이들이다.

우리가 이야기에 매료되는 이유

'서사'를 삶의 중심에 놓는다는 점에서 〈올리브 나무 사이로〉도 『소설』과 비슷한 메시지를 던진다. 얼마 전 지진이 휩쓸고 간 이란 테헤란 북쪽의 작은 시골마을. 도무지 영화를 찍을 만한 배경도 아니고 이야기 거리도 없어 보이는 이곳에서 영화촬영이 진행된다. 영화 찍기는 마치 학교에서 아이들이 수업을 받거나 마을 여자들이 빨래를 하듯이, 삶의 필수요소인 것처럼 자연스럽다.

영화감독 케샤바르츠(모하메드 알리 케샤바르츠 분)는 테헤레(테헤레 라다니아 분)란 여학생을 주인공으로 캐스팅한다. 영화에 출연하게 된 그녀는 친구에게 예쁜 치마를 빌려오지만 촬영 진행을 맡은 시바 부인은 그냥 농사꾼 옷을 입으라고 지시한다. 허름한 집에서 영화 촬영이 시작됐는데 남자주인공이 대사를 말하지 않는다. 여러 차례 NG 끝에 그는 여자 앞에만 서면 말을 못한다고 고백한다. 제작팀은 호세인(호세인 레자 분)이란 젊은이를 데려와 남자 주인공을 맡긴다. 그런데 이번에는 테헤레가 말을 하지 않아서 계속 NG가 난다.

그 이유는 호세인이 테헤레에게 끈질기게 청혼을 하고 있는 사이이기 때문이다. 호세인은 자신이 일하던 집 건너편에 사는 테헤레에게 반해 그녀의 부모에게 딸과 결혼하게 해달라고 졸랐다. 그러나 테헤레 부모는 호세인이 집도 없고 글도 모른다는 이유로 반대한다. 그 후 지진이 나서 테헤레 부모가 죽었다. 남자는 묘지까지 따라가서 구애를 계속하지만 소용이 없다. 남은 테헤레의 할머니 역시 같은 이유로 결혼을 승낙하지 않는다.

영화에서 두 사람은 신혼부부로 나온다. 테헤레는 영화 속 대사만 겨우 말할 뿐, 쉬는 시간에 끊임없이 말을 거는 호세인에게 아무 대꾸도 하지 않는다. 청혼하는 호세인과 묵묵부답인 테헤레. 두 사람의 집요함과 무심함은 지루한 반복으로 인해 오히려 현기증이 느껴진다. 아무 결실도 없이 영화 촬영은 끝나고 스태프들은 철수하기 시작한다. 이제 테헤레를 만날 기회가 사라진 호세인의 청혼은 더욱 절박해진다.

삶의 파편적인 시간들은 '서사'라는 실위에 한 줄로 꿰어지는 구슬과 같다. 이야기는 잿빛 삶에 색깔을 부여하고 변형이나 가정, 객관화, 거리두기를 통해 절망과 상처를 치유하기도 한다. 우리가 이야기에 매료되는 건 바로 그 때문이다. 사진은 영화 〈올리브 나무 사이로〉의 한 장면.

배우들을 집까지 실어다줄 차를 기다리는 사이, 테헤레는 혼자 걸어서 집으로 향한다. 그리고 호세인은 계속 구애를 하면서 그녀를 따라간다. 두 사람을 비추는 카메라는 점차 줌아웃 되고, 산을 넘어 올리브 숲을 지나서 집을 향하는 테헤레와 일정한 간격을 두고 그녀를 따라가는 호세인의 모습만 보일 뿐 대사는 더 이상 들리지 않는다. 그러다가 어느 순간, 테헤레를 따라가던 호세인이 갑자기 돌아서서 반대 방향으로 걸어오기 시작한다. 두 사람 사이에 어떤 일이 벌어졌는지 아무도 모른다. 호세인이 드디어 청혼을 허락받은 것인지, 아니면 완전히 포기한 채 화가 나서 돌아선 것인지.

호세인과 테헤레의 처지는 영화 속에서는 서로 반대다. 신랑 호세인은 "양말을 어디에 두었냐"고 신부 테헤레에게 소리를 지른다. 휴식시간에 호세인은 "진짜 결혼하면 양말 정도는 내가 챙길 수 있다"고 말하지만, 두 사람이 부부가 된다면 이슬람 문화에서 일상적인 모습인 영화 속의 부부처럼 행동하지 않으리라는 보장이 없다. 영화 속 영화는 일종의 역할극이자 미래의 모습으로, 영화의 현재 시점과 선형적으로 연결시켜 볼 수 있다. 물론 영화 촬영이 테헤레와 호세인의 관계를 평등하게 바꿔놓았을 가능성도 있다. 이처럼 영화와 현실은 서로에게 간섭한다.

서사란 삶과 가장 가까운 모습 때문에 설득력을 갖는 동시에, 일상과 완전히 같지는 않은 어떤 차원을 보여준다. 서사는 거칠고 난삽하며 동시다발적인 삶에 선형적인 질서와 의미를 부여한다. 나아가 삶은 서사의 형태로서 우리에게 기억되며 사후적으로 그 의미를 깨닫게 만든다. 우리 삶의 파편적인 시간들은 서사라는 실위에 한 줄로 꿰어지는 구슬과 같다.

이야기는 잿빛 삶에 색깔을 부여하고 변형이나 가정, 객관화, 거리두기를 통해 절망과 상처를 치유하기도 한다. 우리가 이야기에 매료되는 건 이 때문이다.

시가 내게로 왔다

일 포스티노
시

칠레 시인 파블로 네루다^{Pablo Neruda, 1904~1973}의 '시'는 시가 찾아오는
순간을 포착한다.

그러니까 그 나이였어…… 시가
나를 찾아왔어, 몰라, 그게 어디서 왔는지,
모르겠어, 겨울에서인지 강에서인지
언제 어떻게 왔는지 모르겠어
아냐 그건 목소리가 아니었고, 말도
아니었으며, 침묵도 아니었어,
하여간 어떤 길거리에서 나를 부르더군,
밤의 가지에서,
갑자기 다른 것들로부터,
격렬한 불 속에서 불렀어,

또는 혼자 돌아오는데 말야
그렇게 얼굴 없이 있는 나를
그건 건드리더군
〈하략〉

— 정현종 옮김, 『스무 편의 사랑의 시와 한 편의 절망의 노래』

우리가 '시적'(詩的)이라고 부르는 것의 실체는 무엇일까. '목소리도 아니고 말도 아니며 침묵도 아닌' 시는 명쾌한 정의를 거부하는, 손가락 사이로 빠져나가는 바람처럼 불분명한 존재인지도 모르겠다. 시는 언어이면서 비언어이고 현상을 가리키는 듯 하면서 다른 세계를 창조해낸다. 시에 대해 설명하거나 토론한다는 것은 사실상 불가능하다. 그것은 이심전심, 눈에 보이지도 말할 수도 없는 것을 행간을 통해 전달한다. 네루다의 시에서 우리는 평범한 단어 속에, 쉼표와 행간에 스며있는 색다른 시 공간으로 접어드는 착각에 빠진다.

그런 만큼 시는 간단하지 않다. 존재의 근원을 흔들어 한 사람의 인생을 바꿔놓고, 때로는 역사 발전의 원동력이 되기도 한다. 사랑시에서 혁명시까지 광대한 시의 스펙트럼은 인간의 온갖 감정의 격동을 표출한다. 사람의 육체에 스민 영혼처럼 문명과 자연에 숨어있는 은밀하면서 미세한 기운을 포착하는 것이 시인지도 모르겠다. 이데아를 반영하는 뚜렷한 개념이 아니라 모방에 의한 환상을 만들어낸다는 특징 때문에 일찍이 플라톤Plato, BC428~348은 "공화국에서 시인을 추방해야 한다"는 유명한 논지를 펼치기도 했다.

세상을 바꾸는 시

　문득 찾아오는 시적인 순간, 그 감흥과 아름다움, 시가 사람과 현실을 어떻게 변화시키는지를 포착한 영화가 〈일 포스티노ll Postino〉(1994, 감독 마이클 래드포드Michael Radford)이다. 이 영화의 주인공은 칠레 독재정부의 탄압을 피해 이탈리아의 작은 섬으로 망명한 시인 파블로 네루다(필립 느와레Philippe Noiret, 1930~2006 분)와 그의 우편배달부가 됐다가 시를 알아가는 소박한 섬청년 마리오 루폴로(마시모 트로이시Massimo Troisi, 1953~1994 분)이다. 영화 제목이 '일 포에타'(시인)가 아니라 '일 포스티노'(우편배달부)인 이유는 시를 배워가는 마리오에게 방점을 찍었기 때문일 것이다.

　네루다는 이 영화 속의 섬으로 오기 전, 이미 유명인사였다. 1904년 칠레 중부 피랄에서 열차 기관사의 아들로 태어난 그는 두 달 만에 어머니를 잃었다. 감수성이 예민했던 그는 11살에 첫 시를 써서 새어머니에게 바쳤다. 산티아고사범대학 불어교육과를 졸업한 뒤 19살에 첫 시집『황혼일기Books of Twilights』(1923)를, 이듬해에 두 번째 시집이자 출세작인『스무 편의 사랑의 시와 한 편의 절망의 노래Twenty Love Poems and a Song of Despair』(1924)를 발표했다. 22살이던 1926년 그는 버마 랑군 주재 명예영사로 외교관 생활을 시작한다. 그러나 본격적인 삶의 전환점은 1935년 스페인 마드리드 주재 영사로 부임하면서 찾아왔다. 프랑코 독재정권과 시민군 사이에 벌어진 스페인 내전을 경험한 그는 파시즘에 대한 반발과 가난하고 힘없는 민중에 대한 애정으로부터 공산주의를 지지하게 된다.

　1945년 칠레공산당에 입당한 그는 상원의원에 당선된다. 이듬해 곤

영화 〈일 포스티노〉의 한 장면. 영화는 시가 사랑이나 자연의 아름다움을 노래하는 데 그치지 않고 세상을 바꿔야 한다고 역설한다. 영화 속 인물로 등장하는 시인 네루다는 "(그럴) 의지가 있다면 세상을 바꿀 수 있다"고 말한다.

살레스 비델라-Gabriel González Videla, 1898~1980 대통령이 공산당과의 협약을 파기하자 1948년 '나는 고발한다'란 제목의 의회연설을 하고 책으로 펴낸다. 대법원은 이에 대해 네루다의 상원의원으로서의 면책특권을 박탈하고 국가원수모독죄로 체포영장을 발부한다. 이 때부터 네루다의 은둔과 방랑 생활이 시작된다. 그는 아르헨티나, 프랑스, 폴란드, 헝가리를 거쳐 이탈리아로 가게 된다.

영화에서 마리오는 동네 영화관에 갔다가 뉴스에서 망명 중인 네루다가 자기가 사는 섬으로 오게 됐다는 소식을 듣는다. 어부인 그의 아버지는 마리오가 어부 일을 하지 않는다고 타박하지만, 그는 생업에 뜻이 없다. 집에 돌아오던 그는 동네 우체국에서 네루다에게 우편물이 폭주할 것에 대비해 우편배달부를 뽑는다는 모집공고를 본다. 그리고 시인의 우편배달부가 된다.

처음에 마리오의 눈에 비친 네루다는 여자들이 좋아하는 시를 쓰는 시인이다. 즉 '시는 여자들을 홀리는 에로틱한 것'이다. 뉴스 속에서 여자들은 네루다에게 손수건을 흔들면서 환호를 보낸다. 그에게 배달되는 우편물의 대부분은 세계 각국의 여성 팬들로부터 온 것이다. 마리오가 편지를 배달하러 갔을 때 노년의 네루다는 부인 마틸데 우르티아^{Matilde Urrutia,} ^{1912~1985}를 '아모르'(사랑)라고 다정하게 부르면서 정열적인 키스를 나누고 춤을 춘다.

어느 날 마을 주점에서 아름다운 처녀 베아트리체를 만난 마리오는 첫눈에 사랑에 빠진다. 마리오는 네루다에게 도움을 청하고, 네루다는 주점으로 가서 베아트리체가 보는 앞에서 마리오에게 친필서명을 한 시 노트를 선물한다. 그 때부터 마리오는 베아트리체에게 연시(실제로는 네루다의 시)를 보낸다. 베아트리체의 숙모인 주점 여주인은 네루다를 찾아가서 마리오가 시로 조카를 꼬시는 데 항의하지만, 두 사람은 이미 깊은 사랑에 빠졌다. 마리오와 베아트리체의 결혼식 날, 네루다는 조국 칠레 정부가 자신의 체포영장을 철회했다는 소식을 듣는다. 1952년의 일이다.

영화 속에서 시는 또한 '아름다움을 느끼는 것'이다. 망명 중인 네루다는 자신이 머무는 섬에 대해 알려달라는 동지들의 요청을 받고 녹음을 하기 시작한다. 그 때 편지를 배달하러 온 마리오에게 네루다는 마이크를 내밀면서 이 섬에서 가장 아름다운 것이 무엇인지 말하라고 부탁한다. 그

때 막 사랑에 빠진 마리오의 대답은 "베아트리체 루소"란 단 한마디였다. 사실 섬이란 그에게는 떠나고 싶은 따분한 곳이었다.

네루다가 섬을 떠난 뒤 마을 사람들은 시인을 그리워하지만 신문이나 방송 뉴스에 나오는 네루다는 섬에 대해 일절 언급하지 않는다. 어느 날 마리오 앞으로 네루다의 편지가 날아오는데 반가운 마음으로 뜯어보니 남은 짐을 보내달라는 비서의 건조한 통보였다. 마리오는 실망감을 감추고 네루다가 살던 집을 찾아갔다가 녹음기를 보면서 옛 일을 떠올린다. 마리오는 섬의 소리를 녹음해서 네루다에게 보내겠다고 결심한다. 그는 파도소리, 바람소리, 뱃고동소리, 교회종소리를 녹음하고 베아트리체의 뱃속에 있는 자기 아이의 태동까지 담는다. 비로소 그는 아무렇지도 않게 주변에 존재하는 것들의 아름다움을 느끼는 시인의 감성을 얻는다.

나아가 이 영화는 시가 사랑이나 자연의 아름다움을 노래하는 데 그치지 않고 '세상을 바꾸는 것'이라고 역설한다. 마리오의 섬은 디 코시모라는 정치인의 지역구다. 선거 때만 나타나는 그는 마을 사람들에게 거짓 공약을 일삼는다. 이번 선거에서도 그는 마을에 수도를 놓겠다고 약속한다. 그리고 한 무리의 일꾼을 몰고 나타난다. 그러나 당선되자 당국의 예산 배정을 핑계로 삼아 일꾼들을 철수시킨다.

섬에 머물던 네루다는 마리오에게 "의지가 있으면 세상을 바꿀 수 있다"고 말했다. 그런 일은 실제로 일어났다. 당국에 항의하는 집회가 열리고 마리오는 그 집회에서 발표하기 위해 처음으로 시를 썼다. 그는 자신의 시를 낭송하기 위해 연단으로 나가다가 진압부대가 출동하자 흩어지는 군중들의 혼란 속에서 사고를 당해 죽고 만다. 낭만적이고 아름답게 전개되던 영화는 갑자기 스크린이 암전되고 극장 불이 켜지는 순간처럼 불운한 현실로 돌아온다.

네루다의 삶은 시의 여러 결을 설명하는데 가장 적합한 것이었다. 그는 연애시부터 혁명시까지 두루 섭렵한 드문 시인이었다. 공산당에 입당한 즈음해 그는 "그대는 나에게 낯선 사람들에 대한 형제애를 주었다. / 그대는 나에게 살아 있는 모든 이들의 힘을 보태주었다"('나의 당에게')라는 시를 썼고, 세 번째 부인 마틸데에게 바치는 연시집 『100편의 사랑소네트100 Love Sonnets』에서는 "내 여인의 육체여, 나 언제까지나 그대의 아름다움 속에 머물러 있으리. / 나의 목마름, 끝없는 갈망, 막연한 나의 길이여!"같은 적나라한 표현도 서슴지 않았다. 그는 1969년 대통령 후보로 지명되고 1971년 노벨문학상을 수상했으나, 1973년 피노체트Augusto José Ramón Pinochet Ugarte, 1915~2006가 아옌데Salvador Isabelino Allende Gossens, 1908~1973 정권을 쿠데타로 박살내는 것을 보고 이틀 뒤 눈을 감았다.

이 영화의 원작은 칠레 작가 안토니오 스카르메타Antonio Skármeta의 동명소설 『네루다의 우편배달부The Postman of Neruda』(1985)이다. 영화와 달리 원작은 네루다가 살았고 그의 무덤이 있는 칠레의 섬 이슬라 네그라를 배경으로, 1969년부터 1973년까지 네루다의 말년을 그렸다. 시인의 우편배달부였던 마리오 히메네스란 17살 청년은 연인 베아트리체와의 사이에 아들을 낳고, 장모의 식당에서 일하면서 시인이 되고자 노력한다. 그는 칠레 대통령 후보가 된 네루다가 민중연합의 단일후보인 아옌데를 지지하면서 사퇴하고, 아옌데정부에서 프랑스대사로 갔다가 노벨상을 받으며, 쿠데타 이후 가택연금 상태에서 숨을 거두는 장면을 지켜본다. 원작은 영화에 비해 훨씬 칠레의 현실을 깊이 다루며, 보다 시끌벅적하고 원색적인 남미 특유의 정열을 담아내는데 네루다의 시를 인용한다.

상처를 아물게 하는 시

한국영화 〈시〉(2010, 감독 이창동)가 내놓는 시에 대한 생각도 주목해 볼만 하다. 이 영화는 시인, 시인지망생, 시강의, 시낭송회 등 시단의 풍경을 통해 시에 대한 통념을 제시한다. 그런 가운데 주인공이 진짜 시를 찾아가는 과정을 따라감으로써 진정한 시는 무엇인지, 그 시는 어떻게 쓰여지는 것인지를 관객들에게 보여준다.

〈시〉는 두 가지 이야기가 주인공의 일상에서 병렬해 진행되는 구조를 갖고 있다. 치매 초기단계로 자꾸만 단어를 잊어버리는 60대 여성 양미자(윤정희 분)는 동네 문화원에서 난생 처음 시 쓰기를 배운다. 그리고 미자가 이혼한 딸을 대신해서 맡아 키우는 중학생 손자 욱이 친구 5명과 함께 박희진이란 동급 여학생을 성폭행하고, 그 여학생이 자살한 뒤 부모들이 이 사건을 무마하기 위해 피해자 가족과 합의하는 과정이 펼쳐진다. 두 이야기는 마지막에 한 편의 시로 모아진다.

미자는 복합적인 인물이다. 알록달록한 옷을 입고 스카프와 모자로 치장한 미자는 생기발랄한 초로의 여성이다. 그러나 속사정은 다르다. 반신불수가 된 노인(김희라 분)을 목욕시키고 집안일을 해주는 파출부로 근근이 살아간다. 미자가 시를 배우기로 한 건 "이상한 소리 잘하고 예쁜 것

'세상을 바꾸는 것'보다 더 높은 시의 경지는 '상처를 아물게 하는 것'이다. 시는 진실과 정의, 아름다움을 추구한다. 그러나 그것은 자기만족의 상태가 아니라 작고 슬픈 것들에 대한 연민을 통해 가능해진다. 그 속에서 비로소 시가 들리고 시가 읽어지며, 그리고 시가 써지는 것이다. 사진은 영화 〈시〉의 한 장면.

좋아하는 시인 기질" 탓이기도 했지만 언어를 잃어버린다는 데 대한 무의식의 발로였을 것이다.

시 강사인 김용탁 시인(김용택 분)은 첫 강의에서 "시를 쓰기 위해서는 우선 잘 보아야 한다"고 말한다. 그 말을 들은 미자는 나무를, 바람을 보기 위해 애쓴다. 그 때 욱이 친구인 기범이 아버지로부터 모임을 알리는 전화가 걸려온다. 다음 강의에서 강사는 "시를 쓰는 것은 아름다움을 찾는 일"이라고 한다. 두 번째 강의가 끝난 뒤 가진 학부모 모임에서 미자는 성폭행 사건의 전말을 알게 된다. 다리 위에서 강물에 몸을 던진 희진은 죽기 몇 달 전부터 과학실 구석에서 남학생들에게 돌아가면서 성폭행을 당했다. 가해자 아버지들은 사건이 알려지는 것을 막기 위해 각자 500만 원씩 3000만 원을 모아서 가난한 피해자 엄마와 합의하기로 의견을 모은다.

미자가 배워가는 시의 세계와 성폭행 사건의 무마과정은 서로 대비된다. 가해자 학생의 아버지들은 사건을 똑바로 보려고 하지 않는다. 지나간 일은 안됐지만 자식들의 미래가 중요하다면서 어떻게든 사건을 덮느라 애를 쓴다. 여기에 학교의 명예를 지키려는 교감과 학생주임, 이상한 낌새를 알아채고 중간에서 이권을 노리는 지역신문 기자가 가담한다. 미

자의 손자 욱이 역시 혼란에 빠지지만 TV, 록음악, PC방 게임 등이 그를
다시 무감각한 일상으로 데려간다.

영화 속에서 깨어있는 사람은 미자 뿐이다. 그녀는 소녀의 흔적을 더
듬어가기 시작한다. 그 아이의 추도미사가 열리는 성당에 가서 사진을 훔
쳐오고, 사건이 벌어졌던 과학실에 가본다. 아이가 몸을 던진 다리 위에
서 흐르는 강물을 내려다본다. 피해자 엄마에게 찾아가 합의를 설득해보
라는 다른 사람들의 종용에 못 이겨 죽은 희진의 집으로 찾아갔다가 지나
가는 사람인 것처럼 엉뚱한 이야기만 하다가 돌아오기도 한다. 미자는 이
모든 행로에서 작은 수첩을 꺼내서 머리에 생각나는 단어와 문장들을 적
어 내려간다.

한편, 미자는 합의금을 마련하지 못해 전전긍긍한다. 욱이 엄마에게
는 차마 알리지 못하고 기범이 아버지에게 빌려달라고 했다가 거절당한
뒤 미자는 자신이 돌보던 김노인을 찾아간다. 죽은 희진의 자취를 더듬어
가다가 인간에 대한 연민을 느낀 미자는 죽기 전에 마지막으로 남자구실
을 하게 해달라고 사정했던 김노인의 부탁을 들어주는데, 결국 돈을 구할
곳이 없던 미자는 김노인을 협박해 500만 원을 마련한다. 미자를 마지막
으로 학부모들은 합의금을 마련하고 피해자 희진의 엄마는 남은 아들을
중학교에 보내기 위해 합의금을 받는데 동의한다. 그러나 마무리되는 듯
보이던 사건은 갑자기 반전하면서 형사가 찾아와 욱이를 데려간다.

마침내 시 강의가 끝나는 날, 이 모든 과정을 고통스럽게 겪어낸 미자
는 한 편의 시를 완성한다. 제목은 '아녜스(죽은 희진의 영세명)의 노래'. 시
강사는 수업에 결석한 미자를 제외하고는 아무도 시를 쓰지 못한 수강생

들 앞에서 "시를 쓰는 게 아니라 시를 쓰겠다는 마음을 갖는 게 어렵다"고 말한다. 결국 시를 쓴다는 건 사물을 자세히 보는 것과 아름다움을 느끼는 것 외에 진실을 추구하고 소외된 존재와 공감하겠다는 마음이 요구되는 일이다.

"그곳은 어떤가요 / 얼마나 적막한가요 / 저녁이면 여전히 노을이 지고 / 숲으로 가는 새들의 노랫소리 들리나요 / 차마 부치지 못한 편지 / 당신이 받아볼 수 있나요 / 시간이 흐르고 장미는 시드나요 / 이제 작별할 시간······"

그것은 누구도 쓰지 못한 진정한 참회와 애도의 시가 된다. 영화 첫 장면에서 강물 위에 등을 보이면서 둥둥 떠내려가던 소녀는 스크린 위로 '아네스의 노래'가 흐르는 동안 얼굴과 목소리를 찾는다. 미자의 내레이션은 희진의 목소리로 바뀌고, 교복을 입은 채 쓸쓸한 뒷모습으로 다리 위에 서있던 소녀는 뒤를 돌아보면서 관객을 향해 활짝 웃는다. '세상을 바꾸는 것'보다 더 높은 시의 경지는 '상처를 아물게 하는 것'이었다. 시는 진실과 정의, 아름다움을 추구한다. 그러나 그것은 자기만족의 상태가 아니라 작고 슬픈 것들에 대한 연민을 통해 가능해진다. 그 속에서 비로소 시가 들리고 시가 읊어지며, 마침내 시가 써지는 것이다.

책의 마법에 걸리다

책 읽어주는 여자
더 리더

나무조각가
김진송의 작품
'책을 덮지 마'

"책을 카세트에 녹음해서 듣는 세상인데 지금이 무슨 공작부인이나 황후나 얘기 상대 귀부인들의 시대라고 집으로 찾아가서 책 읽어 주는 여자 노릇을 한단 말야."

프랑스 작가 레몽 장Raymond Jean의 소설 『책 읽어 주는 여자 The Reader』(1986)에서 34세의 여자 주인공 마리 콩스탕스 G는 자신에게 책 읽어 주는 일을 해 보라는 친구 프랑수아즈의 권유에 이렇게 시큰둥하게 대꾸한다. 그러나 마리는 그 아이디어를 실행에 옮기며, 그로 인해 그녀와 책을 읽어 주는 대상 사이에는 기상천외한 일들이 벌어진다.

요즘 한국은 카세트에 녹음해서 듣는 시대를 한참 지나 집에 앉아서 공공도서관에 인터넷으로 접속하면 MP3 파일로 오디오북을 대출할 수 있는 상황이다. 그러나 거꾸로 책을 읽어주는 일은 점점 늘어난다. 자원봉사자들이 식사나 목욕을 돕는 것의 연장선상에서 몸이 불편하고 소외된 이웃에게 책을 읽어준다. 시각장애인이나 노인에게 책을 읽어주기도 하고, 엄마의 따뜻한 손길을 받지 못하는 시설 아동이 대상이 되기도 한다. 더욱 편리한 여러 가지 방식을 놔두고 마주 앉아 일회성의 발화로 책을 읽어 주는 것은 책을 읽는 이와 듣는 이 사이의 깊은 교감을 끌어내기 위해서다. 책이라는 매개를 통해 낭독자의 전인격이 듣는 이에게 전달되면서 책 내용은 대화와 공감을 위한 소재를 제공한다. 이는 직접적인 대화에 못지않은 위로와 치유의 효과를 거둘 수 있다.

　책을 읽어 주는 일이 지니는 심오한 의미를 작품 소재로 끌어들인 소설로는 『책 읽어주는 여자』와 독일 작가 베른하르트 슐링크Bernhard Schlink의 『더 리더The Reader』(1995)를 들 수 있다. 두 편 모두 책으로도, 영화로도 성공을 거두었다. 영화 〈책 읽어주는 여자〉(1988, 감독 미셸 드빌Michel Deville)는 1990년 몬트리올영화제에서 대상을, 〈더 리더〉(2008, 감독 스티븐 달드리Stephen Daldry)의 여주인공 케이트 윈슬릿Kate Winslet은 2009년 아카데미영화제 여우주연상을 각각 받았다. 그런데 책 속의 책이라는 독특한 구조를 제대로 느끼려면 영화보다는 소설이 제격이다. 두 소설에는 많은 책 제목과 인용문이 등장한다. 그리고 그 책들의 내용은 소설의 진행에 영향을 미친다. 마리 콩스탕스 G의 말을 빌려서 말하면 "나는 내가 텍스트를 선택한다고 여기지만 오히려 텍스트들이 나를 선택"하는 상황이 된다.

텍 스 트 가 나 를 선 택 하 다

　'책 읽어 주는 여자'란 직업은 마리의 무료한 일상에서 비롯됐다. 그녀는 연극학교 시절 남다른 재능을 보였지만 결혼과 함께 배우의 길을 포기했다. 남편 필립은 자기생활에 빠진 건실한 엔지니어이며, 둘 사이에는 아이가 없다. 일을 찾고자 하는 그녀에게 엉뚱한 아이디어를 많이 가진 프랑수아즈는 가정방문 독서사를 권유한다. 프랑수아즈에 따르면 그것은 병자, 장애인, 노인, 정년퇴직자, 독신자 등에게 아주 실제적이고 구체적으로 필요한 일이다.

　마리는 구직 광고를 내기 위해 신문사로 찾아가는데 광고 담당자는 고개를 설레설레 내젓는다. 엉뚱하고 골치 아픈 일이 많이 생길 것이라는 우려 때문이다. 마리의 은사인 롤랑 소라 교수의 반응도 다소 냉담하다. 그러나 광고가 나간 뒤 하나둘씩 고객이 생기기 시작한다. 첫 번째 고객은 하반신 불구이자 예민한 감성과 문학적 재능의 소유자인 14세 소년 에릭이다. 에릭의 엄마는 외부와의 접촉을 늘리기 위해 마리를 고용한다. 마리는 소라 교수의 권유대로 기 드 모파상Guy de Maupassant, 1850~1893의 단편집을 들고 가서 「손」이란 작품부터 읽어 준다. 살인사건과 벽에 걸려 있는 엽기적인 손의 이미지는 에릭에게 발작을 일으킨다. 그러나 에릭은 계속 마리의 방문과 책 읽기를 기대한다. 그는 마리의 목소리를 들으면서 스커트 아래로 드러나는 그녀의 무릎을 훔쳐본다.

　두 번째 고객은 헝가리 귀족 출신인 뒤메닐 장군 부인. 침대에 누워 있는 80살의 환자인 그녀는 백내장 때문에 더 이상 책을 읽을 수 없다. 그녀

책은 단순히 저자의 생각이나 상상을 독자에게 전달하는 매개체가 아니다. 독자는 단어나 문장에 고정된 의미를 그 대로 받아들이기보다는 각자의 방식으로 텍스트를 읽는 다. '책을 읽어주는 여자' 마리가 그의 고객들(!)에게 읽어 준 책에도 고객 각자의 상황이나 열망이 담겨 있다. 사진 은 영화 〈책을 읽어주는 여자〉의 한 장면.

가 마리에게 읽어 달라고 한 책은 카를 마르크스Karl Heinrich Marx, 1818~1883의 『정치경제학 비판Grundrisse der Kritik der Politischen Okonomie』이다. 자신의 정치적 신념을 형성한 텍스트를 들으면서 고무된 부인은 공산주의 혁명에 대한 열정을 새삼 불태운다.

이어 독신의 사업가와 8살짜리 소녀가 마리의 고객이 된다. 대규모 니켈 광산을 가진 사업가 미셸 도트랑은 사업적 필요 때문에 만찬에서 문학 이야기를 하며 교양을 과시해야 하지만 책을 읽을 수 없다. 책만 잡으면 곯아떨어지는 탓이다. 또 어린 클로렝드의 엄마는 부동산 개발업자로 바깥일이 너무 바빠서 아이에게 책을 읽어 주고 정서적 접촉을 할 시간이 없다. 두 사람은 앞의 고객들보다 훨씬 더 마리에게 정서적으로 밀착한다. 마리는 미셸에게 누보 로망의 고전인 클로드 시몽Claude Eugene Henri Simon, 1913~2005의 『사물들의 교환』을 읽어 준다. 그러나 그는 책 내용에는 신경쓰지 않고 마리에게 적극적인 애정 공세를 펼친다. 클로렝드는 『이상한 나라의 앨리스Alice in the Wonderland』를 듣다가 기분이 들떠 가까운 공원으로 소풍을 가자며 엄마의 보석을 걸치고 나온다. 그 바람에 마리는 절도 및 유괴범으로 몰린다.

마리는 이모저모로 수난에 빠진다. 에릭은 마침내 마리가 치마를 무릎 위로 걷어 올리는 데 만족하지 않고 속옷을 입지 말아 달라는 대담한 부탁을 한다. 장군 부인은 노동절에 자신의 집 앞을 지나가는 시위대를 향해 국제공산당가를 틀고 붉은 깃발을 흔든다. 유괴 미수와 정치적 선동의 혐의를 받은 마리는 위험한 인물로 낙인 찍혀 경찰의 수사 대상이 된다. 여기에다 미셸은 온갖 유혹을 한다. 그럼에도 책 읽어 주는 여자로서 자신의 본분을 다하려는 마리의 노력은 눈물겹기조차 하다. 미셸의 요구대로 알몸이 돼 침대에 누워서 이상한 포즈를 취한 채 책 읽기를 계속한다.

순진하고 솔직한 문체, 유머, 에로티시즘을 자유자재로 구사하는 이 작품은 책이 우리에게 어떤 영향을 주는지를 물리적으로 과장해 보여 준다. 문학이론가 롤랑 바르트Roland Gérard Barthes, 1915~1980가 지적한 대로 독자로서 우리는 책과 상호작용을 하는 과정에서 자신만의 새로운 의미를 창출한다. 책은 단순히 저자의 생각이나 상상을 독자에게 전달하는 매개체가 아니다. 독자는 단어나 문장에 고정된 의미를 그대로 받아들이기보다는 각자의 방식으로 텍스트를 읽는다. 이 때문에 텍스트가 지니는 의미는 유동적이며 불안정하다. 또한 독자들이 텍스트를 해석하는 의미화 과정에서 스스로의 가치관이나 정체성, 사회·문화적 행간에 숨어 있는 의미가 드러나기도 한다.

마리가 고객들에게 읽어준 책에는 각자의 상황이나 열망이 담겨 있다. 에릭은 모파상을 통해 감성을 발견했고, 마르크스의 책은 병석에 누운 귀부인에게 공산주의자로서의 정체성을 확인시켰다. 사업가에게 문학은 욕정을 부추기고, 아이는 환상적인 동화에서 해방감을 맛본다. 텍스트는 수동적으로 독서를 기다리는 게 아니라 독자의 삶에 깊이 개입한다. 이런 과정으로부터 마리는 곤란하면서도 멋진 경험을 얻는다.

매력적인 동시에 치명적인

　『책 읽어주는 여자』의 원제인 'La Lectrice'가 프랑스어 여성명사인데 비해 『더 리더』의 원제인 'Der Vorleser'는 독일어 남성명사다. 즉 '책 읽어 주는 남자'란 뜻이다. 독일의 법학교수이자 판사, 소설가인 베른하르트 슐링크가 쓴 『더 리더』에서도 책을 읽어 주는 일은 두 주인공 사이의 관계를 중요하게 규정한다. 나아가 이 작품은 문맹의 삶이 얼마나 비극적인지를 보여준다. 독일인의 의식을 아직까지 짓누르는 나치 협력과 과거사 청산문제까지 겹쳐서 『더 리더』는 훨씬 진지하고 철학적이며 비극적인 텍스트가 된다.

　남자 주인공 미하엘 베르크가 과거를 회고하는 형식의 이 소설은 스무 살 연상의 여자와 소년의 사랑에서 출발한다. 15살 소년 미하엘은 간염에 걸려 휴학 중이다. 어느 날 길에서 구토를 하게 된 그는 자신을 도와준 전차 차장 한나를 만난다. 한나의 성숙하면서 신비로운 매력에 끌린 그는 감사의 뜻을 전하기 위해 꽃다발을 들고 한나의 집을 찾아간다. 한나는 땔감으로 쓸 조개탄을 날라달라고 하고, 온 몸에 탄가루를 뒤집어쓴 미하엘에게 목욕을 하도록 하면서 그를 성적으로 유혹한다.

　엄마와 아들만큼 나이 차이가 나는 두 사람의 사랑은 외줄타기처럼 위험하고 불안하다. 미하엘은 한나에게 완전히 빠져들지만 그녀의 신상에 대해서는 아무것도 모른다. 한나가 언젠가부터 미하엘에게 책을 읽어 줄 것을 요구하면서 두 사람의 만남은 책 읽기, 목욕, 섹스라는 리듬을 갖게 되고 『오디세이^{Odyssey}』(호메로스^{Homeros, BC800~750})로 시작된 책 읽어 주기

책은 매력적인 동시에 치명적이다. 책
은 인간에게 있어서 항상 강력하면서
도 위험한 존재였다. 소설 속 두 남녀
의 관계만큼. 사진은 영화 〈더 리더〉의
한 장면.

는 『에밀리아 갈로티Emilia Galotti』(고트홀트 레싱Gotthold Ephraim Lessing, 1729~1781), 『간
계와 사랑Kabale und Liebe』(프리드리히 쉴러Johann Christoph Friedrich von Schiller, 1759~1805),
『전쟁과 평화Voina i mir』(레프 톨스토이Lev Nikolaevich Tolstoi, 1828~1910)로 이어진다. 다
시 건강해져 복학한 미하엘이 학교생활과 한나와의 밀회 사이를 오가면
서 좌충우돌하던 어느 날 한나가 아무 말 없이 사라진다.

　갑작스런 이별 때문에 고통을 느끼던 미하엘은 법과대학생이 돼서
나치 전범 재판을 참관하러 갔다가 한나를 발견한다. 전쟁 당시 지멘스
공장일을 그만두고 친위대에 들어간 한나는 여자포로수용소의 감시원으
로 일했다. 한나는 아우슈비츠로 보낼 여자들을 선별했고, 더욱이 패전 직
전 포로들을 집단 이송하면서 밤에 교회에 가둬 놓은 채 연합군의 폭격을

맞았는데도 문을 열어 주지 않아 몰살시켰다. 이런 상황에 대한 책임이 모두 한나에게 있는 건 아니었지만 법정에 선 그녀는 이상하게도 결정적인 대목에서 항변을 포기한다. 계속 재판을 지켜보던 미하엘은 한나가 전쟁 당시 여러 가지 상황을 잘못 판단한 게 글을 모르기 때문이라는 사실을 발견하고 충격을 받는다.

한나는 지멘스에서 근무조장으로 승진할 기회가 생기자 그곳을 떠났다. 포로수용소에서 그녀는 가스실로 가기 직전의 소녀들을 자신의 방으로 불러 책을 읽게 했다. 이는 성적 착취로 오해를 받았다. 전차 차장으로 일하던 한나가 갑자기 미하엘을 떠난 것 역시 전차 회사에서 운전기사 교육을 받아 보라고 했기 때문이다. 한나가 재판에서 종신형을 감수하면서도 끝까지 숨기고자 했던 것, 인생의 모든 선택과 고통을 관통한 비밀은 글을 모른다는 사실이었다.

한나로 인해 결혼 생활에 실패하고 인생 전체에 대한 허무와 무의미에 부닥친 미하엘은 소년시절에 그랬던 것처럼 한나를 위해 책을 읽고 그것을 카세트테이프에 녹음해 교도소로 보낸다. 다시 호메로스의『오디세이』에서 시작해 안톤 체호프, 하인리히 하이네Heinrich Heine, 1797~1856, 프란츠 카프카Franz Kafka, 1883~1924로 이어진다. 그러기를 4년째 계속하던 어느 날 한나가 쓴 짧은 편지를 받은 미하엘은 그녀가 비로소 글을 배웠음을 알게 된다. 한나는 테이프에 녹음된 음성과 책을 대조하면서 혼자 글자를 깨우쳤다. 그러는 사이에 미하엘은 문맹의 삶에 대해 알게 된다. 그들이 일상생활에서 겪는 당혹스러움과 불안에 대해, 글을 모른다는 사실을 감추기 위해 소모하는 정력에 대해, 이로 인해 실제 삶에서 겪는 에너지 상실과 그것이 낳는 불행에 대해. 한마디로 문맹은 스스로를 보호할 수 없는 미성년 상태를 의미한다.

　18년의 복역 이후 가석방 결정을 받은 한나는 출감을 앞두고 미하엘과 재회하지만 석방 당일 아침 목을 매고 자살한다. 한나는 감옥 안에서 유대인 강제수용소와 관련된 책을 찾아서 읽으면서 자신의 과거를 알게 됐다. 그녀는 건강하고 깨끗하고 진실한 여자였다. 그러나 글을 몰랐기 때문에 자신의 인생을 책임질 수 없었다. 그런 그녀는 미하엘의 도움으로 상실감을 뒤늦게나마 보상받은 상태로 세상을 떠났다.

　책은 매력적인 동시에 치명적이다. 책은 항상 위험하고 강력한 존재였다. 그래서 진시황BC251~210은 분서갱유(焚書坑儒)를 단행했고, 움베르토 에코Umberto Eco의 소설『장미의 이름The Name of the Rose』(1980)에 나오는 수사들은 희극이론을 다룬 아리스토텔레스Aristoteles, BC384~322의『시학Peri Poitiks』 2권의 책장에 독을 묻혀 연쇄 살인을 불러왔다. 한 권의 책이 사람의 인생을 바꾸고, 서로 다른 세대가 책을 통해 대화를 나눈다. 아마존 킨들이나 아이패드에 전자책을 다운받는 시대가 왔지만 이 두 작품을 읽고 있으면 물질로서의 책에 대한 애정이 무럭무럭 솟아난다.

산사의 전설이 상상력에 날개를 달아주다

부석사
___
생활의 발견

한국사람은 유독 산을 좋아한다. 산은 오르고 즐기는 곳일 뿐 아니라 삶의 터전이고 숭배의 대상이다. 우리나라의 크고 작은 산에는 어디나 절이 있고, 절마다 믿거나 말거나 한 전설 또한 빠지지 않는다. 도통한 스님이 산을 오르다가 지팡이를 꽂았더니 커다란 나무가 됐다는 일상적인 전설에서 시작해 무서운 용이 동해를 배경으로 번쩍번쩍 날아다니며 전투를 벌이는 동아시아 규모의 전설까지 가지각색이다. 근대 이전까지 평범한 사람들의 공공 영역이었던 절집에서는 현실과 상상을 넘나드는 무수한 사연이 오갔을 테고, 그 정수가 절마다 내려오는 전설이다.

시공을 초월한 삶의 원형인 전설은 후대의 작가들에게 다채로운 상상력을 제공한다. 전설에 끼어들게 마련인 비현실적 판타지와 풍부한 상징이 새로운 이야기로 태어나는 데 맞춤한 자양분을 제공한다. 절에 얽힌 사랑 이야기에다 인생의 풍부한 결을 담아 변주한 작품이 신경숙의 단편소설 「부석사」(2001)와 홍상수의 영화 〈생활의 발견〉(2002)이다.

영원히 매워지지 않는 바위틈에 낀 부조리

　「부석사」는 2001년 이상문학상 수상작이자 작가 스스로 자신이 생각하는 사랑의 이미지에 가장 가깝다고 꼽는 작품이다. 소설 속의 '그녀'와 '그'는 1월 1일 부석사를 향해 여행을 떠난다. 두 사람은 같은 오피스텔에 사는 이웃사촌이고, 각자 실연의 아픔을 지니고 있다. 1월 1일에 만나기 싫은 사람의 일방적인 방문 약속이 잡혀 있으며, 상처받은 경험 때문에 공격 성향이 강한 개 한 마리를 사이에 두고 서로 모른 채 연결돼 있다. 그리고 두 사람은 막 새로운 사랑을 시작하려고 한다.

　반듯한 대칭구조로 이뤄진 이 소설에 왜 '부석사'란 제목이 붙었을까. 국내에서 가장 오래 되고 아름다운 건축물인 부석사 무량수전의 뒤편 바위에 맷돌처럼 얹혀있는 '부석(浮石)'의 전설을 『삼국유사』는 다음과 같이 전한다.

　661년(문무왕 1년) 불교 공부를 위해 당나라를 향한 의상은 등주(登州) 해안에 도착해 한 신자의 집에 머물게 됐다. 그런데 그 신자의 딸인 선묘가 의상을 사모해 결혼을 청한다. 의상은 이를 받아들이는 대신 선묘의 불심을 일깨운다. 선묘는 "영원히 스님의 제자가 되어 스님을 돕겠다"는 원을 세웠고, 의상은 종남산에 있는 지엄을 찾아가 화엄학을 공부했다. 귀국하는 길에 의상은 다시 선묘의 집을 찾아 그동안 베풀어 준 편의에 대해 감사를 표한 뒤 바로 배에 올랐다. 선묘는 의상을 위해 준비한 법복과 집기를 전하기 위해 급히 선창으로 달려갔으나 배는 이미 떠났다. 그러자 선묘는 떠나는 배를 향해 상자를 던져 의상에게 전하고는 바다에 뛰어들

선묘는 의상을 사랑했지만 그에게 닿지 못한다. 불
제자가 되어 그의 길을 좇았고, 용이 되어 바다를
건넜으며, 끝내는 그가 세운 사찰의 돌로 남았다.
사진은 부석사에 있는 뜬 돌과 선묘 초상.

어 의상이 탄 배를 호위하는 용이 됐다. 의상이 신라에 도착한 뒤 화엄을
펼 수 있는 땅을 찾아 봉황산에 이르렀으나 도둑 무리 500명이 살고 있었
다. 이때 용은 커다란 바위로 변해 공중에 떠서 도둑들을 물리치고 절을
창건하게 했다.

　부석사의 뜬 돌은 지금도 실과 바늘이 지나갈 수 있을 만큼 떠 있다
고 하여 많은 관광객들로 하여금 눈을 부릅뜨도록 만든다. 중력의 법칙을
이겨낸 뜬 돌의 존재는 의상대사와 선묘가 지닌 신통력의 상징이면서 아
무리 노력해도 완전히 닿을 수 없는 사람 사이의 거리를 생각하게 한다.
선묘는 의상을 사랑했지만 그에게 닿지 못한다. 불제자가 되어 그의 길
을 좇았고, 용이 되어 바다를 건넜으며, 끝내는 그가 세운 사찰의 돌로 남

았다. 그러나 의상이 선묘의 구애를 받아들였다고 한들 그 사랑은 얼마나 영원할 수 있었을까.

소설 「부석사」의 남녀에게 사랑은 불가해한 것, 불가능한 것이다. '그녀'의 남자 친구 P는 다정다감한 연인이었다. 신호등을 건널 때는 한쪽 팔로 도로를 가로막았고, 머리가 아프다고 하면 벌써 약국을 향해 돌아서 있었다. 명시적인 약속은 없었지만 그와의 미래를 생각하지 않을 수 없었다. 그런데 어느 날 P는 한마디 통보도 없이 다른 여자와 약혼했다. 그러고서도 자신을 잡지 않은 그녀를 책망하는 말을 다른 사람에게 퍼트린다. 더욱이 유부남인 P는 그녀의 생일에 꽃바구니를 보내고 1월 1일 집으로 찾아온다고까지 했다.

'그'의 여자 친구 K도 지워지지 않는 상처를 남겼다. 군대에 간 그는 K를 잊지 못했지만 K는 연락하겠다는 약속을 한 번도 지키지 않는다. 갑자기 어머니가 위암으로 돌아가셨다는 통보를 받은 그는 휴가를 나와 장례식을 치른 뒤 K의 집을 찾아갔는데, K는 그와 함께했던 연애의 습관을 다른 남자를 상대로 반복하고 있었다. 똑같은 집 앞 치킨집에서 밤 12시를 넘겨가면서 미적거리고, 대문 앞에서 손을 흔든 뒤 길 쪽으로 접한 자기 방 창문을 열고 입맞춤을 나눈다. 부석사를 향하는 그에게는 또 다른 상처가 있다. 다큐멘터리 PD인 그는 다친 수리부엉이가 치료를 받고 야생으로 돌아가는 장면을 찍었다. 그러나 그것이 조작이라는 모함을 받는데 모함의 당사자는 가장 가까운 동료인 박PD다. 그는 새해 첫날 일방적인 약속을 잡았다.

그녀의 남자친구 P와 그의 여자친구 K, 그리고 박PD는 진짜 존재하는 인물일 수도 있지만 각박한 현실, 사람 사이의 소통이 갖는 한계에 대한 은유이기도 하다. 누군가를 믿었다가 배신당한 경험, 진심을 내놓지 않는 연인에 대한 오해와 미움은 드문 일이라고 할 수 없다. 뜬 돌의 틈처럼 불가해하고 절대적인 심연이 나와 타자 사이에는 놓여있다.

이들은 부석사로 가지만 부석사에 도착하지 못한다. 북한산 산책길에 함께 채소 서리를 하다가 알게 된 두 사람은 다소 충동적인 부석사행을 통해 서로를 조금씩 알아 간다. 사이좋게 도시락을 나눠 먹고, 여자가 산책길에서 주워 온 개가 실은 남자가 버린 개라는 사실이 밝혀진다. 그러나 고속도로에서 국도로 접어든 승용차가 지방도로 접어드는 순간 부석사는 멀어지고 난데없이 눈 속 낭떠러지에 도달한다. 사람 사이가 그렇듯이 이들의 부석사행과 부석사 사이에도 미묘한 틈이 벌어져 있다.

'반복'의 미학을 발견하다

영화 〈생활의 발견〉은 실패한 영화배우 경수(김상경 분)가 겪는 해프닝을 그린 로드 무비다. 연극에서 영화로 전환을 모색 중인 그는 처음 출연한 영화가 흥행에 실패하는 바람에 다음 영화의 캐스팅마저 좌절되자 이런 절망을 벗어나기 위해 서울을 떠난다. 경수는 선배 소설가 성우가 살고 있는 춘천에 갔다가 무용가인 명숙(예지원 분)을 만난다. 자신에게 집착하는 그녀를 떨쳐 낸 뒤 고향 부산으로 향하다가 이번에는 열차 안에서 선영(추상미 분)을 만난다. 경수는 유부녀인 선영에게 반해 그녀를 따라 경주에서 내리고, 계속 구애를 하지만 거듭 낭패만 보게 된다.

홍상수의 영화는 동시대의 일상을 세심하면서 신랄하고 낯설게 보여줌으로써 특별한 사건이 없이도 관객들에게 정서적 충격을 던져 왔다. 영화 속에 나오는 인물들의 심리와 행동은 우리 모두가 마음 깊은 곳에 숨겨둔, 일기장에조차 적기 어려운 속물성에 젖어 있다. 째째하고 구차스럽고 모순적이고 부끄러운, 그렇지만 누구도 부정할 수 없는 소시민적 모습이 홍상수의 캐릭터가 지닌 흡인력의 비결이다.

경수 역시 이런 범위에서 벗어나지 않는다. 그는 처음부터 '찌질'하다. 영화가 참패했는데도 영화사에 찾아가 200만 원의 개런티를 받아 낸다. "나 당연히 받을 거 받는 거야"라고 항변하는 그에게 선배인 영화감독

영화 〈생활의 발견〉의 경수는 전설 속 공주를 쫓는 뱀을, 선영은 그를 피해 달아나는 공주를 닮았다. 공주를 사랑하면서 남자가 뱀이 됐듯이 경수는 점점 괴물이 돼 간다. 경수가 비를 맞으면서 선영의 집 앞을 떠나는 라스트 신은 회전문 안에서 폭풍을 만난 뱀의 딱한 몰골이다. 이 작품의 영어 제목은 'Turning Gate(회전문)'이다. 아래 사진은 청평사의 회전문.

은 "사람 되는 거 참 힘들어. 하지만 괴물은 되지 말고 살자"는, 이 작품의
모티브에 해당하는 대사를 던진다. 이후 영화는 경수가 어떻게 처절하게
망가져 '괴물'이 되어 가는지를 보여 준다.

자존심을 회복하기 위해 춘천에 간 경수는 선배인 성우가 명숙을 좋
아하는 걸 알면서도 명숙과 하룻밤을 보낸다. 그런데 명숙은 경수가 자신
을 사랑하지 않는다며 계속 투정을 부린다. 그런 그녀가 다음날 성우와
함께 여관에 투숙했다는 전화를 받은 경수는 갑자기 쏟아지는 비를 맞으
면서 욕지기를 한다. 명숙의 사랑을 받던 처지에서 자신이 선영의 사랑을
구하는 처지로 뒤바뀐 경수는 더욱 초라한 신세로 전락해 간다.

기차에서 경수의 옆자리에 앉은 선영은 그의 연극 팬이라며 반가워
하지만, 친정인 경주에서 경수의 구애를 받는 그녀의 태도는 모호하기만
하다. 선영을 유혹하기 위해 경주에 여장을 푼 경수가 이튿날 집으로 찾
아가자 선영은 쌀쌀한 태도를 보인다. 그러다가 경수와 술을 마시면서 자
신이 중학생일 때 경수가 깡패들로부터 구해 준 일을 털어놓는다. 그래서
경수가 출연하는 연극을 보러 다녔다는 것이다. 선영은 경수와 동침한 뒤
다시 연락하겠다고 약속하지만 약속을 지키지 않는다. 다시 선영의 친정
집 문 앞에서 서성이던 그는 선영의 남편인 운동권 출신 대학교수와 마주
친다. 그는 경수가 춘천의 소양호에서 성우와 오리배를 탈 때 어떤 여자
와 함께 배를 타면서 라이터를 빌렸던 사람이다.

경수는 또다시 선영을 찾아가고, 자신과 남편 사이에서 갈등하는 것
처럼 보이는 선영에게 점집에 가자고 제안한다. 그러나 점집에서 경수의
망신은 극에 달한다. 점쟁이는 선영의 남편에 대해 "높은 자리에 앉아 대

중이 우러르는 사람"이라고 하고, 경수에 대해서는 "인덕도, 인연도 없으며 산천을 벗 삼아 산으로 산으로 떠도는 팔자"라고 한다. 이 말에 신이 난 선영은 다시 지키지 않을 약속을 한 채 대문 안으로 사라지고, 그곳에서 기다리던 경수는 비를 맞으면서 처량하게 돌아선다.

〈생활의 발견〉은 경수라는 평범한 남자의 분투기다. 그는 직업에서도, 사랑에서도 성공하지 못한 빈털터리 신세다. 그렇지만 "호텔밥 치고는 괜찮네" 하면서 거드름을 피우고, 예술가 티를 낸다. 술집에서 다투는 커플의 여자 다리를 흘깃거리는 그에게 남자가 시비를 걸자 그는 벽에 붙어 있는 그림이 좋다면서 딴청을 부린다. "괴물이 되지는 말자"는 선배의 말과 달리 경수는 점점 비겁하고 비루한 괴물이 돼 간다. 그의 자연스러우면서도 불가사의한 전락에 대해 영화의 후반부에 나오는 점쟁이의 점괘는 명쾌한 답을 준다.

이 영화의 바탕에는 청평사의 전설이 있다. 춘천에 간 이튿날 아침에 경수는 선배 성우와 함께 소양호의 통통배를 타고 청평사를 향한다. 도중에 성우가 거북하게 느끼는 사람들을 만나면서 청평사행은 중단되지만 이때 성우는 경수에게 청평사 회전문(回轉門)의 전설을 들려준다.

옛날 당 태종에게 평양공주란 딸이 있었다. 그런데 한 평민이 공주를 사랑한 나머지 상사병에 걸렸다. 임금은 이를 괘씸하게 생각하고 그를 사형에 처한다. 그러자 이 남자는 뱀으로 환생해 공주의 몸을 친친 감는다. 너무 답답한 공주에게 한 도사가 조선의 청평사로 가 보라고 권한다. 청평사로 간 공주는 음식을 구해 오겠다며 회전문 안으로 들어간 뒤 나타나지 않는다. 공주를 찾으러 회전문 안으로 들어간 뱀은 공주를 만나지 못한 채 폭풍과 번개를 만나서 다시 뛰쳐나온다.

　회전문의 전설은 〈생활의 발견〉의 구조를 형성한다. 경수는 공주를 쫓는 뱀이며, 선영은 그를 피해 달아나는 공주다. 공주를 사랑하면서 남자가 뱀이 됐듯이 경수는 점점 괴물이 돼 간다. 경수가 비를 맞으면서 선영의 집 앞을 떠나는 라스트 신은 회전문 안에서 폭풍을 만난 뱀의 딱한 몰골이다. 이 작품의 영어 제목은 'Turning Gate'(회전문)이다.

　삶은 반복이다. 「부석사」에서 '그'의 옛 애인 K가 사랑의 행위를 반복하듯이 〈생활의 발견〉에서 경수는 중학생 때 선영에게 데이트 신청을 하기 위해 그녀의 집 앞에서 기다리던 일을 자신도 모른 채 어른이 돼 반복한다. 그리고, 과거로부터 내려온 전설은 현대의 소설과 영화에서 다채롭게 반복된다.

수도자와 소년의 아름다운 인연

오세암   마르셀리노의 기적
봄, 여름, 가을, 겨울 그리고 봄

　'무소유'로 한 시대를 풍미한 법정 스님
1932~2010은 열반하면서 "내 머리맡에 남아 있
는 책을 나에게 신문을 배달한 사람에게 전하
여 주면 고맙겠다"는 유언을 남겼다. 스님은 이
미 1971년에 '미리 쓰는 유서'란 글에서 "혹시 평생에 즐겨 읽던 책이 내
머리맡에 몇 권 남는다면 아침 저녁으로 '신문이요!'하고 나를 찾아 주
는 그 꼬마에게 주고 싶다"고 했다. 스님의 제자들이 찾아낸 그 소년은
1970~1973년 스님이 서울 봉은사에 머물 당시 공양주 보살의 아들로 종
무소에 배달된 신문을 스님의 처소까지 가져다 드리고 어깨도 주무르면
서 스님의 귀여움을 받았다고 한다. 속세와의 인연을 끊은 스님이지만 그
소년이 자식과 비슷한 존재로 가슴에 남아 있었던 듯하다.
　스님과 소년의 이야기는 다양한 작품 속에 등장한다. 금욕과 수도생
활을 하는 종교인에게 어린아이의 천진난만함은 무엇과도 바꿀 수 없는

즐거움을 준다. 세상의 때가 묻지 않고 자연 그대로의 마음을 지닌 아이들은 종교인이 추구하는 이상과 가장 가까운 곳에 있는 존재이기도 하다. 그러나 종교인의 처소는 소년이 어른으로 자라기에는 너무 심심하고 부족한 게 많은 곳인지도 모른다. 순백의 영혼은 천상의 부름을 받거나 타락한다. 그래서 이들이 등장하는 작품 속 이야기의 끝은 늘 애틋하고 가슴 저린다.

하늘의 모습을 한 어린아이

동화작가 정채봉이 1983년에 쓴 동화 「오세암」은 폭설 속에서 부처의 도움으로 살아남은 다섯 살짜리 꼬마의 이야기다. 원래 독실한 가톨릭 신자인 작가는 설악산 백담사의 부속 암자인 오세암에 얽힌 전설을 듣고 이를 동화로 고쳐 썼다.

스님은 눈발이 날리는 포구에서 거지 남매를 만났다. 대여섯 살쯤 된 길손이는 앞이 안 보이는 누나 감이가 "누구니?" 하고 묻자 "스님이야. 머리에 머리카락 씨만 뿌려져 있는 사람이야"라고 대답한다. 이들이 얼어 죽을까 봐 걱정이 된 스님은 부모 잃은 조카들이라고 하기로 하고 아이들을 절로 데려간다. 감이는 부엌일을 거들면서 그럭저럭 밥값을 하는 반면에 길손이는 선방으로 날짐승을 몰아오고 법회 때 방귀를 뀌는 등 장난이 심해 젊은 스님들의 미움을 받는다. 그러자 스님은 마등령 중턱의 관음암으로 공부를 하러 떠나면서 길손이에게 함께 가자고 한다. 스님으로부터

공부를 하면 마음의 눈을 뜰 수 있다는 말을 들은 길손은 "바람도 보고 하늘 뒤란도 보고 싶다"면서 따라나선다.

암자에 도착한 길손은 심심한 나머지 여기저기를 뒤지다가 문둥병 걸린 스님이 머물렀다는 방문을 연다. 거기에는 머리에 관을 쓰고 연꽃잎 위에 선 관세음보살의 그림이 걸려 있다. 엄마를 만나는 게 소원인 길손은 관세음보살을 엄마라고 부르면서 음식을 바치고 재롱도 떤다. 그러던 어느 날 스님은 한겨울이 닥치기 전에 양식을 구하려고 장터에 가면서 길손에게 "무섭거나 어려운 일이 생기면 관세음보살님을 찾으라"고 말한다. 돌아오던 길에 폭설을 만난 스님은 조난을 당하고 쌓인 눈 때문에 길이 막힌 나머지 50일이나 지나서야 감이와 함께 암자에 도착한다. 길손이 죽은 줄로만 알았던 스님은 법당문을 열고 걸어 나오는 아이와 마주친다. 놀란 스님에게 길손은 "엄마가 오셨어요. 배가 고프다 하면 젖을 주고 나랑 함께 놀아 주셨어요"라고 말한다. 그 말이 떨어지자마자 뒷산 관음봉에서 내려온 하얀 옷을 입은 여인은 "이 어린아이는 곧 하늘의 모습이다. 티끌 하나만큼도 더 얹히지 않았고 덜하지도 않았다. 오직 변하지 않는 그대로 나를 불렀으며 나뉘지 않은 마음으로 나를 찾았다. 이 아이는 부처님이 되었다"고 말한 뒤 파랑새가 되어 날아간다. 그리고 길손은 엄마 품에 안긴 듯 편안한 얼굴로 죽어 있었다.

이 이야기는 2003년에 애니메이션 〈오세암〉(감독 성백엽)으로 다시 태어났다. 원작의 정서를 십분 살린 이 작품은 한국 애니메이션의 걸작으로 꼽히지만 안타깝게도 흥행에 실패해 충성도 높은 팬들의 안타까움을 자아냈다. 영화에서는 길손이 감이에게 바다를 설명하는 장면에서 "하늘같이 생긴 물인데 보리밭같이 움직여"라고 하는 말처럼 원작에 없는 주옥같은 대사들이 추가되었다. 또 남매가 화재로 엄마를 잃게 된 사연과 생전의 엄마가 감이에게 댕기를 매 주던 추억 등 과거를 몽타주로 처리하고, 설악산 일대를 실사해 소박하면서도 완성도 높은 장면을 선보였다.

아이를 향한 신의 축복은 왜 슬플까

「오세암」은 1643년(인조 21년) 설정스님이 관음암이란 암자를 중건해 오세암으로 이름을 바꾸면서 전해진 관음영험설화를 바탕으로 한다.

수사들이 출입을 금한 다락방으로 올라간 소년은 그곳에서 머리에 가시관을 쓰고 손에 못이 박힌 채 고통스럽게 십자가에 매달려 있는 예수를 만난다. 소년은 십자가 옆 의자에 기대어 깨어나지 못하는 깊은 잠에 빠진다. 사진은 영화 〈마르셀리노의 기적〉의 한 장면.

관음암은 신라 선덕여왕 때 자장율사가 처음 지은 절이다. 그런가 하면 서양에도 비슷한 전설이 내려온다. 스페인의 한 수도원에서 일어난 마르셀리노의 기적은 오세암의 전설과 놀라울 만큼 유사하다. 이 이야기는 스페인 영화 〈마르셀리노의 기적The Miracle of Marcellino〉(1954, 감독 라디슬라오 바흐다)을 통해 널리 알려졌다.

스페인의 작은 마을에서 성 마르셀리노를 기념하는 축제가 열리자 사람들이 산꼭대기의 수도원으로 향한다. 몸이 아파 혼자 집에 남은 소녀는 기도를 해 주러 온 신부로부터 수년 전 수도원에 살던 마르셀리노라는 꼬마에게 일어난 기적 같은 이야기를 듣는다.

전쟁으로 혼란스러운 마을에 3명의 프란치스코회 수사가 와서 폐허가 된 성을 고쳐 수도원을 세운다. 이들의 노력으로 수도원은 커지고 수사도 12명으로 늘어난다. 어느 날 수도원 앞에 갓난아이가 버려진다. 수사들은 성인 마르셀리노의 이름으로 세례를 준 뒤 아이의 부모를 찾아보고 마을에서 맡아 키울 집도 물색하지만 형편이 닿지 않자 직접 키우게 된다.

마르셀리노는 5살 무렵까지 바깥세상과 격리된 채 수도원 안에서 수사들의 사랑을 듬뿍 받으면서 자란다. 그러다가 들에서 예쁜 아줌마를 만나고 그녀에게 마누엘이란 아들이 있다는 이야기를 들은 뒤 누구에게나 엄마가 있다는 걸 알게 된다. 그날 이후 마르셀리노는 본적도 없는 마누엘을 친구로 삼아 대화를 나누고, 엄마에 대한 그리움을 키워나간다. 수사들이 정성껏 보살피지만 아이의 외로움은 깊어간다.

그런데 마을에는 마르셀리노와 수사들을 미워하는 사람이 있다. 갓난아기 때 마르셀리노를 입양하려던 대장장이는 아이를 이용하려는 의도를 의심한 수사들 때문에 뜻을 이루지 못하는데, 그가 마을의 시장이 된다. 그는 수도원 영지의 소유권을 문제 삼아 수사들을 쫓아내려고 하지만 뜻을 이루지 못한다. 그러다가 마침 마을축제가 마르셀리노의 장난으로 난장판이 되자 철수를 요구하고, 수사들은 걱정과 슬픔에 잠긴다.

더욱 외로워진 마르셀리노는 수사들이 절대 가지 말라던 다락방으로 올라간다. 그리고 그곳에서 머리에 가시관을 쓰고 손에 못이 박힌 채 고통스럽게 십자가에 매달려 있는 예수를 만난다. 마르셀리노는 충격과 두려움을 느끼지만 곧 예수가 배가 고파 보인다고 생각한다. 꼬마는 수사들 몰래 빵과 포도주를 가져다가 예수께 드리고 마주 앉아 대화를 나누며 머리의 가시관을 벗겨낸다. 이런 그를 기특하게 여긴 예수는 '빵과 포도주의 마르셀리노'란 이름으로 축복을 내린다. 그러나 엄마를 향한 마르셀리노의 그리움은 커져만 간다.

어느 날 마르셀리노의 행동을 수상하게 여긴 수사들은 다락방으로 가는 아이의 뒤를 밟았다가 믿기 힘든 장면을 목격한다.

예수　　　： 마르셀리노야, 가까이 오렴. 네가 착한 일을 했으니 선물을 주고 싶구나.

마르셀리노 ： 엄마가 보고 싶어요. 예수님의 엄마도요.

예수　　　 : 그러려면 깊은 잠을 자야 한단다.
마르셀리노 : 지금은 잠이 안 와요.
예수　　　 : 내 품에 안기면 잠들 수 있단다.
마르셀리노 : 좋아요.

　십자가에서 내려온 예수는 마르셀리노를 안아 주고, 강렬한 빛이 비친 뒤 십자가에 예수의 형상이 다시 나타나면서 마르셀리노는 깨어나지 못하는 깊은 잠에 빠진 채 십자가 옆의 의자에 기대앉아 있다. 예수는 아이를 너무 사랑해 일찌감치 천국으로 데려간 것이다. 〈오세암〉과 마찬가지로 손수건 없이는 볼 수 없는 이 영화에서 손등에 못 자국이 선명한 예수가 손을 내밀어 마르셀리노가 건네는 빵을 받는 장면이나 아이를 안아 준 뒤 다시 십자가로 올라가는 장면은 신비롭기만 하다.

운명은 계절처럼 반복된다

　소년과 스님이 등장하는 또 다른 영화로는 김기덕 감독의 〈봄, 여름, 가을, 겨울 그리고 봄〉(2003)이 있다. 경북 청송의 주산지에다 비현실적으로 아름다운 암자를 세워놓고 촬영한 이 작품은 사계절의 순환에 따라 고집멸도(苦集滅道)라는 불교의 근본 원리를 풀어낸다. '고'는 생로병사의 괴로움, '집'은 '고'의 원인이 되는 번뇌의 모임, '멸'은 번뇌를 없애는 깨달음의 경계, '도'는 그 깨달음의 경계에 도달한 수행을 가리키는 말로 세속

사계절의 순환에 따라 '고집멸도'(苦集滅道)라는
불교의 근본 원리를 풀어낸 영화 〈봄, 여름, 가을,
겨울 그리고 봄〉의 한 장면.

의 괴로움을 극복하고 깨달음에 이르는 과정을 집약한 것이다.

스님과 둘이 사는 아이는 늘 심심하다. 배를 타고 절 바깥으로 나가는
스님을 따라서 나물을 캐러 간 아이는 물고기와 개구리와 뱀의 허리에 돌
을 매달아 놓는다. 아이의 장난을 지켜본 스님은 "물고기와 개구리와 뱀
중 어느 하나라도 죽었으면 너는 평생 동안 그 돌을 마음에 지니고 살 것
이다"라고 꾸짖는다. 아이는 부리나케 달려가지만 동물들은 이미 죽었다.

업을 짓기 시작한 아이는 소년이 되고, 어느 날 그의 앞에 소녀가 나
타난다. 어머니는 이름 모를 병을 앓는 소녀를 스님에게 맡기고 돌아간
다. 소년과 소녀는 사랑에 빠진다. 이 사실을 알게 된 스님이 소녀를 쫓아
내자 소년은 소녀를 찾아 떠난다. 그러나 사랑은 어느새 시들고 도시에서

간음한 아내를 죽인 청년은 암자로 도피한다. 사랑이 집착으로 변한 것이다. 추적해 온 형사들에게 체포되기 전에 그는 스님의 지시에 따라 암자 바닥에 반야심경을 새기면서 마음을 다스린다.

추운 겨울, 형기를 마친 남자가 다시 암자로 돌아온다. 그는 노승의 시신을 거두어 다비장을 치르고 불당을 정리한다. 젊은 날의 죄를 씻어내려는 듯 그의 용맹정진은 끝이 없다. 어느 날 밤에 보자기로 얼굴을 가린 여자가 아이를 버리러 온다. 그 여자는 어린 남자를 암자에 버린 어머니이자 그의 첫사랑 소녀, 간음했다가 그의 손에 죽은 아내이기도 하다. 밤새 고통으로 흐느끼다가 새벽에 길을 나서던 여자는 얼음이 꺼지면서 물에 빠져 죽는다. 어김없이 돌아온 봄날, 아이는 이제 암자의 주인이 된 스님이 어린 시절에 한 것과 똑같이 물고기와 개구리와 뱀의 허리에 돌을 매다는 장난을 친다.

영화 속의 아이와 스님은 서로를 비추는 거울이다. 스님은 아이에게서 자신의 과거를 보며, 아이의 미래는 스님을 닮아가는 과정이다. 그들은 윤회의 흐름 속에서 각자 한 고리를 차지하며 끊임없이 이어지는 인간의 악업을 질타한다.

정념의 요리, 사랑의 요리

혀
___

바베트의 만찬

음식은 약인 동시에 독이다. 사랑하는 이를 향한 요리에
는 간절한 정성과 온기가 담겨있지만, 거꾸로 미워하는
자에게 주는 음식은 증오와 저주가 될 수 있다. 어느 경우에도
그것은 최고의 요리가 될 것이다. 또한 그 요리에는 다채로운
맛과 함께, 은밀하고 흥미로운 이야기가 숨겨져 있음에 틀림없다.

그물처럼 얽힌 혀들의 섬뜩한 향연

조경란의 장편소설 『혀』(2007)는 음식을 소재로 쓴 '연애 스릴러' 쯤
으로 규정되는 독특한 작품이다. 음식이란 눈으로 보고 냄새 맡고 최종적
으로 맛을 봄으로써 경험할 수 있는 영역이다. 그러나 이 소설은 시각, 후
각, 미각이 배제된 문장의 묘사만으로 음식의 생생한 감각을 느끼게 하는

매력을 가졌다. 나아가 인류의 문명과 함께 발달해온 넓고 깊은 음식과 요리와 미식의 세계로 독자를 데려간다.

실연당한 요리사만큼 낭패스러운 존재가 또 있을까. 몸이 아픈 짐승이나 상처 받은 인간은 무엇보다 먼저 음식을 거부함으로써 자신을 회복하고자 한다. 그것은 아무리 좋은 것이라도 이물질을 받아들일 수 없는 상태와 관련이 있다. 스스로를 추스릴 수 없을 만큼 허약해졌을 때 외부를 거부함으로써 자기동일성을 유지하고자 하는 본능일 것이다. 하물며 먹을 수 없는 상태에서 타인을 위해 요리를 해야 한다면.

서른 세 살의 '나', 정지원은 스물세 살부터 일했던 이탈리안 레스토랑 노베로 돌아간다. 몇 년 전 나는 노베에서 독립해 요리 강습 겸 파티 요리를 하는 '키친'을 차렸다. 이탈리아 여행에서 만나서 7년간 동거해온 건축가 남자친구 한석주, 그가 데려온 충성스러운 개 폴리, 키친과 살림집, 좋아하는 요리, 젊음과 높은 평판…… 부족함이 없는 나날이었다.

그런데 어느 날 시장에서 돌아오던 나는 전혀 예상하지 못했던 장면을 목격한다. 요리클래스 학생인 전직 모델 이세연과 남자친구 한석주가 키친의 넓은 대리석 도마 위에서 "잘 말린 자두"와 "활짝 벌어진 무화과" 같은 성기를 내놓은 채 섹스를 하고 있는 것이다. 나의 일상을 떠받쳐오던 모든 것이 무너져 내리는 순간이다.

이 작품은 1월부터 7월까지 월별로 7개의 장으로 구성돼 있다. 연인의 충격적인 외도 장면을 목격한 때는 전해 11월. 이어 키친을 접고 노베로 돌아간 주인공이 요리를 통해 실연의 아픔을 극복하면서 자신을 둘러싼 일상을 묘사해 나가는 과정이 계절별 레시피처럼 아기자기하게 그려져 있다. 그러다가 정열로 노곤해지는 여름이 되면 실연당한 요리사는 자기 인생 최고의, 돌이킬 수 없이 치명적인 요리를 만든다.

나는 한석주를 잊지 못한다. 그는 얼마나 상냥하고 다정한 연인이었던가. 그러나 나를 배신한 그와 이세연은 도저히 용서할 수 없을 정도로 밉다. 석주는 세연이 개를 싫어한다는 이유로 폴리를 데려가지 않았다. 폴리와 더불어 상실감을 달래던 나는 옛 주인 한석주에 대한 그리움 때문에 이상해진 개를 잠시 맡긴다. 그러나 석주가 출장간 사이, 세연은 폴리를 욕실에 가둬놓은 채 깜빡 잊어버린다. 그러고는 며칠 만에 문을 열었을 때 배고픔과 분노로 앙칼지게 달려드는 개를 프라이팬으로 때려서 죽게 만든다. 그들은 또 노베로 찾아와서 양가 부모님의 상견례용 음식을 주문한다. 가장 심한 일은 불과 몇 달 전 요리클래스 수강생으로 처음 왔을 때 바질과 쑥조차 구분하지 못했던 세연이 보란 듯이 쿠킹 클래스를 연 것이다. 그것도 나와 석주가 함께 고심해서 디자인한 키친의 모양을 그대로 도용해서.

나에게 요리는 삶의 동의어다. 어릴 때 할머니는 햇볕이 잘 드는 부엌에서 맛있는 음식을 만들어 먹이면서 어린 삼촌과 나를 오누이처럼 키웠다. 요리사가 된 삼촌은 거식증에 걸린 숙모를 사랑했고 그녀가 자살하자 알콜 중독자가 돼 요양원에 들어갔다. 나의 스승이기도 한 노베의 주방장은 어린 딸을 유괴범에게 잃은 인물로, 절도 있는 삶과 요리에 대한 철학을 보여준다. 절친한 친구 문주는 형편없이 뚱뚱한 요리잡지의 기자다. 엄격한 편부 슬하에서 성장하면서 스트레스를 폭식으로 달랬던 문주는 내가 해주는 우정의 요리 덕분에 음식에 대한 감각을 되찾는다.

슬픔은 어떤 면에서 사람을 무디게 하지만 다른 면에서는 더욱 예민하게 만든다. 비록 입맛을 잃었으나 나의 요리는 그 어느 때보다 빛난다. "즙이 바짝 말라버린 상한 굴"같은 처지이면서도 쭈꾸미와 농어, 오리, 푸아그라, 다금바리를 이용해 멋진 요리를 만들어낸다. 그리고 여름으로 접어들면서 육류 요리를 시작한다. 그 중에서도 우설(牛舌) 요리에 집착하기 시작한다. 그녀가 석주에게 처음 해준 요리는 레어로 익힌 스테이크였다.

"사랑하는, 맛보는, 거짓말하는 혀!"

이 작품의 카피는 결말을 어느 정도 예고한다. 혀의 세 가지 중요한 기능이 서로 충돌하면서 혀는 맥락을 잃은 엉뚱한 용도로 전용된다. 해부학 책을 사고 우설 요리의 레시피를 개발한 나는 납치한 세연의 혀를 깔끔하게 도려내서 만든 최고의 혀 요리를 석주에게 대접한다. 먼저 샴페인을 한 잔 내오고 사과 속살에다 버터, 설탕, 육수를 넣어 만든 콜드 수프를 대접한다. 이어 루콜라와 자몽을 넣은 상큼한 샐러드가 나온다. 메인 요리에 곁들일 와인 바롤로 존케라를 튤립처럼 위가 벌어진 와인잔에 따른 뒤 오랫동안 준비한 혀 요리를 서빙한다. 혀는 미리 삶았다가 오븐에 잘 구운 다음 마늘, 양파, 타임, 양송이로 만든 소스를 붓고 그 위에 송로버섯을 얹은 뒤 아스파라거스로 장식한다.

혀 요리를 맛본 뒤 "입 속에서 힘센 사람 두 명이 서로 힘겨루기를 하는 것 같다"면서 묘한 정열에 사로잡혀서 음식을 먹는 석주에게 나는 마지막 키스를 요구한다. 세 혀가 얽혀드는 순간, 그 혀는 누구의 것인지 구분되지 않은 채 사랑하는, 맛보는, 거짓말하는 혀가 된다.

혀 끝에 닿는 삶의 참맛

『혀』와 공통점이 많은 소설은 덴마크 여성작가 이자크 디네센Isak Dinessen,1885~1963의 단편소설 「바베트의 만찬Babette's Feast」(1958)이다. 본명이 카렌 블릭센Karen Blixen인 그는 메릴 스트립이 주연했던 영화 〈아웃 오브 아프리카Out of Africa〉(1985, 감독 시드니 폴락Sydney Irwin Pollack, 1934~2008)의 원작자이며, 「바베트의 만찬」 역시 1987년 가브리엘 엑셀Gabriel Axel 감독의 영화로 더욱 유명해졌다. 『혀』와 마찬가지로 「바베트의 만찬」의 주인공도 여자 요리사이며 마지막에 자신의 평생을 쏟아 붓는 단 한 번의 만찬을 차린다. 그러나 변심한 애인에게 새 애인의 혀를 요리해주는 『혀』가 탐미적인 정념의 요리라면, 「바베트의 만찬」은 지루하고 무의미해 보이던 인생의 의미를 단번에 깨닫게 해주는 원숙한 사랑의 요리라고 할 수 있다.

「바베트의 만찬」의 배경은 동화 속 한 장면 같은 노르웨이 해안 베를레보그란 작은 마을이다. 작가는 65년 전 이곳에서 일어났던 아름다운 이야기를 들려준다. 이곳에는 청교도 목사의 딸로 태어나 평생 신을 섬기고 가난한 이웃들에게 선행을 베풀면서 살아온 할머니 자매 마르티네와 필리파가 살고 있다.

두 자매에게는 각각 젊은 날의 잊지 못할 추억이 있다. 언니 마르티네는 어느 날 로렌조 로벤히엘름과 우연히 마주친다. 스웨덴 궁정의 장교인 그는 방탕한 생활로 빚더미에 앉게 되면서 아버지의 근신 명령을 받고 노르웨이 바닷가의 숙모집을 찾았다. 말 위에서 마르티네를 내려다본 그는 첫눈에 사랑에 빠진다. 그 때부터 로렌조는 예배시간에 맞춰 목사의 집을 왜 요리를 인생에 비유할까. 단맛, 짠맛, 신맛, 쓴맛, 떫은맛 등 온갖 맛이 다 있기 때문이다. 그리고 각각의 요소들이 어떤 역할을 하는지는 요리가 완성될 때까지 모르기 때문이다. 사진은 영화 〈바베트의 만찬〉의 한 장면.

찾아가지만 신을 중심으로 살아가는 근엄한 분위기 때문에 마르티네에게 접근조차 하지 못한다. 자신의 사랑을 이룰 수 없음을 안 그는 임무에 충실해 이름을 날리겠다고 마음먹고 마을을 떠난다. 그리고 여왕의 여관(女官)과 결혼해 앞만 보고 성공을 향해 달린다.

필리파의 추억은 아실 파팽이라는 프랑스 오페라 가수다. 그는 스톡홀름의 로열 오페라 무대에서 청중의 뜨거운 갈채를 받는다. 그러나 휴식차 노르웨이 해안을 찾은 그는 자신이 가수로서 막바지까지 왔다는 걸 느낀다. 어느 날 그는 교회에서 찬송가를 부르는 필리파의 주옥같은 목소리를 듣고 영감을 얻는다. 그리고 목사를 찾아가 딸을 제자로 삼고 싶다고 말한다. 그는 필리파에게 오페라 아리아를 열심히 가르친다. 그러나 스승과 함께 정열적인 사랑노래 '돈 조반니'를 부르는 필리파의 마음은 곤혹

스러울 뿐이다. 필리파는 자진해서 레슨을 그만 두고 실망한 파팽은 파리로 떠난다.

이 같은 추억을 뒤로 한 채 여전히 조용한 일상을 살아가던 마르티네와 필리파 자매 앞에 바베트 에르상이란 여자가 나타난다. 때는 1871년 6월. 폭풍우를 뚫고 자매를 찾아온 바베트는 파리 내전에서 남편과 아들이 죽었다면서 갈리페 장군의 손아귀에서 벗어나기 위해 조카가 일하는 배를 얻어 타고 파팽의 소개로 자매를 찾아왔노라고 말한다. 그녀는 그때부터 자매가 집안일에 신경을 쓰지 않고 선행을 베풀 수 있도록 12년간 자매 곁에 머물면서 가사를 돌본다.

세월이 흐르면서 평화롭던 마을에 자꾸만 반목과 분노가 생긴다. 이를 우려한 자매는 부친인 목사의 탄생 100주년이 되는 날, 조촐한 기념행사를 열기로 계획한다. 마침 프랑스에서 바베트에게 편지가 온다. 바베트의 복권이 1만 프랑에 당첨됐다는 것이다. 바베트는 자매에게 100주년 기념 만찬을 자신이 준비하겠다고 말해 허락을 얻는다. 바베트는 프랑스식 만찬 재료를 마련하기 위해 조카를 통해 거북, 메추라기, 치즈, 포도주 등 노르웨이 시골에서는 상상하기 어려운 식재료들을 사들인다. 조바심을 내면서 이를 지켜보던 자매는 이상한 요리에 대한 강박관념 때문에 악몽까지 꾼다.

"하필이면 아버지 생일에 아버지의 집을 마녀의 잔칫집으로 만드는 게 아닌가"라고 의심하는 마르티네의 모습은 이방인에 대한 믿음을 갖는 게 얼마나 어려운 일인지 보여준다. 마르티네는 만찬에 초대하기로 한 이웃을 찾아가서 이상한 음식이 나오더라도 거기에 대해 양해해줄 것을 요청한다. 그러자 한 형제는 "우리 혀에서 모든 맛을 씻어내고 모든 쾌감과 불쾌감을 없애자"고 다짐한다.

드디어 만찬이 열리는 날, 자매는 로렌조 로벤히엘름 장군이 숙모댁을 방문했다가 함께 오기로 했다는 전갈을 받는다. 노년에 접어든 장군은 세속적인 성공에도 불구하고 "헛되고 헛되다. 모든 것이 헛되다"는 회의에 빠져 괴로워하고 있다. 로렌조 장군을 중심으로 자매의 집에 모인 마을 사람들은 식탁에 둘러앉는다. 그리고 그들 앞에 바베트의 만찬이 펼쳐진다.

작가는 이 대목에서 만찬의 요리를 표현하는 데 온 정성을 쏟는다. 식욕을 돋우는 아몽티야도(식전주로 마시는 셰리주의 일종)에 이어 거북이를 넣어 푹 고아낸 수프가 나온다. 요리사 보조역할을 맡은 소년은 블리니 데미도프(캐비어와 샤워크림을 곁들인 과자)를 내온 뒤 1860년산 베브 클리크 샴페인을 따른다. 연신 음식에 감탄하는 로렌조 장군을 따라 사람들은 조금씩 음식에 빠져들고 목사에 대한 추억과 서로를 향한 덕담이 오간다.

메인 요리인 카유 엉 사르코파주(메추라기를 페이스트리로 싸서 여섯 가지 이상의 소스를 끼얹은 요리)가 나오자 로렌조 장군은 프랑스 출신의 장교와 함께 파리의 카페 앙글레에서 식사를 했던 젊은 날의 경험을 털어놓는다. 그곳 요리사는 "카페 앙글레의 저녁을 일종의 사랑으로 탈바꿈시킨 사람"이며 요리의 맛은 "육체적인 욕구와 정신적인 희열 사이의 경계를 느낄 수 없는 고귀하고 낭만적인 사랑"과 같았다고 회고한다. 이 대목에서 감각을 자극하는 화려한 요리에 거부감을 갖는 청교도들의 경직된 사고는 설자리를 잃고 만다.

만족스런 식사를 마친 장군과 이웃들은 천상의 맛을 통해 "진리와 자

비, 정의와 축복이 하나"라는 사실을 깨닫는다. 평생 적조했던 자매의 오
두막은 은총과 기쁨, 보람으로 환하게 빛나고, 장군은 마르티네에게 "매
일 당신과 함께했으며 남은 나날 역시 그럴 것"이라고 말한 뒤 자신의 인
생을 받아들이면서 다시 길을 떠난다. 이웃들은 손을 잡고 춤을 추면서
서로에 대한 사랑과 이해를 확인한다.

사람들이 모두 돌아간 저녁, 바베트는 자신이 카페 앙글레의 수석 요
리사였음을 고백한다. 당연히 파리로 돌아갈 것이라고 생각한 자매에게
바베트는 복권 당첨금 1만 프랑을 모두 만찬을 위해 썼으며 자신은 돌아
가지 않겠노라고 말한다. 그러면서 "예술가로서 최선을 다하지 않고 박수
를 받는 것만큼 참을 수 없는 것은 없다. 최선을 다할 수 있도록 날 내버려
둬 달라"고 했던 아실 파팽의 말을 전한다. 적지 않은 세월, 자매가 보여준
관용과 사랑은 최고의 요리사 바베트를 부활시켜 최고의 경지에 이른 요
리를 선보이게 만든 것이다.

왜 요리를 인생에 비유할까. 단맛, 짠맛, 신맛, 쓴맛, 떫은맛 등 온갖
맛이 다 있기 때문이다. 그리고 각각의 요소들이 어떤 역할을 하는지는
요리가 완성될 때까지 모르기 때문이다. 여러 가지 식재료들이 고도의 훈
련을 통해 길러진 솜씨로 짧은 시간에 완결된 요리로 태어난다는 점에서
결단이 필요한 인생의 순간을 떠올리게 한다. 무엇보다 요리와 인생은 그
것을 만드는 사람에 따라 많은 것이 좌우된다. 정념과 사랑, 젊음과 중년,
날카로움과 원만함……. 『혀』와 「바베트의 만찬」에 나오는 요리는 이처
럼 대조적인 요소를 독자에게 보여주면서 그것이 입안에 머무는 순간마
저도 강한 욕망을 느끼게 되는 멋진 요리의 맛을 선사한다.

사랑의 끝에서 죽음을 만나다

성애

감각의 제국

남녀 사이의 끌림은 왜 일어나는 것일까. 어떤 과학자들은
서로에게 작용하는 페로몬(pheromone) 탓이라고 했고, 어떤
과학자들은. 우생학적 이유에서 서로 유전적·혈연적으로
관계가 먼 대상을 찾아내는 현상이라고 했다. 정신의학자
들은 무의식에 깃든 콤플렉스의 부름에 응하는 태도라고
했고, 신비주의자들은 여러 생을 거듭하며 영적 성장을
도모하는 소울 메이트들이 동류(同類)로서 서로를 느끼
는 것이라고 했다.

쾌락의 극단에 존재하는 죽음의 충동

한 여자가 있다. 직장 후배로 들어온 동갑내기 남자에게 첫 눈에 반

한다. 자신에게는 남자친구가 있고, 그에게는 약혼녀가 있기에 괴로워하던 여자는 생애 최고의 용기를 내어 남자에게 편지를 보낸다. 남자는 즉각 점심식사를 제안한다. 식사 끝에 남자는 "우리, 도망갈까?"라고 부추긴다. 승용차를 몰고 강원도로 떠난 남녀는 폭설에 갇혀 그날 밤 서울로 돌아오지 못한다. 휴게소에서 지루한 시간을 보내다가 들뜬 기분에 겁도 없이 깜깜한 눈길로 산책을 나가고, 거기서 길을 잃고 만다.

김형경의 장편소설 『성에』(2005)는 어떤 비슷한 작품도 찾기 어려울 만큼 독특하다. 금지된 사랑을 시작한 두 남녀가 폭설 속에 갇히는 것까지는 그렇다 치더라도, 폭설 속에 고립된 한 농가에서 일주일간 벌어지는 일은 상상을 초월한다. 그도 그럴 것이 이 소설은 사랑의 본질인 환상, 어느 순간 사랑이라는 환상과 분리돼 독자적으로 활동하는 성적 본능, 그리고 쾌락의 극한점에서 경험하는 죽음의 충동 등 정신분석의 주요한 개념들을 소설로 풀어놓았다. 흔히 접할 수 있는 인물의 정신분석이 아니라 정신분석의 인물화인 셈이다.

소설의 주인공 연희와 세중은 밤길을 헤매다 아무도 없는 농가를 발견한다. 방에 들어서자마자 엎어진 남자의 시체를 발견한 두 사람은 안도의 숨을 내쉬기도 전에 바로 경악한다. 그리고 극도의 공포 속에서 성을 나눈다. 다음날 아침 둘은 집을 나서지만 연희가 눈이 잔뜩 쌓인 마당에서 뭔가에 걸려 넘어져 발목을 삐면서 다시 집으로 돌아온다. 이들이 머문 농가에는 죽은 남자의 것으로 보이는 일기장과 물건들, 그리고 야무지게 살림을 꾸려간 여자의 흔적이 생생하게 남아있다. 동네를 살피던 세중은 바로 아랫집에서 또 다른 남자의 소유로 보이는 배낭을 발견한다. 그리고 마당의 눈을 치우다가 연달아 남자와 여자 시체 두 구를 발견한다.

현대사회에서 죽음은 철저히 삶과 분리시켜 관리된다. 자신이 살던 집이 아니라 병원 중환자실에서 숨을 거두고, 시체는 바로 냉장고에 보관됐다가 유족들이 유리창을 통해 지켜보는 가운데 마스크와 장갑을 낀 전문가에 의해 염습과 입관이 이뤄진 다음, 화장을 거쳐 안전하게 밀봉된 유골 항아리로 전달된다. 죽음은 일상 바깥의 영역이다. 더구나 금지된 사랑의 미열에 취한 청춘남녀에게 죽음은 상상조차 할 수 없는 것이다.

연희와 세중은 죽음과 대면하면서 서로의 육체를 탐닉하기 시작한다. 그것만이 자신들이 처한 상황을 잠시라도 잊을 수 있는 유일한 방법이다. 현실의 위협 속에서 지극히 민감해진 그들의 감각과 생명력은 성관계를 더욱 강렬하게 몰아가고, 원초적 본능 앞에서 수치와 금기의 장벽은 점차 무너진다. 두 사람은 낙원을 잃어버린 아담과 이브처럼 시체로 둘러싸인 빈 집에서 목숨을 유지하고 공포를 물리치기 위해 부지런히 몸을 놀려 일하고 사랑을 나눈다.

한편, 두 사람은 남자가 남긴 일기장을 통해 죽은 세 사람의 관계를 추측해보는데 이들의 사연은 참나무와 박새, 청설모, 바람의 시점에서 더욱 자세하게 독자들에게 알려진다. 연희, 세중의 이야기와 교차해 진행되는 또 다른 이야기 속에서 남자는 세계일주를 하기 위해 1960년대 말에 남한으로 도망쳐 온 탈북자다. 그는 서울생활에서 실패를 맛본 뒤 강원도 화전민 마을로 들어왔다. 원래 산사람이던 여자는 휴게소에서 일하다가 식품회사의 배달원을 만났다. 그를 따라 서울로 가서 살림을 차리고 아이까지 낳았으나 갑자기 들이닥친 부인에게 쫓겨나 혼자 산으로 돌아왔다.

그런데 아랫집에 한 사내가 더 있다. 사업에 실패해 아내와 자식을 잃은 그는 5·16군사혁명 때 어떤 정치세력이 정치자금으로 숨겨놓았다는 보물을 찾기 위해 나침반과 지도를 들고 온 산을 뒤진다.

여자가 나타나기 전까지 남자와 사내는 형님과 아우 사이였다. 그런 둘 사이에 낀 여자는 살림을 차린 남자와는 방에서 점잖게, 나중에 만난 사내와는 숲에서 격렬하게 성을 나눈다. 남자와 사내는 암묵적으로 삼각 관계를 인정했으나 점차 독점욕과 질투가 자라나기 시작한다. 더구나 여자는 누구의 아이인지 모를 아이를 임신한다. 어느 날 한동안 마을을 떠났던 사내가 돌아와 여자를 덮치려고 하자 임신한 여자는 이를 거부한다. 밖에서 돌아와 이 장면을 목격한 남자는 분노에 떨면서 낫을 휘두르다가 실수로 여자를 찌른 뒤 사내와의 몸싸움 끝에 먼저 쓰러진다. 몸을 피했던 여자는 옆구리에 피를 흘리면서 방문 앞에서 기다리다가 밖으로 나오는 사내를 도끼로 찍어 쓰러트리고, 자신도 그 옆에 쓰러진다.

처음 시체들과 맞닥뜨렸을 때 죽음의 세계로 빨려 들어가는 듯한 공포를 느꼈던 연희와 세중은 점차 죽은 이들에게 연민을 느낀다. 그냥 날이 풀릴 때까지 며칠 기다렸다가 떠날 수도 있으나 다른 사람들이 세 구의 시체를 발견하고 경찰이 수사에 들어가면 연희와 세중이 그곳에 머물렀던 사연 또한 낱낱이 밝혀질 수밖에 없다. 무엇보다 서로의 육체에 중독된 두 사람은 무의식적으로 체류를 연장시키고자 한다. 여러 날의 노동을 통해 눈을 치우고 구덩이를 파고 시체들을 옮겨 뼈를 부러뜨린 뒤 똑바로 눕히고 담요를 덮고 간단한 의식을 치러가며 매장한다. 그리고 다시 눈을 덮고 옷가지와 살림살이를 모조리 불태워 그들의 흔적을 없앤다.

두 사람의 성관계 역시 나날이 격렬해진다. 남녀의 성행위에는 문화와 관습이 각자에게 부여한 코드와 환상이 개입한다. 그러나 관계가 거듭되면서 성에 연루된 허위와 가식이 하나씩 벗겨지고 순수한 일치감을 느끼며, 나아가 죽음을 열망한다. 죽은 여자의 속옷을 입고 서로의 얼굴에 재를 바르고 물어뜯고 때리고 목을 조르면서 삶의 충동인 에로스(eros)와 나란히 존재하는 죽음의 충동인 타나토스(thanatos)를 드러낸다. 지그문트 프로이트 Sigmund Freud, 1856~1939 는 「쾌락원칙을 넘어서 Beyond the Pleasure Principle」 (1920)에서 자기를 파괴하고 생명이 없는 무기질로 환원시키려는 죽음의 본능을 가설로 제시했는데, 이는 상실의 고통을 느끼기 이전의 모체와 합일된 상태로 돌아가고자 하는 욕망에서 비롯된다고 했다.

라스 폰 트리에(Lars Von Trier)의 영화 〈안티크라이스트(Anti-Christ)〉는 인간의 두 본능적 충동인 에로스와 타나토스를 구약성경 창세기에 나오는 에덴 동산 이야기에 접목해 또 다른 시선으로 풀어낸다.

사도마조히즘의 절정, 제국주의로의 환원

에로스와 타나토스의 치환이라는 정신분석의 주제는 오시마 나기사 Oshima Nagisa의 영화 〈감각의 제국In the Realm of the Senses〉(1976)에서도 적나라하게 다뤄졌다. 이 영화는 일본의 제국주의 전쟁이 한창인 1936년, 아베 사다란 여성이 자신의 애인 이시다 키치조를 목 졸라 죽이고 그의 성기를 자른 실제 사건을 소재로 한 작품으로, 그 해 칸영화제에서 상영돼 서구 평론가들의 극찬을 받았지만 일본에서는 7년간 상영이 금지됐다.

예술이냐, 외설이냐의 논쟁을 불러일으킨 〈감각의 제국〉의 이야기 구조는 매우 단순하다. 아베 사다(마츠다 에이코 분)는 유부녀이지만 돈 때문에 도쿄의 기생집 요시다야에 들어간다. 어느 날 자신을 무시하는 동료와 싸움이 붙어 주인의 눈에 띄고, 주인집 하녀가 된다. 돈은 있지만 빈둥거리며 감각적 삶에 빠져서 살던 주인 이시다 키치조(후지 나츠야 분)는 사다의 관능을 알아채고 그녀를 유혹한다.

두 사람은 키치의 부인을 피해 여관에 방을 얻어 살림을 차리고 육체적 쾌락을 추구한다. 이 때부터 키치에 대한 사다의 욕정과 집착은 커지기 시작한다. 둘은 여관 종업원들의 시선에 아랑곳하지 않고, 식음을 전폐한 채 섹스에 몰두한다. 그러면서 주인과 하녀의 수직 관계가 역전돼 키치는 사다의 성적 노리개로 전락한다. 돈이 떨어지자 사다는 교장 선생님을 만나 매춘을 한다. 키치가 잠깐 집에 다녀오자 사다는 키치의 부인에 대한 질투심 때문에 칼을 물고 다가온다. 그리고 키치의 치모를 잘라서 먹는다. 점점 앙칼지고 난폭하게 변하던 사다는 잠깐 산책을 나갔던 키치

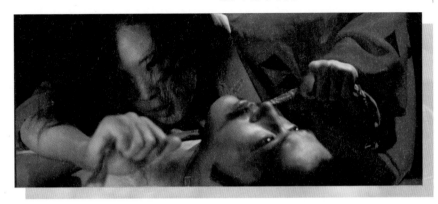

<감각의 제국>의 여주인공인 사다의 도착증은 일본 제국주의에 대한 환유로 읽힌다. 사다는 칼로 키치의 성기를 자르고 그의 피로 이불과 시체에 '사다와 키치, 둘이서 영원히'란 글자를 쓴다. 그러나 제국주의도 도착증도 영원할 수 없음은 지극한 상식이다.

에게 심한 히스테리를 부린다. 또 성관계 중 서로 목을 조르면 더욱 흥분된다면서 사도마조히즘을 요구한다. 키치가 이에 응하자 사다는 아예 그가 저항하지 못하도록 손을 묶은 채 목을 조른다.

키치가 사지를 경련하면서 숨을 거두자 사다는 칼로 키치의 성기를 자르고 그의 피로 이불과 시체에 '사다와 키치, 둘이서 영원히'란 글자를 쓴다. 영화는 이후 상황을 자막으로 소개한다. 키치를 죽인 지 나흘 만에 체포된 사다의 손에는 종이로 싼 키치의 성기가 들려 있었다. 사다의 이야기가 알려지자 전쟁에 지쳐있던 일본인들은 관심과 동정을 보였고, 그녀는 살인자임에도 6년형을 언도받는데 그쳤다.

이 영화에서 사다는 정신분석 용어로 우울증 환자다. 우리의 삶은 어머니 몸에서 떨어져 나오는 순간부터 상실의 연속이어서 끊임없이 뭔가를 갈구하고 그리워하고 허전해 한다. 그런 상실의 아픔을 제대로 극복해 자아 상실에 빠지지 않는 게 애도인데 비해 우울증은 자신을 잃어버리고 나아가 남을 파괴하고 싶은 충동에 빠지는 것이다. 이를 연인과의 관계에 대비해 보면, 연인이 자신을 실망시키거나 둘 사이의 사랑이 점점 식어갈 때 보통 사람은 이를 애도하면서 다른 대체물을 찾아 상처를 회복한다. 그러나 우울증 환자는 자신을 파괴하고 싶은 죽음의 충동에 빠지거나 상대에게 과도하게 집착하는 도착 증세를 보인다. 도착이란 대상이 너무 강조된 나머지 그것을 파괴하고 싶은 욕망이 생기는 것이다.

사다는 키치를 끝없이 소유하고자 한다. 그를 다른 사람과 나누고 싶지 않기 때문에 죽어서라도 독점한다. 사다가 키치를 교살한 게 실수였는지, 고의였는지는 불분명하다. 그런데 이 영화가 더욱 의미심장한 이유는 사다의 도착증이 일본 제국주의에 대한 환유로 읽힐 수 있기 때문이다. 제국주의란 너와 나를 동일시해서 하나로 보는 지배논리다. 사다가 키치를 취한 방식으로 제국은 피지배국을 강제로 손아귀에 넣는다. 사다와의 유희에 지친 키치가 초췌한 몰골로 거리에 나갔을 때 마주친 황군의 행렬과 일장기를 흔들면서 열광하는 군중의 모습은 영화에 깔린 제국주의에 대한 비판적 시각을 보여준다.

〈감각의 제국〉의 사다와 달리, 『성에』의 연희는 삶을 회복한다. 이는 세중이라는 대상의 상실을 인정함으로써 가능하며 그 수단은 환상이다. 시체를 매장한 두 사람은 빈 집을 나와서 불과 한 시간 거리인 휴게소로 돌아오고 서울에 도착한다. 충격적이고 비현실적인 경험을 공유한 이들은 각자 12년의 세월을 보낸다. 그 후 한 아이의 엄마가 된 주부 연희와 독일에서 유학을 마치고 인류학 교수가 된 세중이 재회한다. 두 사람은 옛날의 기억을 되살려 섹스를 나눈다.

　　이 소설은 결말부에서 독자의 허를 찌른다. 강원도에서 돌아온 뒤 세
중은 바로 회사에 사표를 낸 뒤 사라졌고, 그가 자신을 사랑했다고 믿었
던 연희는 회사의 한 여자 선배로부터 세중이 그 선배에게 구애를 했다가
거절당한 뒤 자신과 충동적으로 강원도 행을 택했다는 사실을 듣게 된다.
연희가 생각해온 사랑의 도피는 처음부터 착각, 즉 환상이었다. 그러나 연
희는 세중과의 사랑이 자신의 환상인줄 알면서도 무덤덤한 현실이 괴로
울 때마다 강원도의 추억을 떠올리면서 그 위에 자신의 생을 하나씩 쌓아
올렸다.

지독한 수동적 저항으로 무장한 전사들

먼 그대

필경사 바틀비

채식주의자

세상에서 멀찌감치 물러선 그대

작가 서영은의 단편 「먼 그대」(1983)에는 매우 특이해서 쉽사리 잊히지 않는 주인공이 등장한다. 문자라는 이름의 그녀는 허름한 아동출판사의 교정직원이다. 문자는 사십 고개를 바라보는 노처녀로 행색부터 사람들의 눈길을 끈다. "소매 끝이 날깃날깃 닳아빠진 외투며, 여름도 겨울도 없이 껑뚱해 보이는 쥐똥색 바지, 보푸라기가 한 켜 나 앉은 투박한 양말, 서랍에서 꺼내어 얼찐거릴 때마다 반찬내를 물씬 풍기는 가방" 등이 그녀의 트레이드 마크다. 문자는 출판사의 최고령 직원이면서도 가장 말석이다. 동료들은 문자의 존재만으로도 스스로 모멸감을 느낀다.

그런 문자의 비밀은 그녀가 한수라는 남자의 '첩'이라는 데 있다. 유부남인 한수는 유신시대 여당 소속 국회의원의 비서이던 시절부터 10여 년째 문자에게 드나든다. 문자에게 한수는 "시렁 위에 걸려 있는 등불"처럼 소중한 존재다. 일요일마다 찾아오는 그를 위해 얼마 되지 않는 월급을 털어서 성찬을 차리고, 그의 구두를 보자기에 싸서 방에 들여놓는다. 한수를 생각하면 세상의 모든 고통과 불편이 기쁨과 행복으로 변한다. 그러나 한수는 문자가 자신에게 뭔가 요구하지 않을까 의심하는 무디고 비열한 남자다. 그는 "돈 없는 주정뱅이가 어쩌다가 값싼 술집을 발견하고도 긴가민가하여 자꾸 주머니 속의 가진 돈을 헤아려 보듯" 탐색의 눈초리를 번득인다.

한수의 인색한 태도는 자신이 모시던 국회의원이 장관으로 입각하면서 광업소장이라는 힘 있는 자리에 오른 다음에도 계속 이어진다. 살림이 풍족해지고 선물과 돈봉투가 넘쳐나는데도 문자에게는 아무것도 나눠주지 않는다. 한번 주면 계속 요구할까봐 두려워한다. 문자는 한수의 인색과 몰인정에 실망하지만 다시 자신을 담금질한다. 이기적인 남자를 향해 바치는 그녀의 사랑은 '짐을 얹고 또 얹고 그러는 동안 자기 속에서 그 짐을 이기는 영원한 힘을 이끌어내는 낙타'와 같다.

얼마 지나지 않아 한수의 몰락이 시작된다. 계엄령이 선포되고, 국회와 내각이 해체되면서 정치바람을 타고 앉은 광업소장이란 자리는 다른 사람에게 넘어간다. 한수는 모아둔 재산으로 광산업을 벌이지만, 실패를 거듭하고 낙오자가 된다. 주정뱅이가 된 한수는 이제 문자에게 시시때때로 돈을 요구한다. 그리고 그녀를 볼모로 잡아두기 위해 아내를 시켜서 문자가 낳은 딸마저 뺏어간다. 문자는 순순히 아이를 내놓는다. 문자의 유일한 혈육인 이모는 남의 손에 자라게 된 아이가 불쌍하지도 않냐고 묻는다. 그러나 문자의 답변은 "소유에 대한 집념과 마찬가지로 혈육 역시 초극되어야 할 그 무엇"이라며 "그 아이를 데려옴으로써 나 자신을 만족시키고 싶지 않다"는 것이다.

한수가 요구한 돈을 마련하기 위해 이모에게 구걸하다시피 빌려서 집으로 돌아온 문자는 술에 취해 문 앞에다 소변을 보고 방에서 자는 한수를 발견한다. 그는 밥 먹고 가라는 문자의 말을 들은 채 만 채 돈을 빼앗다시피 해서 나간다. 문자에게 그런 한수는 "이미 한 남자라기보다는 그녀 자신에게 더 한층 큰 시련을 주기 위해 더 높은 곳으로 멀어지는 신의 등불"이다.

이런 문자의 태도를 어떻게 이해해야 할까. 문자는 고통을 즐기는 것처럼 보인다. 누구나 선택할 법한 쉬운 길을 거부하고, 고집스레 가시밭길을 간다. 돈 많은 홀아비와의 결혼을 권하는 이모의 조언을 물리치는 그녀는 문명의 이기와 편의시설이 갖춰진 도시로 나오라는 제안을 거부하고 더욱 깊은 사막으로 들어가는 유목민처럼 비타협적이다.

고행을 통해 더 높은 경지에 이르고자 하는 수도자 같은 문자의 태도에는 세상이 으레 기대하는 행동양식을 거부함으로써 부당한 상황에 연루되지 않겠다는 뜻이 숨어있다. 문자는 한수의 걱정과 달리 그에게 아무런 불평과 요구를 하지 않음으로써 '첩'이라는 자신의 위치를 위반한다. 엄마로서 그녀는 사랑하는 아이를 순순히 내놓음으로써 아이가 거래와 협상의 대상이 되는 것을 거부한다. 인간 이하로 몰락한 한수를 끝까지 끌어안는 것은 조건적 사랑에 대한 거부로 볼 수 있다. 직장에서의 그녀 역시 경력에 맞는 급여와 대접을 받아야한다는 세간의 평가기준과 다르게 행동한다.

누구도 굴복시킬 수 없는 지독한 수동성

　문자의 특이함과 관련해 '바틀비'라는 고전적 인물을 떠올릴 수 있다. 바틀비는 허먼 멜빌Herman Melville, 1819~1891의 단편소설 「필경사 바틀비Bartleby the Scrivener」(1853)의 주인공이다. 이 단편은 멜빌의 대표작 『모비 딕Moby Dick』(1851)을 능가하는 작품으로 평가받는다. 특히 포스트모더니즘 진영의 철학자 질 들뢰즈Gilles Deleuze, 1925~1995를 비롯해 『제국Empire』(2000)을 쓴 안토니오 네그리Antonio Negri와 마이클 하트Michael Hardt, 정신분석을 정치학과 연결시킨 슬라보예 지젝Slavoj Zizek 등 현대의 유명한 이론가들이 '바틀비'의 행동양식에 대해 '수동적 저항'이라든가 '비실천적 잠재력'이란 용어를 쓰면서 자본주의의 억압적 체제에 대항하는 태도, 어떤 언어와 이데올로기로도 포획되지 않는 체제의 간극을 드러내는 철학적·사회과학적 텍스트로 종종 인용하고 있다.

　「필경사 바틀비」는 월가의 변호사인 화자가 바틀비란 인물을 회고하는 형식으로 돼 있다. 자신을 나이가 꽤 지긋하며 직업의 성격상 흥미롭고 다소 특이한 집단의 사람들을 제법 깊이 접한 사람이라고 소개한 화자는 바틀비에 대해 '내가 보거나 들은 중에 가장 이상한 필경사'라고 말한다. '나'(화자)는 "부자들의 채권, 저당증서, 부동산 권리증서 등을 쌓아놓고 수지맞는 일을 하는 야심 없는 변호사 중 하나"인데 업무가 증가하자 바틀비란 필경사를 새로 고용한다. 화자가 처음 본 바틀비는 "창백할 정도의 단정함, 애처로운 기품 그리고 치유할 수 없는 고독"이 느껴지는 침착한 사람이었다. 처음에 바틀비는 필사에 굶주린 사람처럼 밤낮으로 필사를 한다. 그러나 사흘째 되던 날 이상한 기미를 보이기 시작한다. 필경사의 업무는 필사를 하고 그것을 원본과 대조하는 것인데 바틀비는 서류를 대조해보자는 '나'의 요청에 "그렇게 안하고 싶습니다"라고 대답한다.

어리둥절해진 화자는 이내 화가 치밀어 오르고 흥분한다. 그러나 서류 대조를 안 하겠다는 바틀비의 의지를 꺾을 수 없다. 특이한 것은 바틀비의 거부가 계속되면서 화자는 단순히 화가 나는 게 아니라 일종의 무력감을 느끼면서 그런 행동의 원인을 살펴보게 된다는 점이다. '나'는 바틀비를 여러 가지 방법으로 구슬려보지만, 바틀비가 "그렇게 안하고 싶습니다"라면서 거부하는 일의 범위는 점점 넓어진다. 우체국에 들러서 우편물이 와 있는지 봐달라는 부탁도, 옆방의 직원을 불러달라는 부탁도 거부한다.

화자는 바틀비가 사무실에서 먹고 잔다는 사실을 우연히 알고, 우수의 감정에 사로잡힌다. 그러나 연민은 곧 고통이고, 고통을 떨쳐버리려면 연민을 버릴 수밖에 없다. 화자는 바틀비를 쫓아내기로 작정하고 그의 개인사를 묻지만, 그는 말하기를 거부한다. 이어 사무실에서 유일하게 해온 일인 필사조차 거부한 채 유리창 밖으로 빽빽히 들어선 월가 건물의 벽만 바라본다. 나는 바틀비에게 6일 안에 사무실에서 나가라고 지시하지만 바틀비는 꿈쩍도 하지 않는다. 바틀비에 대한 복잡한 감정을 견디다 못한

나는 아예 스스로 사무실을 옮겨버린다. 그래도 바틀비는 그 건물의 계단이나 현관에 계속 머문다. 그러다가 새 입주자의 신고로 마침내 툼즈 구치소라는 부랑자 수용소로 끌려간다. 거기서 바틀비는 먹기를 거부하다가 생을 마감한다. 바틀비의 최후를 지켜본 나는, 그가 필경사가 되기 전 워싱턴 D.C.의 배달 불능 우편물 취급소에서 수취인이 없는 편지의 소각 업무를 맡았다는 사실을 알게 된다.

바틀비의 거부는 체제에 대한 저항이자 체제를 교란시키는 일이다. 그의 지독한 수동성은 능동적인 비판이나 투쟁과는 다르다. 비판과 투쟁이 체제를 인정하는 일인 데 비해 바틀비는 아예 자신을 둘러싼 체제를 무화시킨다. 그는 월급을 받으면 고용주가 시키는 일을 해야 한다는 명백한 규칙에서 비켜 서 있다. 건물의 소유주가 나가라면 나가야 한다는 것, 수용소에서 밥을 주면 먹어야 한다는 일상적 규범 역시 바틀비에게는 의미가 없다. 그는 우연히 끼어든 불순물이며 소속이 없는 제거 대상이란 점에서 자신이 취급하던 배달 불능 우편물과 같은 처지다. 바틀비는 체제의 얼룩이자 잉여로서 체제의 근간을 흔든다. 월가의 법칙에 충실한 삶을 살아가던 변호사가 바틀비의 행적에 충격과 연민을 느끼고 그를 오랫동안 기억하는 일은 바틀비의 수동성이 갖는 효과를 보여준다.

이런 바틀비적 저항성이 「먼 그대」의 문자에게 나타난 것은 우연이 아니다. 문자는 견고한 가부장제, 일부일처제의 얼룩이자 잉여로서 자신을 둘러싼 규범을 뛰어넘는다. 한수는 문자를 지배하는 듯하지만 그녀를 굴복시키지 못한다. 문자는 한수의 강요와 폭력 앞에 놓여 있으면서도 오히려 한수를 주눅 들게 만든다. 바틀비가 자본주의 사회에서 소외된 인물이라면, 문자는 가부장제 사회에서 소외된 인물로서 같은 방식의 저항이 가능해진다.

바싹 말라가는 나무를 소망하다

바틀비적 여성 인물이 나타나는 또 다른 소설로는 한강의 단편 「채식주의자」(2004)를 들 수 있다.

「채식주의자」는 영혜라는 여성의 특이한 행동을 남편인 화자의 시선에서 그린 작품이다. '나'는 아주 평범해 보이는 영혜와 결혼한다. 영혜는 "크지도 작지도 않은 키, 길지도 짧지도 않은 단발머리, 각질이 일어난 노르스름한 피부, 외꺼풀 눈에 약간 튀어나온 광대뼈, 개성 있어 보이는 것을 두려워하는 듯한 무채색의 옷차림"을 한 여자로 나에게 다가왔고, 결혼 이후에는 평범한 아내의 역할을 무리없이 수행했다.

그런 아내가 어느 날 심한 악몽을 꾼 뒤 냉장고의 고기를 모두 버리고 채식주의자가 된다. 그런데 채식은 단순히 기호의 문제에 그치지 않는다. 아내는 육식의 악몽을 계속 꾸면서 병자처럼 말라갔고, 남편인 나의 몸에서 고기 냄새가 난다며 잠자리도 거부한다. 겨울나무처럼 바싹 마른 아내는 회사 간부들과의 부부동반 회식자리에 브래지어를 하지 않은 채 나와서 고기가 든 음식을 거부함으로써 모두를 불편하게 만든다. 장인·장모를 비롯한 처가 식구들은 아내의 채식에 대해 우려와 수치심을 느낀다.

어느 날 처형네 집들이가 열리는 자리에서 아내가 계속 고기 먹기를 거부하자 화가 잔뜩 치민 장인은 딸에게 강제로 고기를 먹이려고 한다. 이를 거부하던 아내는 칼로 자기 손목을 긋고 병원에 입원한다. 장모가 흑염소를 고아 오지만 아내는 그것을 창밖으로 내던진다. 소동이 끝나고 내가 잠깐 잠든 사이에 아내가 사라진다. 거리가 어수선해서 나가보자 옷통을 벗은 아내가 사람들의 시선을 받으면서 벤치에 앉아 있다.

1인칭 화자(나, 남편)의 관점과 교차되는 영혜의 악몽은 육식으로 상징되는 이 세계의 폭력을 묘사한다. 천장에 걸린 커다랗고 시뻘건 고깃덩어리들에서 피가 뚝뚝 떨어지고, 고기를 썰다가 부러진 칼날이 입안에서 발견된다. 누군가를 죽이거나 살해당하는 느낌, 단말마의 고통 속에서 번들거리는 짐승의 눈, 어릴 때 집에서 키우던 개를 오토바이에 매달아 끌

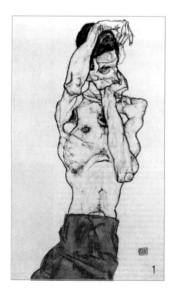 

인간이 지닌 고통과 일탈의 본능을 그린 에곤 쉴레(Egon Schiele, 1890~1918)의 작품 속 모델들은 유독 여기에 소개된 작품의 주인공인 바틀비(1)와 영혜(2), 문자(3)를 닮았다. 그들의 드러난 근육과 무표정한 얼굴은 아무것도 하지 않은 채 바싹 말라가는 나무를 연상시킨다.

고 다니면서 죽인 뒤 맛있게 먹던 아버지, 고기반찬을 재촉하면서 짜증을 부리는 남편 그리고 이런 장면들 앞에서 어쩔 줄 모른 채 울고 있는 영혜 자신⋯⋯.

요컨대 영혜에게 육식은 폭력과 살상이 난무하는 남성적 세계의 상징이다. 지극히 평범하게 보이며 체제에 순응해 살아가던 영혜는 우연한 꿈을 계기로 채식주의자가 되며, 나아가 스스로 인간이 아닌 나무로 변신하고자 한다. 제자리에 붙박여 수동적으로 살아가는 나무는 가장 굳건한 생명력을 갖고 있다. 그러나 진짜 나무가 될 수 없는 그녀의 제스처는 누구에게도 이해받지 못하고, 끝내 정신병원에 갇힘으로써 바틀비처럼 비극적인 결말을 맞는다.

HOW TO READ MASTERWORK

Chapter 3

명작, 이념과 가치관에 고뇌하다

소멸하는 삶, 소멸하는 계급

워낭소리

그들의 노동에 함께 하였느니라

농부들은 어느 사이엔가 좀처럼 보이지 않는 존재
가 됐다. 날씨가 변덕을 부려서 농산물 가격이 급
등하는 경우를 제외하고는 그들의 굴곡진 삶을 느
낄 기회가 없다. 트랙터를 앞세우고 쌀가마를 불태
우면서 우리 농산물을 보호해 달라고 시위하던 장면
마저 요즘은 보기 어려워졌다. 그런 분노조차 소용없을 만큼
그들의 존재는 미약해진 것인가.

'살아남은' 늙은 농부의 진득한 반려자

2009년 초에 개봉된 다큐멘터리 영화 〈워낭소리〉(감독 이충렬)는 농
촌과 농부의 삶에 대해 큰 관심을 불러일으켰다. 이 영화는 300만 관객이

라는 다큐멘터리 사상 최고의 흥행 기록을 세웠다. 미국 선댄스영화제에 초청되고, 한류에 관심이 많은 일본 극장에서도 개봉됐다. 소박하고 단순하기까지 한 이 영화는 노인과 늙은 소의 동행을 통해 소멸해 가는 농촌사회와 소농계급을 증언한다. 소를 데리고 살아가는 농부의 삶은 보잘 것 없고 애잔하다. 세상의 흐름과 동떨어져 쓸쓸하기 짝이 없다. 그러나 그 삶이 외부자의 동정이나 연민을 끌어내는데 그치지 않고 하나의 자족적인 세계와 그 세계가 지닌 품격을 보여 준다는 데 〈워낭소리〉가 지닌 감동의 핵심이 있다.

경북 봉화의 한 산골에서 여든 살의 최원균 할아버지가 마흔 살이 된 소와 더불어 살아간다. 보통 소의 수명은 15년인데 할아버지의 소는 두 배를 훨씬 넘겨서 살고 있을 뿐만 아니라 할아버지와 더불어 끊임없이 노동을 한다. 어렸을 때 침을 잘못 맞아서 다리가 불편한 할아버지는 자신처럼 행동이 굼뜬 소와 함께 엉금엉금 기면서 밭을 간다. 부인인 이삼순 할머니가 질투 반 걱정 반으로 "소처럼 일만 한다"며 지청구를 놓는데도 할아버지는 일을 그치지 않는다. 아홉 남매를 낳고 키운 할아버지의 작은 땅은 여전히 강인한 생명력을 지녔으며, 할아버지의 농사기술도 녹슬지 않았다.

할아버지에게 있어 소는 단순한 가축이 아니라 '영혼의 친구'이다. 귀가 어두운 할아버지이지만 소의 목에 걸린 워낭이 '딸랑딸랑' 울리면 자다가도 벌떡 일어나 소에게 무슨 일이 생겼는지 보려고 마구간으로 달려간다. 행여나 소꼴에 농약이 들어갈까 봐 잡초가 멋대로 자라는데도 논밭에 농약을 치지 않는다. 늘 각오한 일이면서도 수의사로부터 자신의 소가 귀가 어두운 할아버지이지만, 소의 목에 걸린 워낭소리만 들으면 자다가도 벌떡 일어나 마구간으로 달려간다. 마흔 살의 소와 여든 살의 할아버지는 그렇게 한 평생을 혹은 반평생을 함께했다.

"올해를 넘기기 어려울 것"이라는 말을 들을 때는 할아버지의 무표정한 얼굴에 그늘이 드리운다. 농사일을 계속하기 어려운 늙은 소를 대신할 젊은 소를 사 오지만 젊은 소를 길들이고 정을 붙이는 데 실패한다.

　이 영화의 주조는 흘러간 시간에 대한 향수다. 소와 더불어 농사짓고 늙어가는 할아버지는 수십 년 전까지만 해도 우리 삶을 지탱해 주던 농촌과 아버지의 모습이다. 할아버지와 소, 그리고 이들이 뿌리 내린 땅 사이에는 서로에 대한 의지와 애정이 작용한다. "평생 일만 한다" "남들이 다 치는 농약도 안 친다" "소보다 못한 대접을 받는다"면서 불만을 털어놓는 할머니조차 할아버지와 소에 대한 깊은 애정을 품고 있다. 늙은 소를 팔러 장터에 가서 턱없이 높은 값을 부르는 할아버지의 태도는 자신의 소우주와 상관없이 돌아가는 외부의 자본주의 세계에 적응하기를 거부하는 것으로 보인다.

그들의 계급성에 대한 해명

〈워낭소리〉가 그런 것처럼 소멸해 가는 농부들의 세계에 깊은 애정을 품고 그들의 삶을 증언한 작품이 존 버거^{John Peter Berger}의 3부작 장편소설『그들의 노동에 함께 하였느니라^{Into Their Labours}』이다. 영국 출신의 미술평론가이자 소설가·사회비평가인 버거는 프랑스 국경 알프스 산맥 지역에서 농사를 지으면서 영국의 저명한 문학상인 부커상 수상작인 장편소설『G』(1972)를 비롯해 장 모르^{Jean Mohr}의 사진과 함께 아랍계 불법 이민의 현실을 그린 논픽션『제7의 사나이^{A Seventh Man}』(1975), 미술·사진 비평서인『보기의 방법^{Ways of Seeing}』(1972),『말하기의 다른 방법^{Another Way of Telling}』(1982) 등 세계적으로 널리 알려진 저작을 내놓았다. 그는 건초를 말리는 계절이면 들에서 일을 하느라고 전화조차 받지 못할 만큼 진지한(단순히 전원풍이 아닌!) 농부 작가다.

그의 대표작인『그들의 노동에 함께 하였느니라』는『기름진 흙^{Pig Earth}』(1979),『옛날옛적 유럽에선^{Once in Europa}』(1989),『라일락과 깃발^{Lilac and Flag}』(1991) 등 시차를 두고 발표한 세 권의 연작소설로 구성돼 있다. 1부가 농촌생활의 묘사에 주력했다면 2부는 실향의 과정, 3부는 상징적인 귀향을 그리고 있다. 그는 농부의 삶에 참여한 사회주의자 작가로서 오늘날

알프스 산록에서 글을 쓰며 농사를 짓는 작가 존 버거.

유럽 농촌을 생산력 변화라는 거시적 역사의 단계에 비춰 조명하고, 농부들이 겪는 미시적 변화가 얼마나 절망적인 것인지를 냉철하게 보여 주면서도 농촌의 공동체적 삶을 현재의 자본주의 삶에 대한 대안으로 내세운다. 여기에서 중요한 것은 공동체 문화이며, 그 중심에는 그들이 공유해 온 이야기가 있다. 작은 규모의 시골마을에서 주민 누구나 부분적으로 알고 있는 '○○네 이야기'가 공동체 문화를 존속시켜 주는 접착제 역할을 한다는 게 버거의 생각이다.

그는 3부작의 첫 권인 『기름진 흙』에서 20세기로 오면서 사라진 19세기 소설의 전통을 따라 '역사적 결언'이란 제목의 작가 서문을 붙여 자신이 쓰려는 소설의 의미를 직접 설명한다. 또 본문에 '해명의 말 한마디'란 장을 넣어 농민들 속에서 그들 가운데 한 사람이자 이방인, 관찰자로서 그들의 이야기를 쓰는 자신의 작가적 위치를 탐구한다.

버거에 따르면 농민은 갖가지 어려움을 겪으면서 살아남은 '잔존자' 계급이다. 그런데 이들은 역사 이래 처음으로 잔존하지 못할지도 모를 위기에 놓여 있다. 농업이 기계화, 화학화, 대형화, 기업화 하면서 소농 경제는 더 이상 자본주의 생산체제에서 유지되기 힘들어졌다. 역사적으로 볼 때 농부의 삶은 순전히 살아남는 것만을 목표로 해 왔다. 이는 그들이 계급 피라미드에서 맨 밑바닥을 차지하기 때문이다. 농부는 자연으로부터 오는 갖가지 위험 요소와 싸우면서 자신의 생산물이 자기 가족의 수요조차 충당하지 못하는 상태에서도 항상 잉여생산을 해야 하는 조건에 놓여 있다. 소작농이든 자영농이든 그들은 농부로서 자신의 삶을 영위하기 위해 스스로의 식량을 줄여가면서 지대를 내놓고 다음 농사를 위한 투자를 해야 한다.

농부가 처한 생존 조건은 이들에게 프롤레타리아 계급과는 다른 시간관과 문화를 갖게 만든다. 프롤레타리아가 부단한 변형과 증대 및 진보라는 자본주의적 시간관에 자신들을 내맡긴 계층이라면 농부에게 과거 · 현재 · 미래는 변화가 없는 일직선상에 놓여 있다. 즉 도시의 산업경제에서는 더 발전한 기술과 더 큰 생산성을 통해 점점 더 많은 물건을 생산하고 소비한다. 그러나 농촌의 삶은 봄에 밭을 갈고 씨를 뿌린 뒤 별다른 자연재해가 없이 여름을 지내야 가을에 예상한 만큼의 곡식을 거두고 최소한의 식량을 마련해 겨울을 날 수 있는 순환의 반복이다. 이렇게 다른 삶의 조건은 전통에 대한 농민들의 존중과 그들의 보수성을 설명하는 열쇠가 된다. 농부가 전통을 지키는 이유는 그것이 일을 성공시킬 수 있는 가장 확실한 기약이기 때문이다.

그러나 농부의 창의성을 무시하면 안 된다. 그들은 삶의 연속성을 갈망하면서도 농사를 지으면서 맞게 되는 다양한 상황에 창의적으로 대처하는 방법을 체득한다. 반면에 도시인의 욕망은 늘 가질 수 없는 것을 상상한다는 점에서 변화에 열려 있는 것처럼 보이면서도 실제의 삶에서 그들은 극단적인 분업으로 인해 창의성을 발휘할 기회가 없이 늘 단조로운 작업을 반복한다. 버거는 농촌의 삶에 깃든 의미의 저장소로서의 전통과 역동성, 창의성을 들어 농부의 경험이 인간의 문명에서 지니는 중요성을 높이 평가한다.

존 버거의 마을에 실제 살고 있는
농부 마르셀의 모습을 카메라 앵글
에 담은 장 모르의 사진 작품.

소멸해 가는 소농의 세계를 관찰하고 기록하는 일은 그가 작가로서
자신에게 부과한 책무이기도 하다. 그는 농부이기에 그들의 삶의 정수를
공유하고, 이방인이자 작가이기에 그들과는 다른 시선으로 이야기를 수
집한다. 그의 일상과 글쓰기를 보여 주는 '해명의 말 한마디'는 삶과 일을
대하는 그의 남다른 생각을 담고 있다.

"그 무덥고 간교하고 말벌이 들끓는 오후에 건초를 긁어내리는 일은
마치 짜개진 자루를 메고 걸어가는 기분이었다. 볕은 어떤 하나의 기후
사정이기를 그치고 인간에 대한 징벌이 되어버렸다. …… 나는 글쓰기를
직업으로 생각한 일은 한 번도 없다. 그것은 아무리 오래 해봤자 그 연륜
때문에 존경을 받는다든가 하는 일은 있을 수가 없는 작업이다. 글을 쓰
는 행위는 글에 의해 묘사되고 있는 경험에 접근하는 행위일 뿐이다."

그는 농부의 삶에 대한 상대적 무지와 이방인 신분으로 인해 불이익
을 받지만 그곳에서의 무지가 다른 어떤 곳에서의 지식과 연결된다는 마
을 사람들의 상상 속에서 자유로운 관찰자로서의 특권을 누린다. 작가는
오랜 세월이 흐르는 동안 마을 사람들에게 일어난 일들과 이것이 가십이
나 구술사의 형태로 이웃 간에, 대를 물려가면서 유통되는 이야기를 기록
한다. 그가 "누구나가 초상화의 주제가 되며 동시에 초상화를 제작하는
예술가가 되는 거대한 공공초상화"라고 이름 붙인 마을의 이야기들은 작
가의 상상력에 빚지지 않고도 삶 자체가 갖는 넓이와 깊이, 이웃에 대해
신만큼 잘 알고 있는 연대감으로 인해 무척이나 풍요롭다.

노동을 통해 지식을 보존하다

　　버거가 소설이란 형태로 옮겨 놓은 마을의 이야기는 〈워낭소리〉의
할아버지와 소처럼 소박하고도 깊은 감동을 주며, 인간성의 깊이와 그들
이 처한 삶의 조건을 숙고하도록 만든다. 1권 『기름진 흙』속의 단편 「생
존자들을 위한 말」과 「돈의 가치」에는 젖소인 루자를 자식처럼 아끼는 마
르틴느와 왜 (일부러) 힘들게 일을 하는가에 대해 멋진 철학적 설명을 들
려주는 농부 마르셀이 나온다.

　　여섯 마리의 젖소를 키우는 50대 여자 마르틴느는 집안일을 도와주는
70대 노인 조제프와 함께 산록에서 살아간다. 그녀의 침실은 널빤지 한 장

으로 외양간과 맞닿아 있는데 어느 날 가장 아끼는 젖소 루자가 광란을 시작한다. 풀을 뜯던 루자는 해가 져도 집으로 돌아오지 않고 밤늦게 풀밭에서 발견된다. 마르틴느와 조제프는 루자를 끌어오려고 하지만 역부족인 상황이 되자 루자의 곁에서 밤을 샌다. 이튿날 아침에도 일어서지 못하는 루자가 도살장으로 끌려가기 위해 트럭에 실릴 때 마르틴느는 트럭의 쇠붙이가 루자의 살갗을 벗겨내지 않도록 짚을 한 아름 깔아 준다.

'철학자' 마르셀이 예순이 넘어서 공무집행 방해로 감옥살이를 한 사연도 재미있다. 두 아들은 농사 대신 공장에 다니거나 장사를 하는데도 그는 마치 아들에게 물려줄 것처럼 새 사과나무를 심는다.

"하루 종일 물건을 팔고 공장에서 일주일에 마흔 다섯 시간씩 일한다는 것은 사나이가 할 만한 일이 못된다. 그런 직업은 사람을 무지로 이끌 수밖에 없으니까. …… 일을 한다는 것은 내 아들들이 잃어가고 있는 지식을 보존하는 한 방법이다. 나는 이 일을 함으로써 나의 아버지와 나의 아버지의 아버지에게 그들이 물려준 지식이 아직은 버림을 받지 않았다는 사실을 증명해 보이겠다. 그 지식이 없이는 나는 아무것도 아니다."

그런 마르셀은 예년에 비해 풍년인 사과로 사이다를 만든 뒤 술찌꺼기로 놀을 빚기 위해 증류주 제조상 마티외를 찾아간다. 그런데 거기서 만난 재무부 부정행위조사부 특수반 검사관 두 명이 불법주라면서 송아지 반 마리 값의 세금을 물리자 그들을 총으로 위협해 창고에 이틀 동안 가두고 양들을 처넣어 골탕을 먹인다.

버거의 소설에는 암소를 도살하는 위베르, 추운 밤에 염소를 끌고 나가 교미시키는 엘렌느, 물 긷기가 힘들어 남동생과 이웃을 동원해 50년 전에 오빠가 만든 물탱크를 찾는 카트린느 등이 나온다. 또 증조할아버지의 부츠를 훔쳐 신고 도시에 나가 막노동을 한 뒤 땅을 사서 정착한 할아버지, 풀을 말리다가 썰매에 깔려 죽은 아버지, 할아버지와 함께 돼지를 잡던 날의 흥분이 가시기도 전에 할아버지의 죽음을 맞이한 손자의 이야기도 있다. 모두 극적이지 않지만 생생하고 정곡을 찌른다.

〈워낭소리〉의 소는 "좋은데 가그래이" 하는 할아버지의 이별사를 들으면서 죽었고, 할아버지의 삶도 얼마 남지 않았다. 버거의 소설 속 노인들도 이미 30년 전 사람들이다. '농촌과 농민의 도태'라는 현실은 거스를 수 없는 시대의 흐름이 되었다. 그들의 고유한 문화와 전통, 품격과 이야기는 이제 영화와 소설 속에서나 느낄 수 있을 뿐이다.

저항적 글쓰기란 어떤 것인가

미국의 송어낚시
월든

『미국의 송어낚시 Trout Fishing in America』란 책
이 있다. 서점 점원이 착각해 낚시코너에
꽂아 놓는다는 우스갯소리도 있는 이 책은 미국 비트세대 작가인 리처드
브라우티건Richard Brautigan, 1935~1984이 1967년에 발표한 포스트모더니즘 소
설이다. 생태문학의 수작으로 꼽히는 이 소설은 평이하고 건조하기조차
한 제목과 달리 읽어 내기가 여간 어려운 일이 아니다. 송어, 송어낚시, 송
어낚시 쇼티, 송어낚시 황금펜촉 등으로 주어가 존재를 계속 바꾸는가 하
면, 허먼 멜빌의『모비 딕』으로부터 독일계 망명 감독인 프리츠 랑Fritz Lang,
1890~1976의 영화까지 미국사회의 다종다기한 문화적 맥락들을 불쑥불쑥
끼워놓는다. 등장인물과 시·공간적 배경이 수시로 바뀌기도 한다.

　이 책이 한국사회와 맞닿는 지점은 이명박정부가 추진한 4대강 개발
사업과 그에 따른 작가들의 '저항적 글쓰기'라는 집단적 움직임이다. 강
을 준설하고 보를 쌓아서 수로를 확보한다는 계획은『미국의 송어낚시』

워싱턴 광장의 벤저민 프랭클린 동상을 배경으로 포즈를 취한 작가 리처드 브라우티건(왼쪽). 『미국의 송어낚시』의 표지사진으로 쓰이기도 했다.

가 그려낸 1960년대 미국의 모습과 너무나 닮아있다. 정부는 많은 시민운동가, 지식인, 종교인의 반대에도 아랑곳하지 않고 사업에 착수했다. 그러자 한국작가회의 소속 작가들은 공사 현장을 찾아가 "시인이여, 사라지기 전에 기억하라"고 외치면서 '저항적 글쓰기'를 선언했다. 김종철 『녹색평론』 발행인은 "4대강이 강으로서의 존재를 잃으면 우리 정신의 토대가 붕괴될 것"이라면서 "작가들이 물새와 나루터의 시적 정경들이 지니는 비근대적 강의 의미를 글로 써서 들려 달라"고 주문했다. 과연 이 시대의 작가들은 국토의 지형을 바꿔 놓을 4대강 개발사업을 어떤 언어로 남겨 놓을 것인가.

펜촉을 다시 종이 위에 누를 것인가
아니면, 이대로 촉 끝을 꺾을 것인가

개발지상주의를 신랄하게 고발한 『미국의 송어낚시』의 중심에는 '송어'라는 상징이 자리 잡고 있다. 송어는 미국 하천에 가장 많이 사는, 미국인들과 친숙한 물고기다. 동시에 송어는 멜빌이 『모비 딕』에서 묘사했던, 미국인들이 추구하는 가치로서의 흰 고래가 형편없이 축소된 모습이기도 하다. 아메리카 대륙의 원시적인 아름다움은 미국의 철학과 문학에 지대한 영향을 미쳤다. 청교도들이 뉴잉글랜드에 도착한 뒤 보스턴을 중심으로 19세기 전반을 지배한 초절주의 철학은 자연의 힘에 대한 숭상과 찬양의 토대가 됐다. 나다니엘 호손Nathaniel Hawthorne, 1804~1864 의 '숲', 허먼 멜빌의 '바다', 마크 트웨인Mark Twain, 1835~1901 의 '강'은 거대한 자연에 대한 외경 의식을 담고 있다. 그러나 서부 개척이 완료되고 산업자본주의가 대륙 전역으로 확산되면서 오지와 대자연은 사라졌다. 어떤 숲과 어떤 강도 경외심으로 바라보는 대상이 아니라 야영지와 리조트가 됐다.

브라우티건은 『미국의 송어낚시』에서 바로 이런 현실을 꼬집는다. 히피들과 더불어 샌프란시스코에서 살았던 그는 미국의 건국이념을 조롱하는 것으로 작품을 시작한다. 샌프란시스코 워싱턴 광장의 벤저민 프랭클린Benjamin Franklin, 1706~1790 동상 앞에는 무료 급식을 받는 가난한 사람들이 몰려 서있다. 국부인 프랭클린은 자서전에서 성실, 근면, 검소하면 누구나 잘 살 수 있다고 주장했다. 그러나 200년이 지난 뒤 그의 동상 발치에는 아무리 성실, 근면, 검소해도 잘 살 수 없는 사람들이 달랑 시금치 한 조각이 들어 있는 교회의 무료 급식 샌드위치를 무료하게 기다리고 있다.

이런 미국에서 송어와 송어낚시는 점차 멸종해 가는 존재다. 화자인 '나'는 처음 술주정뱅이 계부로부터 은빛 송어에 대해 들었을 때 철강도시 피츠버그의 강철송어를 떠올렸다. 그리고 첫 송어낚시를 하기 위해 폭포처럼 보이는 곳을 찾아가지만 그곳에는 집과 집 사이의 하얀 계단이 있을 뿐이다. 17년이 지나 어느덧 어른이 된 '나'는 아내와 딸을 데리고 송어하천을 찾아 헤매는 여행을 하고 있다.

이들이 만난 그라이더 하천과 톰마틴 하천은 송어가 살 수 없는 곳이다. 그레이브야드 하천은 묘지 사이를 옹색하게 흐른다. 헤이만 하천의 주인 헤이만은 송어를 맷돌에 빻아서 밀, 케일과 함께 먹는 황폐한 삶을 살아간다. 솔트 하천에서는 코요테를 잡기 위해 독극물을 넣는 바람에 등에 혹이 생긴 송어가 나타난다. 달콤한 포트와인으로 살해된 무지개송어가 발견되고, 미국의 송어낚시가 왜 사라졌는지를 알아내기 위한 부검도 이뤄진다.

죽어간 것은 송어만이 아니다. 송어를 따라서 미국의 정신도, 미국인의 꿈과 희망도 사라졌다. 독재자인 목동은 순응하는 양떼를 몰고 가고, 6학년 학생들은 1학년들에게 송어낚시에 대해 알려 주려다가 교장의 제지를 받는다. '나'는 온천에서 아내와 정사를 하다가 피임을 위해 물에다 사정하는데 허옇게 뭉친 정액 사이로 죽은 송어가 둥둥 떠다닌다. 불임과 죽음의 이미지가 공명하는 장면이다.

미국 정신의 소멸은 '송어낚시 쇼티'란 이름의 중년 남자로 의인화 된다. 그는 휠체어를 타고 프랭클린 동상 앞에 서 있다가 화자의 딸의 관심을 끌지만 딸은 가짜 자연을 상징하는 모래 상자를 발견하자마자 그쪽으로 뛰어간다. '나'의 행로는 흘러흘러 클리블랜드 폐선장에 도착한다. 거기에서는 송어하천을 조각조각 나눠서 팔고 있다. 피트당 6달러50센트이고, 10피트 이상 사면 곤충을 덤으로 준다. 자연이 사라진 자리에는 자연의 삶을 모방하는 캠핑 열기가 퍼져 온 숲이 랜턴 불빛으로 뿌옇다.

그러나 작가는 마지막 희망을 놓지 않는다. 화자의 친구는 구세주의 탄생을 축하하기 위해 쓰이는 크리스마스 트리를 팔아서 번 돈으로 '미국의 송어낚시 황금펜촉'을 사서 '나'에게 선물한다. 이는 '나'로 하여금 "미국의 송어낚시 황금펜촉이 종이에 눌러 만들어 내는, 강변을 따라 서 있는 서늘한 녹색 나무들과 야생화와 송어의 검은 지느러미는 정말이지 얼마나 아름다울까 하고 생각"하도록 만든다. 작가의 상상력과 글쓰기를 통해 목가적 꿈의 회복이 가능하다고 보는 것이다.

숲과 강에서 삶의 본질을 목도하다

『미국의 송어낚시』는 송어를 매개로 한 주인공의 비판적 탐색 과정을 매우 생경한 플롯과 문체로 묘사했다. 모든 것이 의미를 상실하고 총체성과 연대감이 사라진 상태에서는 상황에 대한 인식과 그것을 서술하는 문체 역시 파편적일 수밖에 없다는 포스트모더니즘의 명제를 따른다. 작가는 우리가 더 이상 자연과 조화를 이룬 유기적인 삶을 살아갈 수 없음을 형식을 통해 웅변한다. 그러나 이 책으로 일약 유명해진 작가는 그가 '마지막 송어낚시'와 동일시한 선배 작가 어니스트 헤밍웨이Ernest Hemingway, 1899~1961처럼 권총 자살로 자신의 생을 마감했다.

비트세대 작가들이 과도한 행동과 표현으로 실천에 옮긴 미국적 자연사상의 뿌리는 19세기 뉴잉글랜드 지방에서 자라났다. 이성에 대한 감각의 승리, 체제의 속박에 대한 반대, 개인주의, 자연에 대한 환희 등의 경향은 초절주의 철학으로 집대성 된다. 랠프 왈도 에머슨Ralph Waldo Emerson, 1803~1882이 대표하는 이 철학은 영국 낭만주의와 독일 관념론, 동양의 신비주의 전통을 뒤섞어 논리적 일관성이 없는 짬뽕이라는 비판을 받기도 했지만, 헨리 데이비드 소로Henry David Thoreau, 1817~1862의 명작『월든Walden』을 통해 후대의 환경주의자들에게 전해졌다.

『월든』은 1845년 7월부터 1847년 9월까지 메사추세츠주 콩코드의 월든 호숫가에서 오두막집을 지어 놓고 살았던 소로의 경험담이다. 하버드 대학을 졸업한 그는 형과 함께 사설학교를 열어 잠시 교사생활을 한 뒤 목수와 측량기사로 살았다.『월든』은 행복한 삶에는 그다지 많은 물질이 필요하지 않다는 그의 사상을 집약하고 있다.

"내가 무엇보다 소중하게 여기는 것은 얽매임이 없는 자유다. 경제적으로 풍족하지 않더라도 나는 행복하게 살아나갈 수 있으므로 값비싼 양탄자나 다른 호화 가구들, 맛있는 요리, 새로운 양식의 고급 주택 등을 살 돈을 마련하는 데에 내 시간을 허비하고 싶지 않았다. 되도록 오래오래 자유롭고 얽매이지 않는 생활을 하자는 것이다. 농장에 얽매이든 군 형무

헨리 데이비드 소로가 오두막을 짓고 산 월든 호수 부근과 오두막이 그려진 『월든』의 표지.

소에 얽매이든 얽매이는 것은 마찬가지다."

　넉 달 동안 손수 지은 오두막에서의 생활은 인생의 본질적인 문제들과 직면하는 것으로, 이는 호수의 아름다운 자연으로 인해 가능한 일이었다.

　"호수는 하나의 경관 속에서 가장 아름답고 표정이 풍부한 지형이다. 그것은 대지의 눈이다. 그 눈을 들여다보면서 사람은 자기 본성의 깊이를 잰다. 호숫가를 따라 자라는 나무들은 눈의 가장자리에 난 가냘픈 속눈썹이며, 그 주위에 있는 우거진 숲과 낭떠러지들은 굵직한 눈썹이라고 할 수 있으리라."

　『미국의 송어낚시』나 『월든』이 자연과 조화를 이룬 삶의 중요성을 지성의 충격에 호소한다면 감성적으로 미국의 목가주의를 구현한 작품으로는 영화 〈흐르는 강물처럼A River Runs Through It〉(1992)을 꼽을 수 있다. 배우 로버트 레드포드Robert Redford의 감독 데뷔작으로 호평을 받은 이 영화는 『미국의 송어낚시』보다 훨씬 서정적으로 송어낚시가 미국인들에게 주는 정신적 의미를 전달한다.

　1900년대 초, 스코틀랜드 출신 장로교 목사인 리버런드 매클레인(톰 스커릿Tom Skerritt 분)은 두 아들 노먼(크레이그 셰퍼Craig Sheffer 분)과 폴(브래드 피트Brad Pitt 분), 부인(브렌다 블레신Brenda Anne Bottle 분)과 함께 몬태나주 강가의 교회에 살면서 낚시를 종교처럼 소중하게 생각하고 즐긴다. 송어를 낚는 제물낚시꾼인 그는 두 아들에게 공부를 가르치는 틈틈이 낚시하는 법을 가르친다.

　신중하고 지적인 노먼과 자유분방한 폴은 형제애가 깊으면서도 경쟁적인 관계로 자란다. 어느덧 노먼은 동부의 대학에 들어가 문학을 공부하고, 폴은 고향에 남아 신문기자가 된다. 노먼이 집으로 돌아왔을 때 폴의 송어낚시 솜씨는 거의 예술의 경지에 가 있다. 고향에서 제시라는 여성을 만나 사랑이 무르익던 무렵에 노먼은 시카고 대학의 문학교수로 채용됐다는 기쁜 소식을 듣는다. 그러나 포커를 즐기던 폴이 갑자기 길에서 폭행을 당해 사망하자 가족들은 깊은 상실감에 빠진다. 이 상처를 간직한 아버지는 "완전히 이해할 수는 없어도 완전히 사랑할 수는 있다"는 설교

〈흐르는 강물처럼〉에서 브래드 피트가 연기한 폴의 캐릭터는 짧은 역사 속에서 청교도 특유의 높은 도덕적 이상주의와 이에 모순되는 팽창주의(인디언 학살, 흑인노예제)라는 극단적 양면성에 이끌려 온 미국을 상징한다. 폴의 갑작스런 죽음은 이런 두 가지 사이에서 터져 나오는 파열의 상징이다. 사진 오른쪽은 플라잉 낚시의 광경이 인상적인 영화 〈흐르는 강물처럼〉의 포스터.

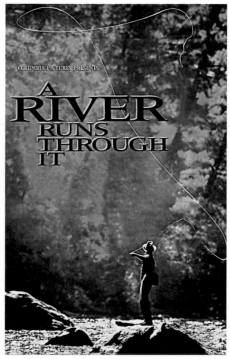

를 마지막으로 목사직을 은퇴한다. 세월은 강물처럼 흘러가고 노인이 된 노먼은 강가에서 자기 가족이 강과 낚시와 더불어 살아 온 과거를 되새기며 상념에 젖는다.

영화 속의 젊은 브래드 피트는 금발과 푸른 눈, 싱그러운 미소를 지닌 미국의 아이돌이다. 젊은 로버트 레드퍼드를 그대로 닮은 그는 완벽한 삶을 가장하면서도 내면의 공황을 견디지 못해 자폭하는 청춘을 연기한다. 그런 폴의 캐릭터는 짧은 역사 속에서 청교도 특유의 높은 도덕적 이상주의와 이에 모순되는 팽창주의(인디언 학살, 흑인노예제)라는 극단적 양면성에 이끌려 온 미국을 상징한다. 그의 갑작스런 죽음은 이런 두 가지 사이에서 터져 나오는 파열의 상징이다.

『월든』이나 〈흐르는 강물처럼〉이 보여 주는 목가주의는 오늘날 환경주의자들 사이에서도 비현실적이란 비판을 받는다. 그럼에도 이런 목가주의적 전통은 미국을 지탱해 온 건강성의 한 축이다. 강을 보존하자는 주장을 단순히 비현실적이고 낭만적인 목가주의로만 치부할 수 있을까. 강의 흐름을 경제와 과학의 이름으로 바꿔 놓을 수 있다는 생각이 얼마나 큰 희생을 초래할 지에 대한 두려움이 필요하다. 갈수기에도 항상 일정량의 물이 흐르는 거대한 어항인 청계천의 전국적인 확장이라는 신화는 『미국의 송어낚시』의 결말인 클리블랜드 폐선장의 디스토피아를 자꾸만 떠올리게 한다.

우리는 지금과 다른 세상을 꿈꾼다

은어낚시통신

제49호 품목의 경매

사람을 움직이는 힘은 결국 생물학적 본능

변화의 조짐은 매우 작은 단서로부터 시작된다. 베이징 나비의 날갯짓이 뉴욕에 태풍을 몰고 온다는 카오스이론의 비유처럼 새로움을 낳는 시도는 그리 거창하거나 미리 계획된 것이 아닐 수도 있다. 윤대녕의 단편 「은어낚시통신」(1994)은 나비의 날갯짓처럼 경쾌한 흐름 속에 적지 않은 변화의 조짐을 담은 작품이다. 신선하면서 시적인 문체로 '은어낚시모임'이라는 소외된 자들의 비밀조직을 그린 이 소설은 현실과 꿈을 넘나드는 듯한 환상성, 모든 체제의 억압을 거슬러 생명의 근원에 도달하고자 하는 생태학적 상상력을 선보여 높은 평판을 얻었다.

게오르그 루카치 Georg Lukács, 1885~1971 의 문학관에 의지해 문학세계를 일궈온 평론가 김윤식은 이 짧은 소설을 놓고 공산주의 붕괴 이후 자신의 가치관 혼란과 지향점의 상실을 보충해준 소설이라고 말하기도 했다. 그것은 모천회귀 본능을 가진 '은어'의 존재를 통해 사람을 움직이는 힘의 원천이 이성이나 의지가 아니라 생물학적인 본능에 있음을 보여주는 점 때문이다. 인간이 지고의 존재라고 생각해온 인본주의적 가치관은 윤대녕의 소설을 통해 '인간은 벌레다'라는 가치관으로 변화한다. 여기에는 생태주의, 포스트휴머니즘 같은 새로운 가치들이 들어 있다.

「은어낚시통신」의 화자이자 주인공인 '나'는 작품을 시작하면서 은어낚시와 자신의 얽힌 운명을 이렇게 소개한다.

은어낚시모임의 구성원들은 커티스의 사진 속 인디언들처럼 운명과도 같은 소외감을 향유한다. 사진은 커티스의 작품집 「호피인디언(hopi Indian)」 중 〈춤꾼들의 광경(Watching the Dancers)〉.

　"내가 태어나던 1964년 7월 12일에 아버지는 울진 왕피천에서 은어 낚시를 하고 있었다. 여름이 되면 그는 왕피천과 호산 기곡천, 그리고 양양에 있는 남대천으로 계류낚시를 즐기러 가곤 했다. 그리하여 그날 칠월의 무더위 속에서 어머니는 땀을 뻘뻘 흘리며 혼자서 나를 낳았던 것이다. 그날따라 조황이 좋았던지 아버지는 바구니 가득 은어를 채우고 집으로 돌아와서는 강보에 싸인 나를 내려다보고 말했다. 이놈이 크면 함께 은어낚시를 가야지. 나는 그 소리에 잠이 깨 마구 울어대기 시작했다."

　그런 서른 살의 나는 삶에 지쳐 있는 프리랜서 사진작가다. 예술사진으로 별다른 빛을 보지 못한 후 광고사진을 몇 년 하다가 그것도 지겨운 생각이 들던 차에 평소 안면이 있던 신문사 사람의 제안으로 전국의 낚시터를 안내하는 '길 따라 물 따라'라는 연재기사를 쓰면서 풍경사진으로 진로를 바꾸는 중이다.

　어느 날 저녁 나는 아파트 우편함에서 발신자가 '은어낚시통신'이라고 찍힌 편지를 발견한다. 그리고 맥주를 마시면서 알코올과 약물 중독으로 죽은 여가수 빌리 홀리데이Billie Holiday, 1915~1959의 노래를 듣던 밤 11시쯤, 한 낯선 여자로부터 전화를 받고 그것이 '은어낚시모임에서 보내는 초대장'임을 알게 된다. 봉투를 뜯자 거기에는 커티스Edward Sheriff Curtis, 1868~1952의 '호피인디언'이란 사진 작품을 복제 인쇄해서 만든 엽서가 있고, 뒷면에 나를 께름칙하게 만드는 문구가 쓰여 있다.

　"지난 여름 귀하께서 신문에 게재하신 은어낚시 기사가 우리들 중 한 사람으로 하여금 귀하를 우리 모임에 참석시키자는 제안을 하도록 했습니다. 귀하께서는 수년 전 한 여자와 만나고 또 헤어진 기억이 있으실 겁니다. 만일에 그 사람을 기억하시게 되고 더불어 만나고 싶으시다면 아래에 적힌 날짜와 시간에 지정된 장소로 나오시기 바랍니다. 저희는 암호를 교환하는 방식으로 만나고 있는 익명의 지하집단입니다. 은어는 우리가 사용하고 있는 문장(紋章)입니다."

새벽에 잠을 깬 나는 오래 전 어느 날 커티스의 사진집을 선물했던 모델 청미를 떠올린다. 광고사진을 찍던 시절, 아직 날씨가 쌀쌀한 초봄에 제주도 성산포에 수영복 사진을 찍으러 갔다가 그녀를 만났다. 두 사람에게 "바다는 차라리 사막처럼 건조해 보였다." 돈벌이로 광고사진을 찍던 나도 그렇거니와 청미는 억지미소를 지으면서 차가운 바닷물에 수없이 드나들었고 저녁이면 술시중까지 들었다.

늦은 밤 바닷가에서 우연히 만난 나와 청미는 삼척에서 포항까지의 바닷길과 은어낚시 이야기를 주고받으면서 "아무 뉘우침도 약속도 없이" 하나가 됐다. 서울에 온 뒤에도 형식적인 만남이 이어졌지만 청미는 나에게 "사막에서 사는 사람, 상처에 중독된 사람, 감정에 나약한 척하면서 사실은 무모하고 비정한 사람, 무서운 사람"이란 말을 남기고 떠났다.

'은어낚시모임'이 지정한 약속시간이 되자 나는 광화문의 카페 '텔레폰'으로 나간다. 그리고 같은 여자의 전화를 받고 세종문화회관 주차장에서 그녀의 빨간색 스포츠카에 탄 뒤 서대문, 공덕동 로터리, 서강대 앞을 지나서 홍대앞 어두운 카페촌의 좁은 골목으로 들어간다. 기묘한 드라이브를 하는 동안 카스테레오에서는 제인 버킨 Jane Mallory Birkin 의 〈예스터데이 예스터데이〉가 흘러나오고, 모임 구성원이 모두 64년 7월생 동갑내기임을 알려준 그녀는 "타임머신을 타고 그때로 회귀하는 중"이라고 말한다.

또 무명배우, 잡지기자, 대학강사, 화가, 건축가, 수련의, 언더그라운드 가수, 시인 등으로 구성된 자신들의 모임에 대해 말해준다.

"물론 그들은 겉으로는 아무 이상이 없는 사람들처럼 살아요. 하지만 역시 삶에 제대로 뿌리박지 못하는 사람들이죠. 아무튼 우리는 한두 달에 한번쯤 은밀히 모였다가 헤어지곤 해요. 어떻게 보면 두 겹의 삶을 살고 있는 사람들이죠. 현실적인 삶을 더 이상 용납할 수 없으니까. 그렇게는 살아지지 않으니까. 우리가 은어를 문장으로 한 것도 다른 뜻이 아녜요. 말하자면 우린 여기서 거듭나기 연습을 해요. 어떻게든 우리 방식으로 버티고 사는 법을 배운단 말이죠."

모임이 열리는 폐점 카페에서 나는 십여 명쯤 되는 64년 7월생들이 수십 개의 촛불을 켜놓은 채 술잔을 들고 누워 있거나, 반라가 되어 서로 껴안고 있거나, 기타를 치고 있거나, 책을 읽고 있거나, 커피를 마시고 있거나, 제각각 풀어져 있는 모습을 본다. 저마다 '피스'(peace), 피스라고 뇌까리는 그들의 웃음소리 사이로 풀잎 타는 냄새가 떠돌고 있다. 그곳에서 몇 년 만에 청미와 마주친 나는 "지금까지 내가 있어야 할 장소가 아닌, 아주 낯선 곳에서 존재하고 있었다는 생각이 차츰 들기 시작"한다. 그리고 "산란 중인 은어처럼 입을 벌리고 무섭게 몸을 떨고 있"는 그녀의 손을 잡고 "내 살아온 서른 해를 가만가만 벗어 던지며 내가 원래 존재했던 장소로, 지느러미를 끌고 천천히 거슬러 올라"간다.

이 소설은 민주화라는 목표를 상실한 1990년대 한국의 청춘들을 사로잡았던 작가 무라카미 하루키를 떠올리게 한다. 로큰롤, 술, 대마초, 섹스, 그리고 평화는 존 레넌^{John Lennon, 1940~1980}이 베트남전에 반대했던

1960년대 미국식이기도 하다. 언더그라운드 문화와 자연으로의 회귀에 대한 열망 역시 낯설지 않다. 작가는 이런 히피즘의 분위기를 양양의 남대천과 홍대앞 카페의 밤, 그리고 당시 새로운 소통방식으로 각광받던 PC통신에 빗댄 '은어낚시통신'이라는 제목 아래 묶어냄으로써 당시 문화적 변화의 기류를 포착한다.

파멸로 이끄는 에너지를 막는 힘

「은어낚시통신」을 보면서 떠올리게 되는 작품은 토마스 핀천^{Thomas Ruggles Pynchon}의 장편소설 『제49호 품목의 경매^{The Crying of Lot 49}』(1966)이다. 다소 난해한 포스트모더니즘 소설인 이 작품에서 에디파 무스라는 평범한 미국 중산층 주부는 유언장의 형태로 피어스 인버라리티라는 옛날 애인의 호출을 받고 자신이 몰랐던 이면의 세계를 탐구하는 정신적 여행을 떠난다. 1960년대 진보주의 문화의 중심이었던 버클리를 비롯해 캘리포니아 전역을 오가는 오디세이를 통해 그녀는 유럽과 미국의 역사를 수백년간 관통하면서 정부의 공식 우편제도와 별개의 지하 우편제도인 '트리스테로'를 운영해온 소외된 사람들의 존재를 알게 된다. 그리고 자신의 닫혀 있던 자아를 깨닫고 열역학 제2법칙인 '엔트로피 이론' 같은 과학지식을 끌어들여 점점 동질화하는 세계의 변화를 촉구한다.

터퍼웨어 파티에 다녀온 에디파에게 사망한 피어스의 변호사 메츠거로부터 공동 유산관리인으로 지정됐다는 편지가 온다. 에디파의 남편인

『제49호 품목의 경매』에서 주인공 에디파 무스의 심경을
대변하는 그림. 스페인 출신의 망명 화가 레메디오스 바
로(Remedios Varo, 1908~1963)가 그린 〈지구의 덮개를
수놓으며〉(1961)에서 원형 첨탑 꼭대기에 갇힌 연약한
소녀들이 짜는 태피스트리가 세상을 만들어낸다.

무초 마스는 중고자동차 영업을 하다가 혼란을 느끼고 'KCUF'(거꾸로 하
면 욕설이 된다)란 방송국의 DJ로 일한다. 자신의 삶에 대해 설명할 수 없
는 답답함을 느끼던 에디파는 피어스가 살았던 로스앤젤레스 근처 샌나
르시소로 떠나기에 앞서 자신이 첨탑에 갇힌 라푼첼이고, 자신을 새로운
세계로 데려다줄 피어스를 향해 금발의 긴 머리채를 내놓은 것 같은 느낌
을 갖는다.

샌나르시소에 도착한 에디파는 변호사 메츠거, 모텔 관리인인 마일스와 그가 참여하는 록그룹 파라노이스 멤버들을 만난다. 모텔방의 텔레비전에서는 메츠거가 베이비 이고르란 이름의 아역배우로 출연했던 영화가 나오는데 이때부터 현실과 환상의 경계는 모호해지기 시작한다. 샌나르시소는 피어스가 만들어내다시피 한 도시다. 그곳에는 그가 주식의 절반을 소유한 요요다인 항공우주회사와 필터공장 등이 있다. 여기에서 에디파는 피어스의 유산 내역을 추적하기 시작한다.

에디파가 예민해지기 시작한 것은 메츠거와 함께 스코프란 낯선 술집에 갔을 때부터다. 요요다인 직원인 듯한 사람들이 W.A.S.T.E.란 이름의 사설 우편제도를 통해 편지를 주고받는 것을 본 에디파는 그들의 문장(紋章)으로 사용되는 약음기가 달린 나팔을 발견한다. 이어 피어스가 개발사업을 벌였던 팬고소 호수에 간 에디파와 메츠거는 호수에서 건져낸 다량의 사람 뼈를 목격한다. 이들은 랜돌프 드리블레트란 사람이 연출한 '전령사의 비극'이라는 잔혹한 시대극을 보러가는데, 이 연극에는 일군의 경비병들이 살해돼 호수에 던져진 장면과 '트리스테로와 밀약을 맺은 사람들'이란 말이 나온다.

에디파는 트리스테로의 비밀이 자신을 첨탑에서 꺼내줄 것이란 기대를 갖고 이때부터 본격적인 추적을 시작한다. 연극의 원작인 화핑거 희곡집을 찾아내지만 원본에는 트리스테로란 말이 없다는 사실을 확인한다. 다시 찾아간 팬고소 호수의 안내판에는 "1853년 웰스 파고 앤 컴퍼니(우편회사) 직원 열두 명이 기이한 검은 제복을 입고 마스크를 쓴 약탈 무리와 용감하게 싸웠다"는 설명이 적혀있다. 에디파는 죽은 피어스가 남긴 우표를 관리해온 젱키스 코헨을 만나서 W.A.S.T.E.란 문구가 들어있는 우표의 존재와 1300년 무렵 유럽에서 생겨났다가 비스마르크Otto Eduard Leopold von Bismarck, 1815~1898에 의해 정부로 흡수된 민간 우편배달 조직인 툰과 탁시스, 그리고 위조우표의 역사에 대해 알게 된다. 매우 복잡한 과정을 거쳐 에디파가 알아낸 사실은 이렇다.

"트리스테로는 유럽에서 툰과 탁시스 우편제도와 대결했으며, 그 상징은 약음기가 달린 우편 나팔이다. 1853년 이전 미국에 등장했고, 검은 옷을 입은 무법자나 인디언으로 가장해서 포니 익스프레스, 웰스 파고 앤 컴퍼니 등의 공식 우편제도와 맞섰다. 지금은 기묘한 성적 취향을 지닌 사람들과 맥스웰의 수호정령의 존재를 믿는 발명가들 사이의 정보 소통 수단으로 캘리포니아에서 살아남아 있다."

팬고소 호수에서 발견된 뼈는 트리스테로의 우편배달부들의 것인지도 모른다. 그런데 '맥스웰의 수호정령'은 또 무엇인가. 술집 스코프에서 약음기가 달린 나팔을 그리던 요요다인의 엔지니어 스탠리 코텍스로부터 그것에 관해 들은 적이 있다. 스코틀랜드의 과학자 제임스 클러크 맥스웰James Clerk Maxwell, 1831~1879이 고안해낸 '맥스웰의 수호정령'은 열역학 제2법칙(엔트로피 이론)에 예외를 제공하는 것이다. 에너지의 변형과정에서 엔트로피(사용 불가능한 에너지의 양)가 늘어나면 그 체계가 파멸되지만, 맥스웰의 수호정령이라는 가상의 존재가 동질화(변형)를 막음으로써 파멸을 면한다는 것이다. 이것은 인간사회의 동질화에 대한 비판과 대안의 의미로 쓰인다.

　에디파의 여정이 계속되는 사이에 남편인 무초는 LSD에 빠지고, 공동 유산관리인 메츠거는 한 소녀와 눈이 맞아 도망치며, 에디파의 정신과 의사는 아예 미쳐버린다. 주변 남성들의 파멸과 달리 에디파는 피어스의 유산을 추적하는 가운데 모든 단서들이 트리스테로의 비밀을 전승하는 데로 모아지며 W.A.S.T.E.의 의미가 '우리는 고요한 트리스테로 제국을 기다린다'(We Await Silent Tristero's Empire)라는 것을 알게 된다. 그리고 유산처리를 위해 피어스의 수집 우표를 경매에 붙이기로 한 날, 제49호 품목으로 지정된 위조우표를 사러 오는 누군가를 기다리면서 소설은 끝이 난다.

　『제49호 품목의 경매』는 트리스테로의 역사를 좇는 추리소설이 아니다. 에디파의 정신세계에서 나타나는 미국 중산층의 불안감과 허위의식, 유럽과 미국의 주류 역사에서 무시되고 소외된 이들의 존재, 대안적 세계를 꿈꾸는 저항성 등이 작가가 드러내고자 했던 지점이다. 현실의 장막을 한겹 들춰내 숨겨진 세계의 비밀을 들여다보면서 생물학과 물리학의 용어를 빌려 기성사회를 비판적으로 바라보고자 한 점에서 이 작품은 시공간을 뛰어넘어 「은어낚시통신」과 공명한다.

가정파괴범에서 계급사회의 희생양으로

'하녀'의 모진 운명

 영화 전문가들 사이에서 유명했던 김기영 감독의 영화 〈하녀〉(1960)가 개봉 50년 만에 다시 주목을 받았다. 이 작품을 리메이크한 임상수 감독의 영화 〈하녀〉(2010) 덕분이다. 원작 영화에 대한 오마주 성격을 띤 〈하녀〉는 2010년 칸 영화제 경쟁부문 출품작으로 선정되기도 했다. 이 영화는 플롯과 긴장감에서 전작을 뛰어넘지 못한다는 평가를 받았지만 하녀라는 신분을 통해 한국사회의 변화를 확연히 느낄 수 있다는 점에서 관심을 끌었다. 봉건사회의 잔재가 남아있던 반세기 전만 해도 '하녀'는 그리 특별한 존재가 아니었다. 그러나 21세기에 등장한 하녀는 공식적으로 신분질서가 무너진 사회에 공고하게 자리잡은 계급 격차의 상징이다.

한편, 김기영의 〈하녀〉는 50년 만에 복원돼 말끔한 화질을 자랑하게 됐다. 한국영상자료원이 세계 각국의 훼손된 고전영화 복원을 지원하는 세계영화재단의 협조를 얻어 이 영화를 디지털 필름으로 재탄생시켰다.

김기영 감독의 영화 〈하녀〉. 동식에게 구애하는 경희를 엿보는 하녀의 표정이 그로테스크하다. 아래 사진은 중산층이 되는데 절대적인 기여를 하는 동식 처의 옷수선 작업실. 재봉틀에 의지하는 당시 주인집의 경제구조는 하녀에 의해 위협받을만큼 취약하다.

세계영화재단은 영화감독 마틴 스콜세지Martin Scorsese가 아르마니·카르티에 등 유명 기업의 협찬을 얻어 2007년에 설립했다. 복원된 〈하녀〉는 이미 한국을 대표하는 고전영화로 2008년 칸 영화제에서 선보였으며, 리메이크작 덕분에 국내에서 새로운 관객을 만나게 되는 행운까지 얻었다. 반세기의 시간차를 둔 두 편의 〈하녀〉를 보는 건 흥미로운 일이 아닐 수 없다.

그 녀 는 성 공 한 테 러 리 스 트 인 가

원작 〈하녀〉는 중산층의 단란한 가정을 파멸시키는 하녀의 이야기이다. 동식(김진규 분)은 방직공장 여공들의 합창부를 지도하는 음악 선생이다. 그는 자신을 짝사랑하는 선영이란 여공의 편지를 받고 이 사실을 사감에게 통보한다. 이로 인해 정직처분을 받은 선영은 공장을 그만둔 채 고향으로 내려간다. 동식 처(주증녀 분)는 남매를 키우면서 10년 동안 재봉틀을 돌려 번듯한 이층집을 마련했다. 무리한 부업으로 동식 처의 몸이

쇠약해지자 두 사람은 하녀를 두기로 한다. 선영의 친구인 여공 경희(엄앵
란 분)는 피아노를 배우러 동식의 집에 드나들다가 공장 기숙사의 식모를
하녀(이은심 분)로 소개한다.

새 집으로 이사한 뒤에도 일을 멈추지 않던 동식 처가 건강이 악화돼
친정에 다니러 간 사이에 고향으로 내려간 선영의 자살 소식이 전해진다.
함께 장례식에 참석한 경희는 동식의 집으로 돌아와 사랑을 고백했다가
모욕을 당하고 쫓겨난다. 이를 몰래 지켜보던 하녀는 동식을 유혹해 육체
관계를 맺는다. 친정에서 돌아온 동식 처는 임신한 상태이며, 하녀의 임신
사실도 곧 알려진다. 동식 처는 가정을 지키기 위해 하녀에게 계단에서 떨
어져 아이를 낙태할 것을 종용한다. 하녀는 이를 실행에 옮기지만 복수심
에 불타서 집안을 파멸시키려고 한다. 동식의 아들에게 쥐약을 탄 물을 마
시게 해 죽이고, 동식의 간통을 공장에 알리겠다고 협박해 동식이 자신의
침실에서 자도록 한다. 갓 출산한 동식 처에게 자기 밥상까지 차려오게 한
다. 하녀의 행패를 견디다 못한 동식은 함께 쥐약을 먹고 동반자살을 시도
하며 계단에서 죽어가는 하녀를 뿌리친 채 아내 곁에서 숨을 거둔다.

그런데 다소 억지스럽다고 여겨지던 이 모든 일이 주인공의 상상이
다. 작품 초입에서 신문을 읽고 있는 동식은 재봉틀을 돌리는 아내에게
가정부가 주인집 아들을 살해한 기사 내용을 들려주면서 하녀의 존재에
대해 이야기한다. "식사며 빨래며 외출에서 돌아왔을 때 맞이하는 일이며
절반은 하녀에게 맡긴다"는 그의 말은 집안에서의 비중에 걸맞게 중요한
위치를 차지하려는 하녀의 욕망을 암시한다.

결국 악몽 같은 상상 속의 이야기는 동식과 하녀의 죽음으로 파국을

맞는 지점에서 끝을 맺는다. 그러나 다시 현실로 돌아온 동식은 카메라를 응시하면서 관객에게 직접 말을 건다. "남자는 나이가 많을수록 젊은 여자를 놓고 생각하는 시간이 많아진다"며 이런 일은 누구에게나 일어날 수 있음을 경고한다.

김기영 감독의 〈하녀〉가 추앙받는 이유는 인간의 억압된 성적 본능과 뒤틀리고 왜곡된 심리 등을 풀어놓는 동시에 당대 사회현실을 가리키는 나침반 역할을 하기 때문이다. 심리주의, 마성(魔性)적 환상주의로 요약되는 이 작품은 한 중산층 가정을 배경으로 펼쳐지는 부조리한 하녀의 횡포를 통해 표피 아래 감춰진 불편한 진실을 드러낸다. 다소 불합리하다고 느껴지는 이야기 전개는 물질지상주의를 추구하는 사회적 관행이나 의식에 대한 비판으로 읽을 수 있다. 새집으로 이사한 동식의 아내는 "이렇게 좋은 집으로 이사하고 보니 아무것도 잃고 싶지 않아요"라고 말한다. 재산을 불리기 위한 그녀의 재봉질은 아들이 쥐약을 먹고 죽은 뒤에도, 남편이 하녀의 침실로 간 뒤에도, 심지어 남편이 하녀와 함께 죽어가는 순간에도 계속된다.

그들이 하녀에게 그렇게 끌려 다니는 이유 역시 하녀가 간통 사실을 공장에 알리면 합창부 지도라는 일자리를 잃게 되고 가난해질 것을 우려하기 때문이다. 주인 부부는 물론 자신을 소개한 여공 경희보다 더 낮은 계급에 속한 하녀는 육체라는 권력을 이용해 이런 중산층 가정을 위협하고 파멸로 이끈다. 동식의 중산층 가정은 그악스런 하녀에 휘둘릴 만큼 아직 그 토대가 미약하다.

〈하녀〉의 영화적 장치가 당대의 다른 한국영화와 비교할 때 이채로운 점도 이 영화가 오래 기억되는 요인이다. 새로 이사한 이층집 부엌에 쥐가 드나들고, 하녀가 입주하자마자 그 쥐를 때려잡는 장면이나 쥐약을 먹고 죽은 쥐의 시체를 치우는 장면 등은 식구들의 죽음을 암시한다. 가파른 계단과 계단 벽에 걸린 베토벤의 데드마스크, 동식이 치는 피아노 소리와 배경음악으로 등장하는 불협화음, 돌연한 장면 전환과 인물의 클로즈업, 유리문에 들이치는 장대비 등도 극적 긴장을 고조시킨다.

김기영은 〈하녀〉의 성공 이후 '하녀 시리즈'로 불리는 여러 편의 작품을 만들었다. 〈화녀〉(1971)와 〈화녀 '82〉는 〈하녀〉처럼 식모가 주인공이고, 〈충녀〉(1972)와 〈육식동물〉(1984)에서는 호스티스가 악녀(팜므 파탈) 역할을 맡는다. 〈충녀〉는 정신병원에 입원한 노교수가 다른 환자에게 들은 이야기를 전하는 형식으로 〈하녀〉처럼 액자구조를 취한다. 〈하녀〉 시리즈의 세부적인 이야기는 조금씩 다르지만 무능력한 주인 남자, 물욕이 강한 주인 여자, 이들 사이를 파고드는 악녀로서 식모나 호스티스 등 하위계급 여성이라는 삼각구도가 일관되게 유지된다. 주인 여자와 악녀는 점점 악독해지는 반면에 남자는 이해할 수 없으리만치 무능해진다. 〈육식동물〉에서 부동산 투기꾼인 부인에게 밀리는 출판사 사장인 남자는 기저귀를 차고 젖병을 빠는 모습으로 등장하기조차 한다. 그런데 감독 자신은 이 가운데 〈하녀〉만을 자신의 진짜 작품으로 치고 나머지는 돈 때문에 만든 아류작으로 여겼다.

김기영은 〈하녀〉 시리즈 외에 〈병사는 죽어서 말한다〉(1966)와 같은 전쟁영화와 〈이어도〉(1977) 등 문예영화도 만들었다. 그러나 어떤 장르이든지 성적 충동, 소유욕, 질투, 동반자살, 살인, 사도마조히즘 등 자신의 코드를 넣어서 '김기영표' 영화를 찍어냈다. 그의 이런 태도는 오랫동안 비평적인 관심을 받지 못했고, 〈육식동물〉 이후 작품활동도 중단됐다. 그의 '이상한' 영화들이 한국영화의 고전으로 불리게 된 것은 1990년대 중반 이후 한국영화의 급속한 발전과 관련이 있다. 뭔가 특별한 영화를 찾던 영화광들이 그의 영화에 주목하면서 인기를 새삼 얻기 시작했다. 1997년 제1회 부산국제영화제에서 '김기영 회고전'이 열렸고, '한국영화계 최초로 재발견된 감독'으로서 한국영화의 세계화 바람을 타고 곧 해외영화제의 단골손님이 됐다.

1922년생으로 서울대 치과대학을 졸업한 뒤 의사의 길을 포기하고 일찌감치 영화계에 뛰어든 김기영은 1955년부터 30년 동안 34편의 영화를 만들었다. 그는 유현목1925~2009, 신상옥1926~2006, 김수용, 이만희1931~1975와 더불어 1960년대를 대표하는 감독이기는 하지만, 한창 활동하던 시대에는 제대로 대접받지 못하고 항상 경제적으로 궁핍해 치과의사인 부인에게 기대어 살았다. 회고전이 열린 뒤 그는 다시 영화를 만들겠다는 의지를 불태웠다. 그러나 이듬해인 1998년 집에서 원인 모를 화재가 일어나 부인과 함께 사망하면서 신화의 반열에 올랐다. 후배 감독들은 그가 다시 잊혀지는 것을 우려해 2007년 〈감독들, 김기영을 말하다〉란 다큐멘터리를 만들었다. 김홍준 감독이 만든 이 다큐멘터리에서 봉준호, 류승완, 장준환, 송일곤 등 22명의 후배 감독들은 이 특별한 선배의 삶과 영화에 오마주를 바친다.

파괴자와 피해자의 모호해진 경계

　김기영 추모의 절정이 임상수의 영화 〈하녀〉임은 말할 것도 없다. 21세기판 〈하녀〉는 어느 부분에서 원작의 취지를 십분 살렸지만 어느 부분에서는 전혀 다른 작품이 됐다. 가장 큰 차이라면 더 이상 하녀가 자신의 육체와 임신을 담보로 해서 주인의 가정을 파멸시킬 수 없으며, 강고한 계급사회에서 철저히 유린당하는 희생양이 된다는 점이다. 원작 〈하녀〉 역시 중산층의 공포가 끔찍한 상상에 그칠 뿐 현실이 되지는 않지만 새로운 〈하녀〉는 전작에 비해 위협의 정도가 훨씬 덜하다.

　복잡한 시대의 식당에서 일하는 은이(전도연 분)는 한 여자가 고층건물에서 떨어져 자살하는 장면을 보고 그곳을 떠나 부잣집 가정부로 들어가기로 한다. 그 집의 늙은 하녀인 병식(윤여정 분)은 안주인 해라(서우 분)가 조만간 쌍둥이를 낳게 되자 은이에게 보모 역할을 맡길 요량으로 면접을 한 뒤 그녀를 집에 들인다. 그 집에는 나미라는 딸이 하나 있다.

　그로테스크한 홈드라마의 배경인 이 영화의 세트는 재벌가를 연상시킨다. 깔끔한 대리석 바닥과 벽난로, 고급스런 욕조, 휘황찬란한 샹들리에는 하녀들의 검은색 유니폼과 어울려 귀족스런 분위기를 자아낸다. 1960년대에는 웬만한 집에서도 시골에서 상경한 젊은 여성을 하녀로 쓸 수 있었지만 오늘날 주인에게 종속된 하녀의 존재가 가능한 집은 재벌가라는 점이 주인집을 더욱 상류층으로 올려놓았다. 그러나 원작과 동일하게 이층집에다 극 전개에 중요한 역할을 하는 계단이 가운데 놓여 있고 1층은 여주인의 공간, 2층은 하녀의 공간으로 나뉘어져 있다.

임상수 감독의 영화 〈하녀〉. 깔끔한 대리석 바닥과 벽난로, 휘황찬란한 샹들리에가 인상적인 영화 속 주인집 거실 1층은 여주인의 공간이다. 하녀의 숙소는 2층에 있다. 영화는 갈수록 공고해지는 계급구조의 현실을 화려한 인테리어와 분리된 공간을 통해 보여준다.

　　은이는 가족여행에 따라갔다가 임신한 아내와의 섹스에 만족하지 못한 주인집 남자 훈(이정재 분)과 잠자리를 함께한다. 경험에서 우러나온 예민한 감각으로 두 사람의 관계를 알게 된 병식은 은이 자신도 깨닫지 못하는 임신 사실을 눈치 채고 훈의 장모(박지영 분)에게 알린다. 아이가 태어나는 걸 우려한 장모는 은이에게 샹들리에 청소를 시킨 뒤 일부러 사다리를 밀어서 떨어뜨리지만 유산에 실패하고 오히려 임신 사실만 탄로나게 된다. 아이를 낳겠다고 주장하는 은이에게 안주인 해라는 몰래 유산을 유도하는 한약을 먹도록 만든다.

　　놀라운 것은 주인 남자의 적반하장식 반응이다. 그는 김기영 감독의 남자 주인공처럼 무능력한 모습이 아니다. 도리어 장모에게 "당신 딸이 낳아야만 내 자식이냐"면서 큰소리를 친다. 아이를 잃고 주인집에서 쫓겨난 은이는 복수를 결심한다. 그리고 병식의 도움을 받아 집 안에 들어온 뒤 주인집 가족들이 보는 앞에서 샹들리에에 목을 매고 이어 분신을 해서 장렬하게 산화한다. 전등을 향해 달려드는 불나방의 모습으로 죽음을 맞이한 것이다.

이 영화에서 하녀의 순수한 모습과 무력한 저항은 원작과 달리 스릴과 서스펜스를 느낄 수 없도록 만드는 요소가 된다. 그 대신 병식의 변모가 주는 재미가 있다. 집안에 하녀를 데려오는 병식은 원작에서 동식에 대해 애정과 증오라는 이중 감정을 지닌 경희의 역할에 해당한다. 동식에게 애정을 품은 경희는 선영을 부추겨 연애편지를 보내도록 했으며, 나중에 사랑 고백을 했다가 거부당한다. 병식은 하녀 역할을 '아더매치'(아니꼽고 더럽고 매스껍고 치사한)로 표현한다. 그녀의 아들은 검사로 임용됐지만 이러한 일쯤은 대단한 주인집에서 의례적인 축사인사와 함께 돈 봉투를 건네면서 지나가는 가십거리에 불과하다. 병식은 처음에 은이의 임신을 장모에게 알리는 악역을 맡지만 점차 은이의 처지에 공감하고 그녀를 도와준 뒤 결국 은이의 자살 직전에 집을 떠난다. 그럼에도 그녀는 체제 순응형 방관자 이상은 되지 못한다.

원작이 집안을 파멸시키는 악녀로서 하녀의 존재를 부각시키고 그녀의 내적 동기나 배경을 생략한데 비해 리메이크 작품은 공고한 계급구조로 눈을 돌린다. 은이의 허벅지에 난 커다란 화상 자국은 선명한 하층계급의 상징이며, 그녀가 주인 남자와의 관계에서 순수한 기쁨을 느끼거나 그의 딸 나미를 진정으로 사랑하는 장면은 지배계급의 부도덕성이나 무감각과 대비되는 인간적 면모로 그려진다. 은이가 자살하는 순간 소화용 스프링클러가 바로 작동할 만큼 주인 가족들의 보호막은 확실하다. 하녀의 죽음 앞에서 황급히 집을 빠져나간 이들은 그 악몽을 잊기 위해 미국으로 가 그곳에서 일상을 이어간다. 결국 갈수록 비인간화하고 무뎌지는 감성만이 그들이 감당해야 할 몫으로 남는다.

　리메이크한 〈하녀〉에서 감독이 보여주고자 의도했던 견고한 계급구조는 우리사회를 그대로 반영한다. 거실의 샹들리에이든 건설현장의 크레인이든 하층계급은 막다른 지점으로 기어오르는 일을 거듭하고 있고, 지배계급은 떨어지는 자들로 인해 혹여나 자신들의 견고한 대리석 바닥과 높은 평판이 상처날까봐 노심초사 한다. 소외되고 보이지 않는 사람들의 몸부림에도 세상은 아무 일 없다는 듯이 여전히 고요하기만 하다.

정치적 올바름을 향해 진화하다

디즈니의 아홉 공주들

 월트 디즈니사는 지금까지 9명의 공주를 탄생시켰다. 1937년 〈백설공주와 일곱 난장이Snow White and the Seven Dwarfs〉에 등장한 백설공주를 시작으로 〈신데렐라Cinderella〉(1950)의 신데렐라, 〈잠자는 숲 속의 공주Sleeping Beauty〉(1959)의 오로라, 〈인어공주The Little Mermaid〉(1989)의 에리엘, 〈미녀와 야수Beauty and the Beast〉(1991)의 벨, 〈알라딘Aladin〉의 자스민(1992), 〈포카혼타스Pocahontas〉(1995)의 포카혼타스, 〈뮬란Mulan〉(1998)의 뮬란, 그리고 〈공주와 개구리The Princess and the Frog〉(2009)의 티아나가 그 주인공들이다.

'공주'란 신분만을 뜻하지는 않는다. 백설공주나 오로라, 에리엘, 자스민은 원래 공주로 태어났지만 나머지는 왕자 혹은 자신을 행복하게 해줄 강한 남자와 결혼함으로써 후천적으로 공주가 되거나 공주처럼 행복한 삶을 살게 된다. 아름다운 그녀들은 각자 다른 종류의 고난을 겪고 다양한 방법으로 이를 극복하는 과정에서 착하고 친절한 마음과 희망을 버

리지 않는다. 그리고 그들 앞에 '짠~' 하고 왕자가 나타나면 행복은 눈앞에 성큼 다가오는 것이다.

  디즈니사는 공주를 주인공으로 한 작품 외에도 40편의 애니메이션을 더 만들었으나 이 회사 수입의 많은 부분은 공주들이 벌어들였다. 영화 상영으로 인한 수입뿐 아니라 다양한 캐릭터 상품으로 만들어져 어린 소녀로부터 그 소녀의 어머니까지 전 세계 많은 여성들의 눈길을 사로잡았다. 월트 디즈니가 직접 설계한 플로리다 올랜도 디즈니랜드의 폐장 행사에서 화려하게 피날레를 장식하는 공주들의 퍼레이드는 디즈니가 얼마나 공주들을 자신의 소중한 자산으로 여기는지를 보여준다.

© Walt Disney

디즈니 최초의 흑인공주는 '알파 걸'

그런데 맏언니인 백설공주와 막내 티아나 사이에는 72년의 세월만큼이나 큰 세대 차이가 있다. 디즈니가 만든 첫 극장용 애니메이션이었던 〈백설공주와 일곱 난장이〉는 〈전함 포템킨The Battkeship Potemkin〉을 통해 몽타주 기법을 확립한 에이젠슈타인Sergei M Eigenstein, 1898~1948마저 '영화 역사상 가장 훌륭한 작품'이라고 추켜세웠던 걸작이다. 그럼에도 계모의 미움을 받고 숲으로 몸을 피한 뒤 난장이들의 집안일을 보살펴주면서 변장한 계모가 건네주는 독이 든 사과를 세 번이나 받아먹을 만큼 순진무구한 백설공주는 현대 여성관객의 시각으로 볼 때 불편하기 짝이 없다. 그에 비해 티아나는 인종·젠더·계급 문제에 걸쳐 20세기 인권운동이 추구해온 '정치적 올바름'을 축약해놓은 인물이라고 볼 수 있다.

〈공주와 개구리〉의 배경은 1920년대 미국 뉴올리언스다. 흑인 요리사인 아버지와 재봉사인 어머니 사이에서 태어난 티아나는 어렸을 때부터 요리하기를 좋아한다. 아버지는 흑인 전통음식인 '검보'를 만들어서 동네 사람들을 초대한다. 항상 열심히 일했던 아버지의 꿈은 자신의 식당을 차리는 것이었으나 아무리 일해도 그는 식당을 갖지 못한다. 아버지의 꿈을 이어받은 티아나는 식당의 여종업원으로 열심히 일한다. 그녀에게는 어린 시절부터 친하게 지냈던 샬롯이란 부자 백인 친구가 있다. 티아나가 사는 도시에 말도니아의 왕자 나딘이 나타나자 샬롯은 그와 결혼하기 위해 안달한다.

아무리 돈을 모아도 식당을 차릴 수 없다는 절망에 빠진 날, 티아나 앞

© Walt Disney

에 개구리가 나타나 키스를 요구한다. 이미 '공주와 개구리' 이야기를 알고 있는 티아나는 왕자로부터 돈을 빌릴 수 있다는 기대 때문에 키스를 한다. 그러나 개구리가 왕자로 바뀌기는커녕, 티아나가 개구리로 변한다. 알고 보니 샬롯 아버지의 재산을 가로채고 싶었던 부두 마법사 닥터 파실리에가 왕자의 시종을 왕자로 만들고, 왕자를 개구리로 만들었던 것이다. 더구나 개구리로 변한 왕자는 춤추고 노래하는 것만 좋아할 뿐 무일푼이어서 샬롯과의 결혼으로 한몫 잡기를 노리고 있다. 개구리가 된 나딘과 티아나는 할 수 없이 착한 부두 마법사인 마마 오디에게 도움을 청하기 위해 길을 떠난다.

디즈니가 '최초의 흑인공주'로 내세운 티아나는 1920년대 뉴올리언스보다는 21세기의 분위기에 걸맞는 여성이다. 아버지의 사랑과 기대를 한 몸에 받고 그의 꿈을 승계한 티아나는 누가 보더라도 전형적인 '알파걸'이다. 그는 성실하고 씩씩하고 총명하고 독립적이며 자신의 꿈을 향해 한 치의 타협도 없이 앞으로 나아간다. 더구나 당시는 세계 대공황이 닥치기 전, 경제적인 번영과 쾌락에의 탐닉이 공존한 재즈 에이지였다. 뉴올리언스에 흑인 밴드가 결성되고 금주법 시대의 밀주가 범람하면서 흥청망청하던 시절이다.

나딘 왕자 역시 기존의 왕자가 아니다. 그는 왕자라는 신분만 있을 뿐 돈이 없다. 열심히 연애하고 놀다보니 파산 직전이다. 연약하고 위험에 처한 여성을 구해주는 구원자이기는커녕, 샬롯이란 대자본가의 딸과의 결혼을 통해 한몫 잡아보려는 생각을 하고 있다. 개구리가 되어 모험을 하면서 티아나와 사랑에 빠진 나딘은 돈을 노린 정략결혼을 포기하는 대신 티아나와의 결혼에 이른다. 그리고 이후에도 여전히 티아나가 사장인 레스토랑에서 재즈 밴드를 이끄는 부수적인 역할을 한다. 왕자이면서도 아내의 능력에 기대서 살아가는 '셔터맨'이다.

이처럼 〈공주와 개구리〉는 인종·젠더·계급 등 민감한 정치적 의제를 적절히 버무려 놓았다. 인종적으로는 미국사회의 주류인 백인남성과 대척점에 있는 흑인여성을 매력적인 주인공으로 내세웠고, 젠더의 문제에서는 남녀의 역할을 뒤바꿈으로써 능동적인 여성, 수동적인 남성이라는 구도를 만들어냈다. 계급적 한계에 대한 인식도 두드러진다. 흑인 노동계급인 티아나의 아버지는 아무리 열심히 일해도 식당주인이라는 쁘띠 부르주아지(Petit Bourgeois, 중간계급)의 위치에 이르지 못한다. 티아나 역시 마법이 아닌, 정상적인 방법으로는 꿈을 이루는 것이 불가능했다. 한편, 자본가인 샬롯의 아버지는 왕자가 사위되기를 청할 만큼 우위에 있다. 샬롯과 티아나의 우정 역시 '여성의 적은 여성'이라는 관념을 뒤엎는다. 샬롯은 식당종업원인 티아나를 어렸을 때처럼 격의없이 대하며 나딘이 티아나와 결혼하는 상황을 즐겁게 받아들인다. 도무지 정치적 잣대를 들어 비판할 구석이 없어 보인다.

누가 그녀들에게 돌을 던지는가

강박에 가까운 티아나의 인물 설정은 디즈니 공주들이 겪은 '굴욕'의 역사와 관련이 있다. 디즈니 공주들은 매력적이지만 늘 신랄한 비판에 노출돼 왔다. 백설공주와 신데렐라, 오로라 등 1세대에 속하는 공주들은 당대 소녀들의 로망이었을망정 두고두고 욕을 먹었다. 그들의 좋은 시절은 1950년대에 끝이 났다. 페미니즘과 흑인 인권운동이 활발해진 1960년대에 오면서 이들은 심각한 도전에 직면했다. 왜 백인인가, 왜 예쁘고 착하고 순진한가, 왜 수동적으로 왕자가 오기만을 기다리는가, 왜 결혼이 모든 이야기의 결말인가. 이런 질문들이 디즈니를 괴롭혔다. 철저한 반공주의자였던 월트 디즈니가 노동조합의 결성을 막고 매카시즘의 분위기를 주동했다는 원죄도 작용해 더욱 비판의 대상이 됐을 것이다.

디즈니 공주들에 대한 신랄한 비판은 드림웍스에서 만든 애니메이션 〈슈렉Shurek〉(2001)에서 찾아볼 수 있다. 초록괴물 슈렉의 파트너인 피오나 공주는 슈렉의 도움에 기대지 않고 스스로 첨탑에서 내려온다. 그녀는 밥을 짓기 위해 나뭇가지를 분지르고 뱀을 입으로 불어 풍선을 만든다. 슈렉에 대한 자신의 감정에 충실해 고뇌하는 모습을 보인다. 동화처럼 야수가 미남으로 변하지 않을 것을 알면서 그녀는 기꺼이 야수와 결혼하는 미녀가 되기로 결심한다. (결과적으로 자신도 미녀가 아닌 것으로 밝혀지기는 했지만) 슈렉과 피오나 공주의 결혼식 장면에서 디즈니 공주들이 미인대회 장면을 연출하고, 신데렐라와 백설공주가 서로 싸우는 장면은 기존 공주들에 대한 시니컬한 시선의 절정을 이룬다.

그러나 디즈니가 정치적 비판에 대해 손을 놓고 있었던 것은 아니다. 〈잠자는 숲 속의 공주〉 이후 30년 만에 만들어진 〈인어공주〉는 침체된 디즈니에 활기를 불어넣는다. 안데르센Hans Christian Andersen, 1805~1875의 원작이 가진 처연하면서 비관적인 분위기를 벗어버린 주인공 에리엘은 쾌활하고 적극적이며 귀염성 있는 소녀로 자신이 좋아하는 왕자의 사랑을 얻기 위해 고군분투한다. 에리엘의 주변에는 가재 세바스찬을 비롯한 많은 바다 친구들이 있다. 이들이 왕자를 찾아 뭍으로 가려는 인어공주를 붙잡기 위해 〈언더 더 씨Under the Sea〉를 부르거나 왕자와 키스를 재촉하면서 〈키스 더 걸Kiss the Girl〉 등을 부를 때면, 에리엘은 어느덧 브로드웨이 최고의 뮤지컬 여배우가 되어 관객을 향해 또 다른 매력을 발산한다.

에리엘의 경쾌한 모습은 미야자키 하야오Miyazaki Hayao의 〈벼랑 위의 포뇨Ponyo on the Cliff〉(2008)에 영감을 준 게 분명하다. 인어공주의 모티브를 도

© Walt Disney

| 〈벼랑 위의 포뇨〉는 〈인어공주〉를 모티브로 삼았다.

입한 이 작품에서 포뇨는 에리엘보다 훨씬 어린 여섯 살 남짓의 순진한
여자아이다. 포뇨의 아버지는 엉뚱한 과학자로 인간의 탐욕이 오염시킨
바다에서 순수한 물을 추출해 포뇨와 자매들을 만들었다. 그러나 육지의
삶이 궁금했던 포뇨는 우연히 소스케란 남자아이를 만나게 되고, 벼랑 위
에 있는 그의 집에서 즐거운 하루를 지낸 뒤 다시 육지로 가기 위해 발버
둥 친다. 미야자키는 바다를 떠나려는 포뇨와 포뇨를 잡으려는 아버지의
갈등을 마을에 들이닥친 해일로 표현해 일본 문화 특유의 물활론(物活論)
적 사고를 선보였다. 해일은 소스케의 엄마가 일하는 노인요양원을 휩쓸
고 선장인 소스케의 아빠를 위험에 빠트린다. 그러나 포용력이 큰 바다의
여신인 포뇨의 엄마가 나타나면서 포뇨 아빠의 분노는 가라앉고 세상은
다시 평온을 되찾는다. 포뇨가 소스케와의 뽀뽀에 성공한 것은 물론이다.
　한편, 디즈니가 1990년대에 유색인종으로 탄생시킨 자스민이나 포카

© Walt Disney

| 디즈니의 유색인 공주들. 왼쪽부터 자스민, 포카혼타스, 뮬란.

혼타스, 뮬란은 전통적인 백인 미녀의 테두리를 벗어난다는 점에서 새로운 획을 긋는다. 알라딘과 결혼하는 자스민은 아랍의 공주이고, 포카혼타스는 17세기 신대륙에 착륙한 선한 백인남성과 사랑에 빠지는 인디언 추장의 딸, 뮬란은 아버지 대신 전장에 나가서 용의 도움을 받아 적을 물리치는 중국의 여전사다. 이 가운데 주인공 알라딘의 파트너인 자스민에 대해서는 아랍 전통에 비해 노출이 심한 옷을 입었다는 등의 비판이 가해졌다. 이에 비해 포카혼타스나 뮬란은 스스로의 운명을 결정하고 개척하는 용기있는 유색여성이라는 아우라가 씌워졌으나 세계의 전통문화가 백화점 식으로 나열되는 다문화주의 시대에 맞춘 기획상품이란 비판도 제기됐다. 무엇보다 포카혼타스와 뮬란은 충분히 비판받을 만큼 주목받지도 못했다.

기존의 8공주에 이어 새로운 멤버로 영입된 아홉 번째 공주인 티아나는 과연 연착륙할 수 있을까. 스크린 속의 그녀는 충분히 매력적이다. 티아나의 아버지는 흑인대통령 오바마 Barack Obama 를 연상시키고, 그녀의 어머니는 명백하게 오프라 윈프리 Oprah Winfrey 다. 윈프리는 작품 전반을 자문했으며 티아나의 어머니 유도라의 목소리 연기로 직접 참여해 흑인 소녀들의 멘토 역할을 했다. 그러나 이렇게 좌고우면하면서 인종문제에서 진보적인 입장을 취한 〈공주와 개구리〉에 대해서도 악담은 끊이지 않았다. 「뉴욕타임스」 등의 매체를 통해 개봉 이전 예고편만 공개된 상태에서부터 수많은 비판이 쏟아져 나왔다. 왜 티아나는 대부분 상영시간을 개구리로 지내고 흑인여성으로 나오는 시간은 길지 않은가. 왜 나딘 왕자의 피부는 완전히 까맣지 않은가. 왜 흑인문화를 부두교, 재즈, 검보로 전형화 시키는가. 흑인문화를 존중한다면서 이런 전형을 퍼트리는 것이야말로 정말 위험하지 않은가.

대개 일리가 있는 지적이다. 그러나 세계 애니메이션에서 차지하는 강력한 영향력 때문에 항상 방어적 입장에 놓인 디즈니로서는 이렇게 말할 수 있겠다. "그렇다면 어떻게 만들어야 하나요?" 70년에 걸친 디즈니 공주의 역사는 여전히 만만찮은 숙제를 남기고 있다.

한 여자와 두 남자의 사랑 방정식

결혼은, 미친 짓이다

아내가 결혼했다

"여자에게 있어서 결혼은 하나의 레테(망각의 강)다. 우리는 그 강물을 마심으로써 강 이편의 사랑을 잊고, 강 건너의 새로운 사랑을 맞아야 한다. 죽음이 찾아올 때까지 오직 그 새로운 사랑만으로 남은 삶을, 그 꿈과 기억들을 채워야 한다."

이문열의 연애소설 『레테의 연가』(1983)는 이런 구절로 시작한다. 드물게 쓴 연애소설에서 작가는 결혼을 앞둔 여성에게 과거와의 단절이라는 의무를 부과한다. 소설 속에서 잡지사 여기자인 희원은 우연히 옛 교사시절의 동료이자 화백인 민승우를 만나서 사랑에 빠진다. 그러나 10살 이상 연상인 유부남과의 사랑이 순탄할 리 없다. 심한 가슴앓이를 하던 끝에 승우는 희원을 자신에게서 떼어놓기 위해 파리로 떠날 결심을 한다. 희원은 안타까운 마음으로 매달리지만 승우는 그녀의 순결을 지켜주는 것으로 지고지순한 사랑을 표현한다.

다른 남자와의 결혼을 앞둔 희원은 "그 (레테의) 강가에서 나를 건너줄 사공을 기다리고 있으며" "강 이편의 그 무엇에도 연연함이 없이" "홀가분한 출발을 위해 지난 세월과 마주하고" 서 있다. 작가는 "지성이나 문화의 탈을 쓴 채 갖가지 형태의 성적 부패를 부추기는 주장들이 무성한 시대의 억균제"(머리말)로서 이 소설을 썼다고 한다. 육체적 순결, 결혼생활의 성실성은 그가 지키고자 하는 가치의 보루였다.

결혼이란 그 자체가 '간통미수죄'다?

사랑과 결혼을 둘러싼 이데올로기는 우리 사회의 변화 속도만큼이나 빠르게 달라졌다. 세기말에 나온 이만교의 소설 『결혼은, 미친 짓이다』(2000)는 대담하면서 다소 과장되게 세태의 변화를 그렸다. 결혼이 '레테'가 아니라 '미친 짓'이 된 이유는 더 이상 어떤 억균제로도 욕망의 감염을 막을 수 없기 때문이다. 물질적 풍요, 정치적 자유 속에서 쾌락을 향한 세속적 추구는 도덕이나 관습의 심리적 제재를 훌쩍 넘어선다.

대학 시간강사인 '나'는 친구의 결혼식 사회를 봐주는 대가로 신부의 친구인 '그녀'를 소개 받는다. 대학 교문 앞에서 신문을 말아 쥐고 서 있기로 했는데 옆에 똑같은 포즈의 한 남자가 서 있다. 약속 시간이 한참 지나서 나타난 그녀와 나는 정해진 순서대로 영화를 보고 스테이크를 먹은 다음 차를 마신다. 그리고 전철이 끊어질 시간이 되자 자연스럽게 여관으로 들어간다. 익숙한 연인처럼 섹스를 한 그녀는 아까 신문을 말아 쥐고 기

소설 『결혼은, 미친 짓이다』를 원작으로 한 동명영화의 한 장면. 사랑이 신파와 포르노를 오가는, 그런 사회에서 "결혼이란 일종의 범죄이며 그 자체로 간통미수죄"라고 영화 속 주인공은 말한다.

다리던 또 다른 남자가 전날 밤 인터넷 채팅에서 만난 사람이며 둘을 비교해 보기 위해 같은 시간과 장소로 불러냈다고 말한다.

그녀는 결혼 상대로 다섯 명의 남자를 놓고 고민 중이다. 첫째는 다소 못생기고 시댁 식구들의 높은 콧대를 견뎌야하는 의사, 둘째는 보잘 것 없지만 귀여운 연하의 샐러리맨, 셋째는 일류대 출신에다 분양받은 아파트가 있으나 고지식한 샐러리맨, 넷째는 전원주택과 고상한 취미를 가진 편모 슬하의 연구원, 마지막으로 솔직하고 호남형이며 테크닉이 뛰어난 반면 기약 없이 셋방살이를 해야 할 것 같은 대학강사, 즉 주인공인 '나'다. 결국 그녀는 의사를 택한다.

그러나 결혼한 지 두어 달만에 그녀는 "나, 결혼한 것처럼 보여?"라고 물으면서 가족으로부터 독립한 나의 자취방에 나타난다. 그녀는 아침상을 차려주고 "다녀오세요"라고 인사한 다음에 오전에는 헬스나 승마, 그리고 오후에는 쇼핑을 하고 돌아와서 저녁상을 맛깔스럽게 차려놓는 게 하루 일과인 의사 부인이다. 그런 그녀는 아주 자연스럽게 나를 끌고 백화점과 마트를 돌아다니면서 필요한 물건을 알뜰살뜰 사들여 자취방에 또 하나의 신혼살림을 차린다. 이웃의 슈퍼마켓 아줌마와 비디오 가게 아저씨는 두 사람이 주말 부부인 줄 안다.

그녀의 이중생활을 '쿨'하게 받아들이는 것처럼 보였던 나의 불만은 식탁에서 나타난다. 그녀는 콩나물비빔밥을 만들지만 나는 라면을 끓여 먹는다. 그리고 "이 부질없는 연극을 끝내자"고 말한다. 그러나 그녀의 대답은 순진하리만치 솔직하다. "날이 갈수록 아무런 죄책감도 느껴지지가 않아. 그냥 언젠가 네가 말한 것처럼 두 개의 드라마에 겹치기 출연을 하고 있는 것 같을 뿐이야. 그래서 남들보다 약간 바쁘게 살아가는 듯한 느낌뿐이야."

격주로 찾아오던 그녀가 3주째 연락이 없다. 나는 그녀가 진짜 연인처럼, 신혼부부처럼 갖가지 포즈를 취하고 찍은 사진으로 만든 앨범을 보면서 자신들의 행위가 현실을 견디고 싶어하는 안간힘으로서의 '드라마 요법' 같은 것이었는지 모른다고 생각한다. 그 때 그녀일 지도 모를 초인종이 울린다.

『결혼은, 미친 짓이다』의 남녀 주인공이 보여주는 연애와 결혼은 냉소적이고 타산적이다. 냉소란 세상과 나 사이에 거리를 두는 것이다. 그래서 여자가 다섯 남자를 놓고 결혼 상대를 저울질하자 남자는 "일단 나를 비롯해서 가난한 자식들은 빼!"라고 하며, 그녀의 남편에 대해 일말의 질투도 느끼지 않는다. 여자는 철저히 타산적이다. 어차피 첫눈에 결혼상대가 아니라고 판단한 '나'와는 자유로운 섹스를 즐기지만 남편 앞에서는 정숙한 여성으로 행동한다. 그녀에게 결혼은 연인과의 만남을 중단해야 할 이유가 되지 못한다.

무엇이 이들을 여기까지 데려왔을까. 소설의 문체는 시종일관 '쿨'한 척 하면서도 뭔가 잘못됐다는 느낌을 떨쳐버리지 못한 채 '정상'을 벗어난 사회적 심리에 대해 설명을 덧붙이고자 한다. 그것은 소비사회가 현대인들에게 불어넣는 가짜 욕망이다. 사람들은 자신의 진짜 욕망이 뭔지 알지 못한 채 물질만능주의에 휘둘린다. 여기에다 미디어는 진짜가 가짜 같고 가짜가 더 진짜 같은 세상을 만들어낸다. 현실감을 잃은 사람들은 자신의 삶을 마치 연기하듯이 살아간다. 그 결과는 획일화. 각자 개성을 추구하는 것 같지만, 그것은 정교하게 주어진 메뉴에서 서로 다른 선택을 하는데 불과하다.

이 시대의 결혼은 이런 소비사회의 욕망의 연장선상에서 이뤄지는 일이다. 돈 많은 남자와 결혼해서 편안하게 사는 것은 지상과제다. 이것이 채워주지 못한 나머지 욕망은 가난한 애인과의 소꿉놀이 같은 살림에서 충족시킨다. 이런 이중성에는 아무런 내적 갈등이 없다. 분열된 정체성이 필요에 따라 연기하는 복수의 자아를 형성하기 때문이다. 사랑은 신과 포르노를 오간다. 이런 사회에서 결혼이란 남자 주인공의 말에 따르면 "일종의 범죄"이며 "그 자체로 간통미수죄"인 것이다.

폴리가미를 꿈꾸는 여인들

욕망이 속박을 벗어난 시대에 일부일처제 결혼이 성립하기 힘들다는 증거는 박현욱의 장편소설 『아내가 결혼했다』(2006)에서 명백하게 제시된다. 이 작품에서 아내는 한 남자와의 결혼생활에 만족하지 못해 다른 남자와 간통하는 '고전적' 범죄를 저지르지 않는다. 그녀는 남편의 이해를 구하고 다른 남자와 결혼해 중혼(重婚) 생활을 유지한다.

영업관리자인 '나'는 프로젝트 때문에 외부업체의 프리랜서 프로그

소설 『아내가 결혼했다』를 원작으로 한 동명영화의
한 장면. 이 작품에서 아내는 한 남자와의 결혼생활에
만족하지 못해 다른 남자와 간통하는 '고전적' 범죄를
저지르지 않는다. 그녀는 남편의 이해를 구하고 다른
남자와의 중혼(重婚) 생활을 유지한다.

래머인 그녀(인아)를 만난다. 레알 마드리드의 팬인 나는 그녀가 FC 바르
셀로나의 팬임을 알게 되고, 신나게 축구 이야기를 나누면서 가까워진다.
프로젝트가 끝난 날, 두 사람은 회식 자리에서 축구 이야기를 주고받다가
인아의 집까지 가게 된다.

　　나와 인아는 환상적인 연인이 된다. 그런데 인아가 때때로 연락이 되
지 않을 때마다 술자리에서 나를 자기 집으로 데려갔듯이 다른 남자와의
사이에도 똑같은 일이 벌어지지 않을까 하는 의심 때문에 고통을 느낀다.
그런 의심이 진짜로 밝혀지자 나는 결별을 선언한다. 그러나 곧 그녀에게
굴복하고 결혼에 골인한다.

아내로서 인아는 완벽한 여성이다. 알뜰하고 상냥하고 살림과 요리 솜씨도 뛰어나다. 술자리가 있는 날 연락이 안 되는 것만 뺀다면! 어느 날 아내는 경주에 1년짜리 프로젝트가 있어서 가야겠다고 나선다. 이번에도 나는 그녀의 고집을 꺾을 수 없다. 주말부부로서 반년간은 그럭저럭 행복했다. 그런데 아내가 폭탄선언을 한다. "나, 좋아하는 사람 생겼어." 그녀의 요구는 이혼해달라는 게 아니라 그 사람과 결혼하겠다는 것이다. 머독이라는 인류학자가 전 세계의 각기 다른 인간사회 238곳을 조사한 결과 일부일처제를 유일한 결혼 제도로 채택하고 강요하는 사회는 겨우 43곳 뿐이라고 했다는 근거까지 들이댄다. 아내가 사랑하는 연하남 역시 "독점욕이나 질투심을 버리고 상대방을 존중할 수 있다면 누구나 가능하다"면서 폴리가미(polygami, 일처다부제)를 옹호한다.

이번에도 나는 아내에게 굴복한다. 아내를 잃는 것보다는 반쪽이라도 갖는 게 낫다는 생각이 든 것이다. 그때부터 아내는 주중에는 경주에서 연하남과, 주말에는 서울에서 나와 두 집 살림을 시작한다. 나는 복잡한 심경이지만, 아내는 두 남편과 두 살림, 두 시댁을 챙기면서 부지런하고 정열적으로 살아간다. 아내는 1년간의 경주 프로젝트를 마치고 두 번째 남편과 함께 일산으로 이사를 와서 여전히 일산과 서울을 오간다.

드디어 아내가 임신을 한다. 누구 아이인지 따져 묻는 나에게 그녀는 '자신의' 아이라고 힘주어 말한다. 아내가 두 집을 공평하게 오가면서 출산과 산후조리를 한 뒤 나와 아내의 남편은 아내는 물론 아이의 사랑을 얻기 위해 피나는 경쟁을 벌이는 처지에 놓인다. 육아문제로 상황이 더욱 복잡해지자 아내는 세 사람이 한 집에서 같이 살자고 조른다. 아예 사람들의

눈길에서 자유롭게 살 수 있도록 뉴질랜드로 이민을 가자고 한다. 이번에
도 나는 아내의 제안에 또 다시 굴복할 수밖에 없을 것으로 보인다.

사랑에 대한 배타적 독점권을 부수는 본능

한 여자와 두 남자의 이야기는 『아내가 결혼했다』가 처음은 아
니다. 이 소설에서 주인공의 입을 통해 소개됐듯이 영화 〈줄 앤 짐Jule
and Jim〉(1961, 감독 프랑소와 트뤼포Francois Truffaut)이나 〈글루미 선데이Gloomy
Sunday〉(1999, 감독 롤프 슈롤)에서는 세 사람의 미묘한 관계가 펼쳐진다.

〈줄 앤 짐〉의 무대는 제1차 세계대전 직전의 파리. 독일인 줄과 프랑
스인 짐은 둘도 없는 친구 사이이다. 두 사람은 자신들 앞에 나타난 매력적
인 여자 카트린을 동시에 사랑한다. 남자가 많았던 카트린은 순진한 줄의
청혼을 받아들여 결혼한다. 전쟁이 일어나자 줄과 짐은 서로 적군이 되어
전장에 나갔다. 전쟁이 끝난 뒤 재회했을 때 줄은 짐에게 뜻밖의 부탁을
한다. 카트린의 정부인 알베르가 카트린과 결혼하려고 하니, 제발 그가 카
트린을 빼앗기 전에 짐이 카트린과 결혼해 자신까지 함께 살도록 해달라
는 것이다. 짐은 줄의 집으로 들어가서 셋이 함께 산다. 그러다가 짐은 회
사일 때문에 파리로 돌아갔고 사소한 오해가 생기면서 카트린과 헤어지
기로 한다. 줄과 달리 짐은 카트린을 포기한 것. 그러나 짐이 옛 애인 질베
르트와 결혼할 계획임을 안 카트린은 짐을 자동차에 태우고 끊어진 다리
로 뛰어든다.

프랑소아 튀르포가 감독한 프랑스 영화 〈줄 앤 짐〉(위)과
롤프 슈롤이 감독한 독일영화 〈글루미 선데이〉.

〈글루미 선데이〉의 삼각관계도 비극으로 끝난다. 1935년 헝가리 부다페스트. 선량하고 마음씨 좋은 레스토랑 주인인 유태인 자보에게는 아름다운 애인 일로나가 있다. 어느 날 레스토랑에 안드라스라는 새 피아니스트가 고용되고, 일로나는 그에게 사랑을 느낀다. 안드라스는 일로나의 생일에 〈글루미 선데이〉란 곡을 만들어 선물한다. 두 사람이 밤을 보내고 돌아오자 밤새 일로나를 기다렸던 자보는 침통한 얼굴로 이렇게 말한다. "당신을 완전히 가질 수 없다면 반쪽이라도 갖겠어." 그 때부터 세 사람의 동거가 시작된다. 어느 날 레스토랑을 방문한 빈의 음반 관계자는 〈글루미 선데이〉의 음반 제작을 제안한다. 음반이 크게 히트하면서 레스토랑도 날로 번창한다. 그러나 이 음악을 들은 사람들이 계속 자살을 하자 안드라스는 괴로워하며 스스로 목숨을 끊는다. 설상가상으로 자보도 일로나를 좋아하던 독일 장교 한스의 모략으로 홀로코스트의 희생자가 된다.

어느 경우에나 한 여자와 두 남자의 관계는 완전히 잃어버리느니 반쪽이라도 갖고 싶은 마음에서 불안정하게 유지된다. 그 자체는 만족이나 기쁨이 될 수 없으며, 아무리 양보하더라도 인내와 희생에 바탕을 둔 배려일 뿐이다. 인아가 아무리 일부일처제는 인류 역사에서 가장 최근에 생긴 결혼제도라고 주장해도 사랑에 대한 배타적 독점권은 이미 사람들의 본능 속에 뿌리내렸다. 어느 한쪽을 속이는 관계는 많을지 몰라도 공개적으로 일부일처제를 거스르는 것은 현실이 아닌 내적 욕망의 세계에서나 허락될 뿐이다. 그밖에 불온한 욕망이 허락되는 유일한 곳이 있다면 그곳은 다름 아닌 소설과 영화가 아닐까. 일부일처제를 거스르는 자유분방한 사랑을 욕망한다면? 소설과 영화를 보는 것 말고는 역시 별다른 방도가 없을 것이다.

나의 국적은 '자이니치'

박치기

우리 학교

우리나라가 최초로 원정 16강 기록을 세운 2010 남아프리카공화국 월드컵에서 국민들의 관심이 정대세 선수에게 쏠렸다. 박지성, 이청용, 이정수의 멋진 슛만큼이나 정대세의 눈물은 강렬한 기억을 남겼다. 재일 한국인 3세로 태어나 북한 국가대표 축구팀 선수로서 경기장에 선 정대세는 브라질과의 경기에 앞서 북한 국가를 부르면서 뜨거운 눈물을 흘렸다. 아마도 자신의 성취에 대한 기쁨과 함께, 분단된 조국의 틈바구니에서 살아온 시간이 주마등처럼 스쳐갔으리라. 이 모습은 정치와 이념을 넘어 모든 이들의 가슴에 뭉클한 감동을 안겼다. 재일 한국인 정대세는 어떤 역사적 맥락에 서 있는 것일까.

재일 한국인의 기원은 한일병합이 이뤄진 1910년 또는 그 이전으로 거슬러 올라가지만 직접적으로는 1952년의 샌프란시스코 강화조약이 중요한 분기점이 됐다. 제2차 세계대전이 끝나고 복잡했던 국제관계를 정

한 재일 조선인 축구선수가 처음 출전한 월드컵 무대에서 울음을 터뜨렸다. 그의 울음에는 자신의 신분만큼 매우 복합적인 의미가 배어 있다. 그의 국적은 북한도 남한도 일본도 아닌 '자이니치'다. 그가 말했듯이.

리한 이 조약 이후 일본정부는 국적 선택 자유의 원칙이라는 국제법상의 상식을 존중하지 않은 채 옛 식민지(조선) 출신자들의 일본 국적 상실을 일방적으로 선고했다. 그 후 해방 20년만인 1965년 한일협정이 맺어지면서 60만 명에 이르는 재일 조선인의 반 수 이상은 이 협정에 따른 한국 국적과 일본 내 영주권을 획득했다. 그러나 분단국인 한국 국적을 거부하고 광복 이전의 조선적을 유지한 이민자들은 영주권을 부여받지 못함으로써 불안정한 지위로 남게 됐다. 한일협정 이전까지 한국정부가 재일 조선인에 대해 별다른 관심을 갖지 않은 것과 달리 북한은 이들의 존재를 적극 포섭함으로써 조선 국적으로 남은 이들은 자연히 친북 성향을 띠게 됐다.

협정 이후에도 재일 한국인은 일본인에 비해 거주·교육·연금·취업 등 각 분야에서 제도적·법적 차별을 받았다. 더욱이 북한과 일본의 수교가 이뤄지지 않은 상태에서 재일 조선인은 이중의 배제를 받는 소수자의 위치로 살아가야 했다. 한반도를 둘러싼 냉전의 기류가 높아지던 1960~1970년대를 거치는 동안 재일교포와 조선민단이라는 이름으로 불리던 이들의 정치적 대립은 점점 심해진다. 분단 상태에서 남한과 북한 정권의 대리전을 치른 셈이다. 그러나 2세대와 3세대로 내려옴에 따라 각자 조국으로 생각하던 남한 또는 북한과의 정치적 관계에 대한 관심이 줄어드는 대신에 자신들의 삶의 터전인 일본에서 이민자로서 삶의 조건을 개선하는 문제에 보다 주목하게 된다. 한국인과 조선인의 구분 대신 '자이니치'(在日)란 용어로 자신들의 정체성을 표현하기 시작한 이들은 외국인 지문 날인 거부나 참정권 투쟁을 벌이는 등 일본사회 내에서의 권리 투쟁을 강화해 나간다.

이런 자이니치의 삶과 내면을 살펴볼 수 있는 영화로 〈박치기〉We Shall Overcome Someday〉(2005, 감독 이즈쓰 가즈유키)와 〈우리 학교〉(2007, 감독 김명준)가 있다. 우리가 몰랐던 재일 조선인의 과거와 현재를 화해와 공존의 시각에서 그린 작품들이다. 일본 내의 한류 열풍에 부응해 만들어진 〈박치기〉는 일본인들이 한국과 한국인에 대해 갖는 관심을 자기 주변에 늘 존재했으면서도 무관심하게 지나쳐온 존재인 재일 조선인에게로 돌려놓는 역할을 했다. 또 독립 다큐멘터리 영화 〈우리 학교〉는 세대를 거듭하면서 일본사회에 동화하거나 일본인과의 결혼으로 혼종화하는 일반적인 추세와 달리 여전히 '조선'이란 정체성을 지키면서 살아가는 조선족 학교의 모습을 통해 민족과 국경이 사라져 가는 세계에서 정체성이 갖는 의미를 묻는 작품이다.

그곳 에 서 도 임 진 강 이 란 경 계 는 흘 렀 다

〈박치기〉의 시간적·공간적 배경은 1968년 일본 교토다. 프랑스 68혁명이 일어난 1968년은 전 세계에서 기성의 가치에 대해 반기를 들고 보수화한 진보 세력의 각성을 촉구하면서 새로운 세상을 향한 희망과 열기가

피어오르던 시기다. 일본에서도 미국의 일본 점령과 계속된 주둔에 반대하는 '전공투(전국학생공동투쟁회의)'의 투쟁이 극점에 다다랐다. 한편에서 재일 조선인들은 한일협정 직후의 어수선한 분위기 속에 소수자로 일본에 남느냐, 북송선을 타고 '조국' 북한으로 돌아가느냐를 두고 고민했다. 한국인이 많이 모여 살던 교토·오사카·고베 등 간사이 지역에서 한국인은 멸시와 동정의 대상이 됐으며, 주류 사회로의 진입이 좌절된 젊은이들은 주먹세계에 발을 들이고 야쿠자 조직에 휩쓸리는 일도 많았다.

영화는 이런 배경에서 조선인 청년들과 가족, 이웃 일본인 사이의 다양한 에피소드를 코미디와 멜로가 섞인 청춘물의 형식에 담아낸다. 교토의 조선고 학생들은 수학여행 온 일본 학생들이 여학생 경자(사와지리 에리카 분)를 괴롭히자 이들과 난투극을 벌인다. 엉겁결에 그 싸움에 말려든 주인공 고스케(시오야 슌 분)는 자신이 다니는 히가시고와 조선고 사이의 친선축구를 성사시키기 위해 조선고를 찾아간다. 그는 조선고 학생들이 연주하는 〈임진강〉 멜로디에 이끌려 음악실을 기웃거리다가 경자를 만나게 되며, 한눈에 그녀에게 반한다.

경자에게 다가갈 방법을 찾던 고스케는 동네 술집청년 사키자키(오다기리 조 분)로부터 노래 〈임진강〉에 얽힌 사연을 듣는다. 북한 국가를 만든 박세영이 작사하고 고종환이 작곡한 〈임진강〉은 임진강을 바라보면서 분단으로 인해 갈 수 없는 남쪽 고향을 그리워하는 내용으로, 재일 조선인들이 즐겨 부르던 노래였다. 당시 인기밴드인 '더 포크 크루세이더'가 일본어로 번안해 불렀지만 북조선 노래라는 이유로 금지곡이 됐다. 자유분방한 무정부주의자인 사키자키는 고스케에게 재일 조선인의 역사와 일본

영화 〈박치기〉의 한 장면. 한 일본 소년이 1절은 한국어로 2절은
일본어로 〈임진강〉을 부른다. 소년은 같은 곡의 멜로디를 불렀지
만 결국 다른 두 곡을 메들리로 불렀다.

의 과오를 들려준다.

　한편, 경자의 오빠 안성(다
카오카 소스케 분)은 교토에서
제일 가는 싸움꾼이다. 그는 축
구를 잘하지만 일본에서는 대
표선수가 될 수 없다고 생각하
고 새로운 희망을 찾아 북한으
로 가고자 한다. 공원에서 재일
조선인들이 모여 안성의 환송식을 열어주던 날 그는 "우리나라에 돌아가
면 잘 하겠습니다"라고 서툰 한국어로 인사하고, 고스케는 조선인들 앞에
서 경자와 함께 〈임진강〉을 부르며 가까워진다.

　안성은 북한으로 떠날 결심을 한 뒤에도 끊임없이 폭력에 말려든다.
안성과 재덕 등 그의 친구들은 히가시고의 가라테 부원들과 날마다 싸우
고, 오사카에서 온 깡패들까지 맞이한다. 이들의 싸움은 청춘의 열기를 발
산하는 수단이나 이유 없는 반항의 표지처럼 경쾌하게 그려지지만, 그 밑
바닥에는 한·일 간의 민족감정, 소수자로서의 삶에 대한 울분이 깔려 있
다. 한편, 안성의 여자 친구인 볼링장 직원 모모코는 임신 사실을 알고 어
쩔 줄 몰라 한다.

　어수선한 분위기 속에서 고스케가 방송국에서 주최하는 노래경연대
회에 〈임진강〉으로 출전하기로 한 날이 다가온다. 그런데 안성의 친구 재
덕이 오사카의 깡패들에게 당한 뒤 교통사고로 숨지는 바람에 조선인들
은 모두 모여 장례식을 치르게 된다. 그 자리에서 중년의 한 조선인은 문

상 온 고스케에게 일본인에 대한 민족감정을 드러내면서 "서류 한 장으로
이곳에 와서…… 나마구 동굴을 누가 지었는지 알아? 국회의사당의 대리
석, 누가 가지고 와서 누가 쌓아 올렸는지 알아?"라며 울분을 터뜨린다.

화가 나고 슬퍼진 고스케는 거리를 헤매다가 방송국 노래경연에 지
각한다. 그 사이 방송국 간부는 〈임진강〉이 금지곡임을 들어 출전을 방해
하지만 "이 세상에 불려져서는 안 될 노래는 없다"는 담당 PD의 고집으
로 〈임진강〉은 전파를 탄다. 고스케가 1절은 일본어, 2절은 한국어로 부르
는 〈임진강〉이 울려 퍼지는 동안 안성과 친구들은 다시 일본 학생들과 패
싸움을 벌이고, 모모코가 낳은 안성의 아이는 우렁찬 첫울음을 터뜨린다.
이로써 고스케는 재일 조선인 사회에 한 걸음 다가서고, 안성은 아빠가
된 걸 계기로 북한행을 포기한 채 재일 조선인의 삶을 선택한다.

〈박치기〉의 감독은 이즈쓰 가즈유키이지만 제작자는 재일 한국인 이
봉우(씨네콰논 대표)다. 그는 〈쉬리〉〈봄날은 간다〉〈공동경비구역 JSA〉
등 한국영화를 수입해 일본에서 한류를 일으킨 주인공이기도 하다. 한국
에 대한 일본인들의 호감 어린 관심에 부응해 그는 한 세대 전 재일 조선
인의 삶을 재조명했다. 영화를 통해 일본 관객들은 재일 조선인 젊은이들
의 꿈과 좌절을 보게 된다. 무관심과 편견 속에 잊혀졌던 그들의 삶을 재
발견하는 건 (자신들과 같은 민족의 이야기를 일본인 감독이 만든 수입 영화를
본) 한국 관객들도 마찬가지였다.

경계인의 삶을 선택한 사람들

〈우리 학교〉에는 〈박치기〉 이후 한 세대를 건너뛰어 21세기를 살아가는 재일 조선인들의 일상과 생각이 담겨 있다. 이 영화는 김명준 감독이 일본 '홋가이도 조선 초중고급학교'에서 3년 5개월 동안 생활하면서 우리말과 민족의식을 지키려는 조선 국적 학생, 교사, 학부모들의 치열한 삶을 담아낸 장편 다큐멘터리다. 원래 이 영화를 기획한 사람은 김 감독의 아내인 조은령1972~2003 감독이다. 〈스케이트〉란 작품으로 칸 영화제 단편 부문에 처음 초청되는 등 영화계의 주목을 받던 조 감독이 갑작스런 사고로 숨진 뒤 촬영감독이자 남편인 김 감독이 〈우리 학교〉의 제작을 승계한 것이다.

2년 이상의 준비기간을 거쳐 2004년 1월부터 2005년 3월까지 조선학교의 사계절을 담아낸 이 영화는 폭설 때문에 개학이 하루 늦어지는 데서 시작해 고급부 3학년생 22명의 졸업식이 열리는 것으로 끝이 난다. 학생들은 노래경연, 운동회, 전국체전, 조국(북한) 방문여행으로 이어지는 학사일정을 치른다. 그런데 이들의 1년은 여느 학교와 달리 무척이나 다사다난하다. 일본에서 조선학교에 보내는 것은 정치·경제·사회적 불이익은 물론 우익으로부터의 신변 위협까지 감내해야 하는 모험이기 때문이다.

광복 이후 조국으로 돌아가지 못한 1세들은 '조선인으로서의 자존감'을 잊지 않기 위해 사비를 들여 곳곳에 조선학교를 세웠다. 그러나 반 세기 이상의 세월이 흐르면서 자이니치 52만 명 가운데 아이를 조선학교에 보내는 가족은 약 4만 명(학생 수 1만4000명)에 불과하다. 한때 540여 개나 됐던 학교가 80여 개로 줄면서 통학이 불가능해져 기숙사 생활을 해야 하는 데다 학비는 일반 학교의 5배, 교사 월급은 5분의 1이다. 이상한 협박 전화가 걸려오는 날이면 교사들은 교문을 굳게 닫아건다. 입시경쟁과 동떨어진 교과 과정을 공부하기 때문에 주류사회 진입은 더욱 어려워진다.

그래도 굳이 조선학교를 택하는 건 국적을 밝히는 순간 집단따돌림의 대상으로 전락하는 일본사회에서 스스로의 정체성을 찾고 공동체의 삶을 살아가기 위해서다. "오토상·오카상이 아니고 아버지·어머니라고 부를 때부터 남하고 조금 다르다고 생각했습니다." 조선인이라는 사실을 언제 처음 깨닫게 됐는지를 묻는 질문에 조성래 학생(고급부 3년)이 한 대답이다. 추운 날씨에도 치마저고리를 입는 이유에 대해 오려실 학생(고급부 3년)은 "그것을 입으면 뭔가…… 조선사람으로서의 의식이 커진다고 할까, 나에게 용기를 준다고 할까……"라고 말한다.

영화 속 '우리 학교'의 삶은 눈물겹도록 감동적이다. 부모와 떨어진 어린 학생들은 선생님 품에서 잠이 들고 언니와 오빠들의 보살핌을 받는다. 교내 합창대회를 앞두고 선생님은 "1세 동포들이 뜨거운 눈물을 흘릴 수 있도록" 열심히 하자고 의욕을 북돋운다. 일본인 축구 코치는 "지금까지 해 온 세계와는 영 다른 세계가 있어서" 이 학교를 선택했다고 말한다. 아이들은 만경봉호를 타고 '조국'을 방문하는데 이 역시 남북관계의 기류에 따라 민감한 영향을 받는다.

이런 우리 학교에서의 삶을 거쳐 아이들은 자신을 완전한 국민으로 받아들이지 않는 사회에서 살아갈 힘을 얻는다. "이 학교에 오지 않았으면 지금쯤 소년원에 있을지도 모른다", "남조선에서는 내면적인 것만 잘 지키고 있으면 되지만 재일동포들은 내면에서 지키고 있어도 외면으로 독립 다큐멘터리 영화 〈우리 학교〉는 한국의 말과 글, 역사를 지키려는 홋카이도 조선학교의 교사와 학생, 학부모들의 눈물겨운 이야기를 담았다.

나오지 않으면 결국 일본사람 같이 된다"는 학생들의 말은 그들이 갖가지 어려움에도 불구하고 '우리 학교'를 고수하는 이유를 대변해준다.

다시 정대세의 이야기로 돌아가면 그는 경북 의성이 고향인 아버지를 따라 한국 국적을 이어받았다. 그러나 조선인으로서 우리말을 할 줄 알고 민족정신을 잃지 않게 하겠다는 어머니의 뜻에 따라 조선학교에 다니면서 자연스럽게 북한 축구대표 선수를 꿈꾸게 됐다. 그 꿈을 이룬 그는 2010년 월드컵을 계기로 핵과 독재자의 나라로만 알려진 북한이 어떤 사람에게는 그립고 사무치는 조국이라는 인간적 이미지를 전 세계 사람들에게 심었다. "나의 국적은 한국도, 북한도, 일본도 아닌 자이니치"라고 밝힌 정대세의 인생은 재일 한국인의 역사를 축약해 보여준다는 점에서 흥미롭다.

HOW TO READ MASTERWORK

Chapter 4

명작, 시대와 역사를 건너다

서구 근대에 무릎 꿇은 아시아의 비애

'아톰'과 20세기

일본 애니메이션의 아버지인 데즈카 오사무Tezuka Osamu, 1928~1989의 〈철완 아톰〉은 다섯 번 리메이크된 역사를 갖고 있다. 1952년 만화로 처음 태어난 〈철완 아톰〉은 1963년 일본 최초의 텔레비전용 애니메이션으로 만들어져 1966년까지 193화를 방영했다. 1964년에는 극장판인 〈아톰: 우주의 용사〉가 나왔고, 1982년 〈신 철완 아톰〉이 텔레비전 시리즈로 다시 제작됐다. 극중에서 아톰이 태어난 해인 2003년, 소니 픽처스는 〈돌아온 아톰〉이란 텔레비전 시리즈를 만들었다. 세기가 바뀌면서 아톰은 할리우드로 수출돼 2009년 〈아스트로 보이: 아톰의 귀환Astro Boy〉이란 3D 애니메이션으로 리메이크됐다. '아스트로 보이'는 역대 아톰이 외국에 수출될 때 붙여진 영어 이름이다.

가장 나중에 만들어진 〈아스트로 보이〉는 첨단 디지털 기술에도 불구하고 원작에 못 미친다는 인색한 평가를 받았다. '잘해 봤자 본전'이라

원조 아톰(아래쪽)은 **빨간색 부츠와 검은색 팬츠를 입은 레슬링 선수 복장인데** 반해 할리우드에 수출된 아톰인 아스트로 보이는 상의를 입고 있다. 아동성추행에 대해 민감한 미국에서는 어린 아이가 반나체로 나오는 장면이 많으면 경고를 받는다.

고 해야 할까? 성공한 아버지를 능가하지 못하는 아들의 숙명이다. 인간적인 슬픔과 고민, 동심이 교차하는 야무진 꼬마 아톰의 모습 대신 영양을 충분하게 섭취해 늘씬하게 컸지만 왠지 맥이 없어 보이는 요즘 아이들처럼 밋밋한 로봇 소년이 화면에 등장한다. 원조 아톰은 빨간 팬츠와 검은색 장화를 신은 레슬링 선수 복장인데 반해 아스트로 보이는 상의를 입고 있는 것도 왕년의 아톰 팬에게는 석연치 않은 부분이다(아동성추행에 대해 매우 민감한 미국에서는 어린 아이가 반나체로 나오는 장면이 많으면 경고를 받는다고 한다).

여러 차례 만들어진 만큼 이야기는 널리 알려졌고, 화면 효과도 그리 특별하지 않다. 별다른 오락거리가 없던 시절에 보던 애니메이션과 똑같은 재미를 제공하지 못하는 건 당연하다. 무엇보다 작품이 태어난 시대사적 맥락을 고려하면 아톰이 당시 팬들의 감성에 작용하던 힘을 그대로 가져오기란 불가능하다.

'원자'라는 이름으로

태어난 연도로 따져보면 이미 할아버지가 된 아톰은 20세기 제국주의와 식민주의의 역사를 담고 있는 캐릭터라고 해도 과언이 아니다. 아톰의 이름인 '원자'는 제2차 세계대전 말기에 일본 히로시마와 나가사키에 떨어진 원자폭탄을 떠올리게 한다. 일본은 한국, 중국, 동남아를 차례로 침략하고 태평양전쟁을 일으킨 장본인이면서도 인류 최초의 원폭 피해국이 됨으로써 결국 세계대전의 최대 피해자라는 정서를 갖고 전후시대를 맞이한다. 종전 이후 맥아더Douglas MacArthur, 1880~1964 제독이 이끈 미국의 신탁통치는 패전과 피폭이 가져온 우울한 정서를 가중시켰다. 서구 열강을 따라 아시아를 제패하는 유사 제국주의의 맹주를 꿈꾸던 일본은 결국 폐허의 잿더미에 앉게 됐다. 이런 일본의 역사적 맥락에서 1952년 아톰이 태어난 것이다.

작품의 배경은 당시 일본사회를 연상시킨다. 2003년의 지구. 과학부 장관인 덴마 박사에게는 도비오라는 똑똑하고 귀여운 아들이 있다. 어느 날 도비오가 교통사고로 죽자 슬픔에 잠긴 덴마 박사는 아들과 똑같이 생긴 로봇 아톰을 만든다. 처음에 아톰을 도비오처럼 귀여워하던 덴마 박사는 아톰이 성장하지 않자 그가 아들을 대신할 수 없다는 걸 깨닫고 아톰을 서커스단에 판다. 관중 앞에서 로봇 묘기를 선보이던 아톰은 덴마의 후임 과학부 장관인 오카노미쓰 박사에게 발견돼 그와 함께 살게 된다. 10만 마력의 힘과 일곱 가지 초능력을 지닌 아톰은 악당들로부터 지구를 지키는 전사로 새롭게 태어난다.

덴마 박사는 전쟁 당시 일본인 누구나 가족의 죽음을 겪었듯이 사랑하는 아들 도비오를 잃었다. 그는 아톰을 만들지만 절망과 상실감을 극복하지 못한다. 로봇이면서도 인간의 기억과 마음을 지닌 아톰은 아톰대로 '아버지를 아버지라고 부르지 못하는' 슬픔을 겪는다. 그러나 아톰은 자신의 고통을 뒤로 한 채 지구를 침략하고 인간을 괴롭히는 거대한 로봇들과 맞서 싸워야 한다. 가족을 잃은 슬픔, 버림받은 슬픔, 그러나 다시 일어나야 한다는 의지는 일본 전후시대의 멜랑콜리한 감성을 자극한다. 폐허가 된 도시에서 지구(일본)를 지키기 위해 분투하는 아톰의 모습을 전후 일본의 시대적 과제와 겹쳐서 읽기란 그다지 어렵지 않다.

히로히토 왕이 즉위한 지 3년째 되던 해에 태어난 데즈카 오사무는 전쟁의 참상을 직접 겪었다. 그는 오사카부 도요노군에서 태어나 오사카시 바로 옆의 신흥관광 도시인 다카라즈카시에서 어린 시절을 보냈다. 일본 대기업인 스미토모의 중역이던 아버지는 어린 데즈카에게 프랑스제 영사기로 디즈니 만화영화를 틀어 주었다. 데즈카가 규세이중학교 마지막 학년이던 1945년 3월, 패전 직전이던 도쿄와 오사카에 연합군의 대공습이 가해졌다. 당시 오사카의 공장에 동원돼 일하던 데즈카는 공장 옥상 감시탑에서 공습경계를 서다가 3시간 폭격으로 13만 가구가 불타고 3100여 명이 숨지는 처참한 광경을 목격한다. 이런 경험은 그의 만화에서 하나의 원형이 된다. 데즈카가 전쟁을 일으킨 기성세대 내신 꼬마 아톰을 내세워 새로운 세계를 그려내고 평화의 메시지를 전달한 것은 이 같은 불행을 극복하려는 의지에서 비롯된다.

데즈카는 중학교를 졸업한 뒤 오사카제국대학 부속 의학전문부 과정에 입학한다. 이 과정은 전쟁의 장기화에 대비한 군의관 보강을 위해 만들어진 것으로, 이 과정을 이수하면 전문학교 졸업 자격을 주었다. 그는 1953년 의사국가고시에 합격해 의사면허를 받지만 줄곧 병행해 오던 만화가의 길을 택한다. 이미 18세이던 1946년 「엄마의 일기장」이란 작품을 쇼코쿠민신문에 연재하면서 데뷔한 데즈카는 이듬해 로버트 루이스 스티븐슨Robert Louis Stevenson, 1850~1894 원작의 「신보물섬」을 단행본으로 출간해 40만 부나 팔았다. 또 1950년 「라이언 킹The Lion King」의 원조인 「정글대제」를 『만화소년』에 연재한 데 이어 23세 때 출세작인 「철완 아톰」을 같은 잡지에 연재하기 시작한다. 33세 때인 1962년에는 나라의대에서 의학박사 학위까지 받는다. 그가 의사 신분을 유지한 것은 당시 만화가를 경시하는 풍조를 의식한 것으로 보인다. 한편으로 그는 무시프로덕션을 설립해 1963년 1월 일본의 첫 국산 애니메이션 〈철완 아톰〉을 내놓는다.

1963년 1월 1일 오후 6시 15분 일본 후지TV를 통해 첫 방영된 시리즈 〈철완 아톰〉은 미국이 못 해낸 일을 해냈다. 당시의 애니메이션 기술은 반년에서 2년씩 걸려서 한두 시간짜리 극장용 애니메이션을 만드는 게 고작이었다. 월트 디즈니조차 텔레비전용 시리즈를 만들지 못했다. 그러나 디즈니를 능가하겠다는 꿈을 꾼 데즈카는 25분짜리 편당 50만 엔이라는 헐값에 〈철완 아톰〉을 만들었다. 이런 시도는 세계 속에 우뚝 선 '재패니메이션'의 명성을 만들어 낸 동시에 업계의 저임금 구조를 고착시켰다. 시리즈가 계속되는 4년 동안 무시프로덕션의 애니메이터 가운데 두 명이 과로로 죽고 한 명이 알코올 중독에 걸렸다.

〈철완 아톰〉의 성공은 패전국 일본이 거둔 작은 승리였다. 서양 근대의 초극이라는 과제는 19세기 후반과 20세기 전반에 일본을 움직인 원동력이었다. 패전 이후 실의감에 빠져 있던 일본은 〈철완 아톰〉에 이르러 1904년 러일전쟁에서 승리를 거둬 전 세계를 경천동지(驚天動地)하게 만들었듯이 오랜만의 승리감을 맛보았다. 작은 체구의 아톰이 큰 로봇들과 싸워서 이기는 장면은 일본이 미국을 이겼으면 하는 로망을 불러일으킨다. 당시의 비슷한 사례로 재일 한국인인 역도산(본명 김신락)이 미국에서 프로레슬링을 배운 뒤 특유의 가라데 춉 기술로 거인 샤프 형제와의 대결에서 이겼을 때 일본인들은 눈물을 흘리면서 텔레비전의 레슬링 중계를 지켜보았다.

　　재패니메이션은 일본의 문화적 부활의 신호탄이기도 했다. 19세기 이후 일본 에도시대의 전통문화는 유럽 상류사회에서 매혹의 대상이었다. 인상파 화가들은 우키요에에 열광했고, 유럽 부자들은 일본 공예품을 수집했다. 그러나 일본이 세계대전을 일으킨 전범으로 낙인 찍힌 이후 일본의 전통문화를 드러내 놓고 찬미하는 건 외국인에게나 일본인 스스로나 모두 금기사항이었다. 군국주의를 만들어 낸 전통문화 대신 일본이 세계 시장에 떳떳이 내놓고 세계인들 역시 부담 없이 즐길 수 있는 건 일본식으로 변형된 서양의 대중문화였다. '만화의 신'이라고 추앙받는 데즈카 오사무는 재패니메이션을 통해 이 일을 해냈다.

자부심 혹은 비애

　아톰은 디즈니 애니메이션이 일본에 들어와서 다시 변형된 것이다. 데즈카는 아톰을 만들면서 미키마우스를 모방했다. "머리에 두 개의 뿔 (삐친 머리카락)을 단 아톰의 머리는 까맣고 둥근 한 쌍의 귀를 지닌 미키마우스 머리에서 착안한 것"이라고 고백한 바 있다. 미국의 미키마우스가 일본 소년의 마음을 가진 혼종적인 로봇의 모습으로 태어난 것이다. 아톰은 피노키오의 분위기를 풍기기도 한다. 피노키오처럼 진짜 인간이 될 수 없어서 슬퍼하고 서커스단에 팔려가 시련을 겪는다. 이런 점에서 아톰은 서양의 문물을 자신들의 방식대로 받아들여서 나름대로의 근대화를 이룬 일본 근대를 담은 캐릭터이기도 하다.

　아톰의 생명력은 한국에서도 이어졌다. 팝아트 작가인 이동기는 '아토마우스'란 캐릭터를 선보였다. 이데올로기 대립의 시대가 끝나고 대중문화가 폭발적으로 발전한 1990년대 한국 미술계에서는 팝아트란 장르가 탄생했다. 팝아트는 대중문화의 아이콘을 미술에 끌어들인 작업으로 예술과 상품의 경계를 넘나든다. 이동기가 1994년 '리모트 컨트롤전'에서 처음 발표한 아토마우스는 아톰과 미키마우스를 합쳐 놓은 캐릭터다. 아토마우스는 아톰과 헤어스타일이 비슷하면서도 미키마우스처럼 코가 튀어나왔다. 그리고 1980년대까지 한국 남학생들이 입었던 일본식 검정교복을 입었으며, 가슴에는 A라고 새긴 이름표를 달았다.

　어렸을 때 텔레비전에서 잇달아 방송되는 애니메이션 〈아톰〉과 〈미키마우스〉를 보면서 유년기를 보낸 작가는 자신의 정체성을 이런 식으로

한국의 팝아트 작가 이동기가 1994년 '리모트 컨트롤전'에서 처음 선보인 캐릭터 '아토마우스'. 아토마우스는 아톰과 미키마우스를 합쳐 놓은 형상을 하고 있다.

표현했다. 미키마우스는 일본에 와서 아톰이 됐고, 미키마우스와 아톰은 한국에 와서 아토마우스가 됐다. 서구문화, 아시아에서 선구적으로 서구문화를 수용한 일본의 근대문화, 일본 식민지배를 통해 서구문화를 받아들인 한국 현대문화의 착종된 역사가 아토마우스라는 캐릭터에 담겨 있다. 그가 주홍글씨처럼 가슴에 붙인 A는 아토마우스의 약자이기도 하지만 대중문화의 세례 속에서 순수예술을 추구하는 팝아트 작가로서의 자의식을 드러낸 'Art'의 약자이기도 하다. 머리 색깔이 까만 아톰과 달리 수시로 색이 바뀌는 아토마우스는 록 음악을 연주하거나 우주를 날거나 젓가락으로 국수를 먹기도 하는 '세계화된' 캐릭터다.

아톰이나 아토마우스가 갖는 자부심 또는 비애는 일본이나 한국의 관객들만이 제대로 느낄 수 있는 정서이기도 하다. 아시아는 서구문화를 받아들여 그것을 모방하거나 때때로 능가하는 현대문화를 만들어 냈다. 그러나 거기에는 스스로 기준이 되지 못하고 남의 궤도를 따라가야 하는 자의 비애가 들어 있다. 이것이 제국주의와 식민주의 및 민족주의가 경합하면서 만들어진 20세기 지구의 슬픈 역사이며, 이런 상황은 세기가 바뀐 뒤에도 계속 이어진다.

할리우드가 〈철완 아톰〉을 수입해 〈아스트로 보이〉란 이름으로 리메이크했다는 건 복합적인 의미를 지닌다. 20세기에는 우월한 서구문화가 열등한 아시아를 향해 거의 일방적으로 전파됐다면 21세기 문화는 서구와 비서구에서 쌍방향으로 흐르고 있다. 오랫동안 세계 문화시장을 지배하면서 신선한 콘텐츠를 만들어 내는 힘이 약해진 할리우드가 거꾸로 아시아 문화를 수입하는 것일 수도 있고, 이런 강자의 포용하는 제스처를 통해 큰 힘을 안들이고도 일본과 한국의 기존 아톰 팬들을 공략하는 길이기도 하다.

하지만, 역사적 맥락을 떠난 콘텐츠가 지니는 호소력과 감동은 팥소 빠진 찐빵처럼 심심해질 수밖에 없는 것일까? '아스트로 보이'에게서 가슴 한켠에 아픔을 간직한 데즈카의 아톰을 추억하는 한국인과 일본인은 아마도 그리 많지 않을 것 같다.

시대의 욕망을 되비추는 거울

춘향의 영화史

춘향(春香). '봄의 향기'라는 이름의 뜻에 걸맞게 춘향의 생일은 사월초파일이다. 이때 맞춰 전북 남원의 광한루에서는 춘향제가 열린다. 춘향 사당에 제사를 지내고, 판소리 춘향전을 공연하며, 미스 춘향을 뽑는 이 행사는 전국에서 열리는 수백 개의 지역축제 가운데 가장 오래 됐다. 1931년 시작돼 한국전쟁 와중에도 거르지 않았고 세기가 바뀐 뒤에도 계속 이어지는 생명력을 자랑한다. 민족 최대의 고전이라는 『춘향전』과 일제시대에 시작된 춘향 기리기의 역사, 영화·드라마·오페라·뮤지컬·무용 등 다양한 장르의 예술작품에서 수없이 변용된 춘향의 모습은 당대 한국사회의 욕망을 되비추는 거울이란 점에서 흥미롭다.

『춘향전』의 탄생 과정은 명확히 밝혀지지 않았다. 대체로 조선 영조에서 순조 시대 사이에 창작된 것으로 추정되는 가운데 무속에서 나왔다는 설, 암행어사설화·열녀설화에 춘향과 이도령의 사랑 이야기가 곁들여

전북 남원 광한루의 춘향 사당에 봉안된
이당 김은호의 춘향 영정.

져 판소리로 응집됐다는 설, 실존 인물인 암행
어사 성이성의 행적과 허구가 결합됐다는 설
등이 있다. 판본 이본 4종, 사본 20여 종, 활자본
50여 종, 번역본 6~7종이 전해지며, 이 가운데
경판 『춘향전』과 완판 『열녀춘향수절가』를 대
표적인 작품으로 친다.

『춘향전』이 민중 사이에서 끈질기게 읽혀
진 것은 연애와 사회의식이 골고루 버무려졌기
때문이다. 춘향과 이도령의 가슴 저린 사랑과
이별, 재회, 결합은 연애소설의 구조로서 손색
이 없다. 여기에다 참판의 서녀이자 퇴기의 딸
인 춘향이 양반가의 정실부인이 된다는 평등사
상, 탐관오리의 악행을 고발하고 응징하는 계급
의식, 월매·방자·향단 등 주변 인물들의 해학과 풍자가 더해져 민중에게
카타르시스와 대리만족을 선사한다.

춘향은 일제 문화통치기에 시작된 춘향제를 통해 제도권으로 흡수된
다. 전북 남원에서 춘향의 사당을 짓고 단오에 제사를 지내는 것으로 춘
향 기리기 사업이 시작됐다. 1934년부터는 춘향의 생일인 음력 사월초파
일에 제사를 올리도록 바뀌었으며, 1939년에는 이당 김은호[1892~1979] 화백
이 춘향의 영정을 그려서 사당에 봉안한다. 민족자본가인 현준호 호남은
행장의 의뢰를 받아 춘향 영정을 그린 이당은 조선 여인의 아름다움을 표
현하기 위해 고고학자·조각가·문화사학자에게 자문을 구했으며, 조선기

생 김명애를 모델로 삼았다고 한다. 이 영정이 한국전쟁 때 훼손되자 이 당은 1962년 다시 춘향의 영정을 제작해 송요찬 내각수반을 통해 사당에 봉안했다. 한편, 전쟁이 발발한 1950년에 춘향제는 명창대회를 신설하고 춘향을 선발함으로써 문화축제의 면모를 갖추며, 1974년에는 명창대회가 전국판소리명창대회로 확대돼 첫 장원으로 조상현 명창을 배출함으로써 명실상부한 명창의 등용문으로 자리 잡는다.

스타덤과 흥행 보증수표

『춘향전』은 대부분의 예술 장르에 원작으로 등장했지만 특히 영화와 관련이 깊다. 흥행 보증수표였던 『춘향전』은 한국영화사의 중요한 순간마다 어김없이 제작됐다. 1922년에 나온 첫 번째 〈춘향전〉은 일본인 하야카와 마스타로가 만든 무성영화다. 이 영화가 흥행하면서 고전의 영화화 붐이 일었고, 한국영화의 상업화 가능성을 보여 주었다. 1935년에는 최초의 발성영화 〈춘향전〉(감독 이명우)이 만들어져 역시 큰 성공을 거뒀다. 그로부터 20년 후인 1955년에 제작된 〈춘향전〉(감독 이규환)이 개봉했을 때는 서울인구 150만 명 가운데 12만 명이 상영관이던 국도극장으로 몰려갔다. 여세를 몰아 1957년에는 여성국극을 영화화한 〈대춘향전〉(감독 김향)이 나왔다.

1961년에 개봉된 두 편의 춘향 영화는 '춘향戰'이란 말까지 만들어냈다. 홍성기 감독, 김지미 주연의 〈춘향전〉과 신상옥 감독, 최은희 주연

1971년 문희·신성일이 주연한 〈춘향전〉의 한 장면.

의 〈성춘향〉이 경합을 벌였다. 공교롭게
도 감독과 주연 배우가 부부 사이인 이
들의 대결은 신상옥·최은희 커플의 승
리로 막을 내렸으며, 이후 이들이 납북
되기 전까지 신상옥이 운영하던 영화사 신필름의 발전에 지대한 공헌을
한다. 1971년 문희·신성일 주연으로 만들어진 〈춘향전〉은 이어령이 각
색한 최초의 70mm 영화였고, 국내 최초의 2D 애니메이션 역시 〈성춘향
뎐〉(1999)이었다.

이처럼 춘향의 생명력이 길었던 이유는 오랜 세월동안 대중과 친숙
한 소재인 데다 텍스트의 개방성, 등장인물의 개성 덕분에 다양한 해석이
가능했기 때문이다. 당초 춘향에게서 강조된 것은 정절이었다. 1931년 남
원에서 처음 열린 춘향제는 시기적으로 볼 때 첫 번째 무성영화 〈춘향전〉
의 흥행과 무관하지 않을 것으로 보인다. 당시는 일제의 유화정책과 문화
통치가 시행되면서 민족문화의 발굴과 보급이 활발하던 때이기도 하다.
이도령을 향한 춘향의 순정과 그로 인해 춘향이 겪은 고통은 식민치하에
서 고통 받는 피지배 국민의 역사적 행로를 대변하기에 충분하다.

그러나 첫 〈춘향전〉이 일본인 극장주에 의해 제작된 것과 마찬가지
로 춘향제의 시작에는 식민지배의 그림자가 짙게 드리워졌다. 이당이 그
린 춘향 영정이 조선 미인이 아니라 일본 미인의 얼굴이라는 점은 차치하
더라도 영정의 입혼식 때 조선 기생 100명이 줄을 잡고 행렬을 벌였다는
사실은 '춘향=기생'이란 인식을 보여 준다. 당시 조선 기생이 지배자인
일본 남성의 기호를 자극하는 대상이었을 뿐만 아니라 그들의 생존 기반

자체가 부일협력 세력이었다는 점에서 기생 춘향의 정절을 기리는 것은 다시 생각해 볼만한 지점이다. 원전에 나오는 춘향의 정절이 대상을 교묘하게 바꾼 것이다.

이후 영화에서 나타난 춘향의 성격 역시 당대의 사회상과 맞물리면서 조금씩 변화한다. 1961년에 나온 〈춘향전〉과 〈성춘향〉의 대결에서 패자가 된 김지미의 춘향은 슬픔을 자극하는 눈물 많은 춘향이었던 반면에 승자인 최은희의 춘향은 현모양처형의 슬기로운 춘향이었다. 당시는 산업화, 핵가족화가 진행되면서 청순가련하고 순종적인 전통 여성보다 가정의 중심이 되는 현명한 주부의 역할이 강조되던 시기였다. 이와 함께 〈성춘향〉의 성공 요인 가운데 하나로 꼽히는 방자(허장강 분)와 향단(도금봉 분)의 코믹 연기 역시 1960년대 대중문화 속에서 코미디가 차지하는 비중을 보여준다는 점에서 시대의 반영이다.

그후 1971년 〈춘향전〉의 주연을 따내기 위해 여배우 트로이카인 문희·남정임·윤정희가 경합을 벌였다든지, 홍세미·장미희가 각각 1968년의 〈춘향〉(감독 김수용)과 1976년의 〈성춘향전〉(감독 박태원)의 춘향 공모를 통해 데뷔했다는 사실을 통해 춘향이 당대 미인의 판도를 좌우했음을 알 수 있다.

'춘향' 못지않은 '춘향전'의 곡진한 운명

춘향이 더욱 현대적이고 세계적인 옷을 입게 된 것은 임권택 감독의

〈춘향뎐〉(2000)에 와서다. "세기가 바뀌었는데 웬 춘향"이란 질문에 대한 답변은 형식의 혁신으로 나타났다. 21세기 초입의 〈춘향뎐〉은 오페라와 뮤직비디오를 혼합한 형식으로 만들어졌다. 조상현 명창이 부르는 판소리 '춘향가'가 영화 전편에 흐르는 가운데 각 대목에 맞춰 이야기가 전개되는 방식이다. 극의 내용이 대개 판소리로 전달되고 간간이 등장인물의 대사가 나온다는 점에서 서양의 오페라와 비슷하면서도 그것이 무대 위의 실연이 아니라 스크린을 통해 전달된다는 점에서 뮤직비디오와 유사하다. 영화 속에서 조 명창이 무대에 올라 고수와 더불어 판소리 공연을 하며, 그것을 보는 극중 관객이 화면을 볼 수 없다는 점은 공연과 영화를 넘나드는 매체 실험을 더욱 복잡하게 만든다.

〈춘향뎐〉의 또 다른 특별한 점은 작품의 가치를 제대로 모르는 관광객의 시선으로 원전을 바라본다는 점이다. 이런 의도는 영화 도입부부터 드러난다. 리포트를 쓰기 위해 의무적으로 전통예술 전용극장인 정동극장에서 열리는 판소리 공연을 관람하러 온 대학생들은 "춘향전 뻔한 거 아니야"라든가 "너무 지겨울 것 같다"고 투덜거린다. 그러나 무지에서 비롯된 이들의 불평은 공연이 진행되면서 몰입과 감동으로 바뀐다. 또 극중 관객과 달리 판소리를 감상하는 동시에 화면도 보는 영화 관객들은 풍성하게 펼쳐지는 남도문화의 향연에 동참할 수 있다. 남원의 이몽룡가, 월매가, 관가와 마을을 배경으로 펼쳐지는 전통 의식주는 외국 관객은 물론 국내 관객의 탄성마저 자아낼 만큼 기품 있는 아름다움을 자랑한다.

춘향(이효정 분)과 이도령(조승우 분)을 맡은 배우의 나이가 원작에서 설정된 16세에 맞춰 어려진 점, 이들 사이의 육체적 사랑을 강조한 점도

임권택 감독의 〈춘향뎐〉 해외포스터. 한국영화로는 처음으로 2000년 칸 영화제 경쟁 부문에 진출하기도 했다.

〈춘향뎐〉의 특색이다. 임권택 감독은 한 인터뷰에서 춘향이 변학도의 갖은 협박과 고문에도 불구하고 끝까지 정절을 지킨 이유는 "몸이 기억하는 사랑 때문"이라는 답변을 내놓았다. 몸이 기억하는 질긴 사랑을 보여 주기 위해 이 영화는 판소리 '춘향가'에서 가장 유명한 대목인 사랑가에 맞춰 어린 두 배우가 초반에 벌이는 성적 유희에 많은 시간과 정성을 쏟는다.

변학도의 성격과 암행어사의 응징 과정 역시 과거와 많이 달라졌다. 변학도는 익히 알려진 포악한 탐관오리가 아니라 그리 좋은 인상은 아니지만 핸섬한 엘리트 관료로 나온다. 그는 권위적이고 물욕이 강하다. 그러나 사리분별이 없는 인물도 아니고 이도령이 자의대로 포승에 묶어 동헌 마당에 무릎을 꿇릴 수 있는 대상도 아니다. 암행어사 출도 이후 이도령은 변학도에게 절차에 따라 전라감영으로 옮겨질 것이라고 통보한다. 그리고 춘향을 가혹하게 벌 준 이유를 묻는다. 그의 답변은 "어미의 신분을 좇아 기생이 되는 종모법을 부정함으로써 나라의 근본을 부정하는 국사범"이라는 명확하고 합리적인 것이다. 이런 변학도의 변모는 조선이 나름대로의 행정·사법 질서가 유지되던 국가였음을 증명하려는 감독의 의도를 담고 있다.

이 영화는 한국영화로는 처음으로 2000년 칸 영화제 경쟁 부문에 진출한다. 칸 영화제 최초의 수상이라는 영광은 2년 뒤 〈취화선〉이 얻게 됐으나 〈춘향뎐〉은 임권택 감독의 50년 영화인생을 통해 최고의 영화로 평

2010년의 〈방자전〉은 1961년 〈성춘향〉에서 얼굴이 못생겨 이몽룡이 아닌 방자 역을 맡은 배우 허장강의 비애에 대한 연민으로부터 기획됐다는 재미있는 이야기가 있다.

가받는다. 〈서편제〉를 통해 국내에서 국민감독으로서의 기반을 갖추게 된 임 감독이 다분히 해외영화제 수상용으로 한국문화를 전시하기 위해 만든 지루한 작품이라는 비판도 있었으나 프랑스에서 흥행 성공을 거뒀고 미국에서도 처음 상업영화관에서 개봉해 좋은 성적을 올렸다.

　한국 전통문화에 대해 진지한 자세를 보였던 임권택 감독의 후배 세대에서 『춘향전』의 변형은 방자를 주인공으로 내세워 이야기를 버선목처럼 뒤집는 경쾌한 시도로 나타난다. 영화 〈방자전〉(2010, 감독 김대우)은 지금까지의 춘향전이 모두 날조됐다는 전제에서 진행된다. 춘향과 이몽룡이 만난 곳이 광한루가 아니라 청류각이라는 음식점이며, 춘향은 이몽룡에 앞서 방자와 사랑에 빠졌다. 그러나 춘향은 사랑보다 신분 상승을 위해 몽룡을 선택하고, 몽룡은 출세를 위해 춘향을 이용한다. 〈방자전〉은 마이너리티의 시각에서 다시 쓴 주류의 역사인 동시에 갈수록 진실을 알기 힘든 현대사회에서 횡행하는 음모론의 시각을 보여 준다는 점에서 앞선 영화들과 마찬가지로 시대를 되비추는 거울이라고 할 수 있다.

〈방자전〉과 같은 춘향전 비틀기의 역사 역시 정통 춘향전 영화만큼 오랜 역사를 자랑한다. 1936년에 나온 〈그 후의 이도령〉(감독 이규환)은 이도령이 춘향을 변학도에게서 구해 서울로 올려 보낸 뒤 암행어사로서 활약하는 모습을 그렸다. 〈탈선 춘향전〉(1960, 감독 이경춘)은 홀쭉이와 뚱뚱이, 막둥이와 합죽이, 후라이보이와 살살이 등의 별명을 가진 당대 코미디언들이 총 출동한 잔치였다. 〈한양에 온 성춘향〉(1963, 감독 이동훈)은 서울에 올라온 춘향·몽룡 커플을 향한 변학도의 복수극이 노론·소론의 당파싸움을 이용해 펼쳐진다. 〈방자와 향단이〉(1972, 감독 이형표)는 무게 잡는 주연이 아니라 코믹한 조연을 주인공으로 내세웠다. 2010년의 〈방자전〉은 1961년 〈성춘향〉에서 못생겨서 이몽룡이 아닌 방자역을 맡은 배우 허장강의 비애에 대한 연민으로부터 탄생한 영화라고 한다.

앞으로 『춘향전』은 또 어떤 형식을 빌어 어떤 모습으로 재구성되어 나타날까? 문화 콘텐츠 기획자들의 머릿속에 춘향은 여전히 신선한 봄 향기 같은 소재로 남아 있는 걸까? 어디선가 또 다른 변신을 모색 중일지도 모르는 춘향의 행보가 자못 궁금해진다.

혐오스런 이교도에서
금지된 사랑의 아이콘으로

드라큘라의 변신

미국의 젊은 여성작가 스테프니 메이어Stephenie Meyer의 『트와일라잇Twilight』(2008) 시리즈는 하이틴 로맨스 시장에 새 장을 열었다. 『트와일라잇』, 『뉴문New Moon』, 『이클립스Eclipse』, 『브레이킹 던Breaking Dawn』으로 이어지는 4부작은 전 세계에서 8500만 부나 팔리고 전편이 영화로 만들어지는 기록을 세웠다. 이 작품의 성공 비결은 뱀파이어가 가진 전통적인 이미지를 뒤집어놓은 데 있다. 충혈된 눈, 창백한 안색, 날카로운 송곳니를 가진 흉측한 모습으로 젊은 여성의 목에 입을 대고 피를 빨아먹던 전통적인 중년 뱀파이어가 집안 좋고 쿨하며 강력한 힘을 가졌으면서도 지극히 헌신적인, 멋진 보이 프렌드로 격상했다. 여기에 나오는 뱀파이어족은 인간의 피 대신 동물의 피를 주식으로 삼아 생명을 유지할 수 있을 정도로 진화에 진화를 거듭했다. 뱀파이어 퇴치제로 여겨졌던 십자가나 마늘도 이들에게는 소용없다. 일몰에서 일출까지의 활동시간 제약도 사라졌다. 단 햇빛이 비추면 창백한 뱀파이어 보이 프렌드의 피부에서 반짝반짝 빛이 나는 바람에 그가 보통 사람과 다르다는 사실이 드러나게 된다. 그나마도 혐오감보다는 신비감을 더해준다.

『트와일라잇』시리즈는 황량한 미국 도시 포크스를 배경으로, 벨라라는 17세 소녀와 에드워드 컬런이란 뱀파이어 소년(실제로는 90세)의 가슴 떨리는 첫사랑의 완성을 그렸다. 컬런이 뱀파이어라는 사실은 1권에서 일찌감치 밝혀진다. 나머지는 벨라와 에드워드가 어떻게 물리적이고 관습적인 장벽을 뚫고 진실한 사랑을 성취하는지에 모아진다. 여기서 물리적 장벽은 오랜 수련 덕분에 인간의 피를 먹지 않게 된 에드워드조차 너

순정만화풍으로 각색된 현대판 뱀파이어 소설 『트와일라잇』시리즈의 남녀 주인공 에드워드와 벨라를 그린 한국어판 표지 일러스트. 충혈된 눈, 창백한 안색, 날카로운 송곳니를 가진 흉측한 모습으로 젊은 여성의 목에 입을 대고 피를 빨아먹던 전통적인 중년 뱀파이어가 집안 좋고 쿨하며 지극히 헌신적이기까지 한, 멋진 보이 프렌드로 격상했다. 오른쪽은 영화 〈트와일라잇〉의 포스터.

무 달콤한 벨라의 피 냄새에 억누른 본능이 발동할 정도로 뱀파이어와의 사랑에는 위협이 따른다는 점이다. 에드워드의 뱀파이어 친구들은 파티에 초대된 벨라가 다쳐서 피를 흘리자 갈증의 눈빛을 번뜩인다. 또 관습의 장벽은 에드워드라는 색다른 '종족'과 맺어져도 좋을지를 놓고 벨라가 겪는 인간으로서의 정체성에 대한 혼란이다. 두 사람은 만남과 헤어짐을 반복한다. 여기에 에드워드와의 사랑의 상처 때문에 고통 받을 때 벨라를 도와준 제이콥이란 연하 소년이 늑대인간이란 사실이 드러나면서 인간과 뱀파이어, 늑대인간 사이의 삼각관계가 만들어진다.

뱀파이어의 계보는 이어지는가

『트와일라잇』시리즈에서 취급하는 뱀파이어가 전통적인 뱀파이어와 너무 다른 나머지, 이 시리즈를 뱀파이어의 계보에 놓기보다는 금지된 사랑의 대명사인 『로미오와 줄리엣Romeo and Juliette』, 『폭풍의 언덕』의 계열로 취급하거나 혹은 티격태격하는 서로 다른 신분의 연인을 그린 『오만과 편견Pride and Prejudice』에 비유할 수도 있다. 뱀파이어가 인간과 공존하는 데 따른 갖가지 제약이 사라진 상태에서 등장한 에드워드라는 존재는 인간 사회의 전통적인 관습에 가로막힌, 금지된 사랑의 메타포에 가깝다. 과거의 유부남, 외국인, 연하남, 신분이 다른 상대의 자리에 들어선, 쉽지 않은 사랑 정도의 의미다. 그러면서 공포와 역겨움을 동반한 성적 욕망, 소수자로서 인간 세계에 공존하는 이질적 존재에 대한 호기심 어린 시선 등 뱀파이어에 얽힌 코드의 성공적인 변주임에 틀림없다. 현대사회의 유약한 남성 대신 불굴의 힘과 신비함을 가진 '짐승남'에 대한 젊은 여성들의 욕망을 자극하는 것도 사실이다.

박찬욱의 영화 〈박쥐〉(2009) 역시 뱀파이어의 성애적 코드를 작품의 전면에 끌어들였다. 영화 속에서 뱀파이어가 된 인물은 신을 거부하는 뱀파이어의 대척점에 서 있는 신부다. 병원에서 절망적인 상태의 말기 환자들을 돌보던 신부 상현(송강호 분)은 자원해서 엠마뉴엘 수도원에서 이뤄지는 치명적인 바이러스 '이브'를 퇴치하기 위한 연구의 실험대상이 된다. 이곳에서 뱀파이어 유전자가 들어있던 피를 수혈 받은 그는 기적적으로 살아난다. 그런 그에게 어릴 때 친구인 강우(신하균 분)의 부인인 태주(김옥빈 분)가 유혹의 대상으로 다가온다. 어린 시절 업둥이로 들어온 태주는 병약한 강우와 의남매처럼 자라다가 결혼에 이른다. 그러나 그녀는 월급 없는 하녀이자 강우의 가학적 농락의 대상일 뿐이다.

이 작품에서도 뱀파이어라는 존재는 소외된 자들의 현신(現身)이다. 고아였던 상현은 성당에서 신부의 손에 키워지고 자연스럽게 신부의 길을 걷는다. 그는 신부시절 한 수녀가 고해성사에서 "자살하고 싶다"고 토로하자 무미건조한 표정으로 "우울증 약을 먹으라"고 말한 뒤 스스로 자살과 별 차이가 없는 순교(엠마누엘에서 실험대상이 된 일)를 택할 정도로 자신의 삶에 열의가 없다. 태주 역시 고아로 강우의 어머니 라여사(김해숙 분)가 운영하는 '행복 한복집' 앞에 버려져 키워지며 불행한 결혼생활을 하게 된다. 뱀파이어가 된 상현은 태주를 유혹하고, 태주 역시 성관계를 통해 뱀파이어가 된다. 스스로를 절제하려는 상현과 달리 태주는 자신의

뱀파이어의 성애적 코드를 작품 전면에 끌어들인 영화 〈박쥐〉의
한 장면. 이 작품에서도 뱀파이어라는 존재는 소외된 자들의 현
신(現身)으로 나타난다.

욕망에 충실하다. 강우에게서 벗
어나고 싶은 태주는 상현을 부
추겨 살인을 저지른 뒤 도주하
다가 끝내 자살에 이른다. 이들
의 억눌린 욕망은 뱀파이어라는
형태로서 발현되지만 이들을 기
다리는 건 파멸뿐이다.

　　뱀파이어가 강력한 성적 욕
망을 가진, 인간의 그림자로서 등장한 것은 근대 이후다. 물론 흡혈이란
모티브는 신화시대로부터 면면히 이어져왔다. 이집트신화에서 저승과 곡
물의 재배를 관장하는 오시리스신은 열네 조각으로 찢겨져 죽은 뒤 부인
인 이시스 여신의 도움으로 피를 마시고 다시 살아난다. 또 인도의 토착
여신인 야크시는 누구나 홀릴 정도로 아름답고 관능적인 외모를 지녔는
데 남자를 유혹해 피를 먹었다고 전해진다. 이런 신화의 근거를 두고 과
학계에서는 유전병인 포르피리아병, 혹은 광견병에 걸린 환자로부터 뱀
파이어의 전설이 나왔다는 분석을 내놓기도 한다. 포르피리아병은 혈액
속의 헤모글로빈이 철분과 결합하는 것을 돕는 단백질 포르피린이 제대
로 기능을 하지 못해 다른 사람의 피를 수혈 받아야만 살 수 있는 병인데
이 병의 환자는 잇몸이 내려앉아 정상인보다 이가 크게 보인다. 또 광견
병은 여성에 비해 남성이 걸릴 확률이 7배나 높아서 뱀파이어가 주로 남
성인 이유를 설명해주며, 물어뜯는 증상을 보이고 불면증을 앓아서 밤에
돌아다니는 습성이 있다는 것이다.

그러나 성적 욕망으로 이글거리는, 혐오스러운 소외자로서 뱀파이어의 이미지가 확립된 것은 빅토리아시대로 불려지는 19세기 영국 작가 브램 스토커Bram Stoker, 1847~1912의 소설 『드라큘라Dracula』(1897)가 등장하면서부터다. 영어로 뱀파이어(Vampire), 한자로 흡혈귀(吸血鬼), 동유럽에서는 노스페라투(Nosferatu)로 불리던 이 종족이 '드라큘라 백작'이란 대표적 캐릭터로 탄생한 것은 스토커의 작품 때문이다. 스토커는 현재 루마니아의 중부지방인 트란실바니아에 내려오던 전설을 토대로 해서 고딕풍 소설인 『드라큘라』를 집필했다.

전설에 따르면 15세기 중반 오스만 투르크의 지배를 받았던 루마니아의 옛 왕국 왈키아의 왕자였던 블라드 테페슈는 어렸을 때 터키와 헝가리에 인질로 끌려가 성장했다. 청년이 되어 돌아온 그는 왕위계승자의 칭호를 얻고 터키의 침략에 대항해 나라를 지킨다. 볼모로 잡혀있는 동안 애국심과 적국에 대한 적개심을 키워왔던 왕자는 긴 막대나 가시달린 바퀴를 사용해 터키인 포로를 잔혹하게 처형했다. 테페슈 왕자의 이름이 뱀파이어로 서유럽에 알려지게 된 것은 밀수로 부당하게 돈을 벌어들인 색슨족 상인들을 무참하게 살육했기 때문이다. 드라큘라라는 명칭은 그의 아버지가 헝가리 왕으로부터 용(dragon)이란 작위를 받아 자신을 루마니아어로 용을 뜻하는 '드라큘'(dracul)이라고 명명했고, 여기에 드라큘의 아들이란 의미에서 어미에 a가 붙어서 생겨났다.

스토커의 『드라큘라』는 지금 읽어봐도 무척 흥미로운 소설이다. 트란실베니아의 고립된 성에서 살던 드라큘라 백작이 영국으로 건너가기 위해 변호사 사무실에 부동산 구입을 의뢰함에 따라 조녀선 하커라는 젊은

사무원이 드라큘라성을 방문하고, 거기서 늑대를 마음대로 움직이고 성벽을 박쥐처럼 오르내리며 관속에서 잠을 자는 백작의 실체를 보게 된다. 가까스로 풀려난 그가 약혼녀인 미나의 극진한 보살핌으로 건강을 회복하는 사이, 드라큘라는 화물선을 타고 자신의 고향에서 가져온 흙 상자와 함께 횟비란 항구도시에 도착한다. 그곳에서 드라큘라는 미나의 친구인 루시를 제물로 삼는다. 드라큘라에게 물려 뱀파이어가 된 루시는 무덤에서 나와 아이들의 피를 빨다가 연인이었던 아서를 비롯해 구혼자이던 수어드 박사와 그의 스승인 반 헬싱 박사의 손에 처형된다. 한편, 런던에 도착한 미나와 조너선은 드라큘라를 잡기 위해 이들과 협력하는데 이 과정에서 미나가 드라큘라의 피를 마신다. 드라큘라의 심안(心眼)이 된 미나 덕분에 그들은 도버해협을 건너 자신의 고향으로 도주하는 드라큘라를 추격하고 마침내 그를 처단한다.

드라큘라는 뱀파이어의 한 명일 뿐이지만 뱀파이어를 대표하는 캐릭터가 된다. 그는 엄격한 얼굴과 긴 수염, 당당한 체구를 가졌으며 재력과 능력이 뛰어나다. 자신의 성에서 조너선을 처음 만났을 때 상당히 귀족적인 면모를 보이기도 한다. 그는 변호사를 고용하고 계약서를 작성하는 등 주도면밀하게 일을 처리한다. 그러나 악의 화신으로서 그는 기독교적 윤리와 이성, 지식으로 무장한 반 헬싱 박사 일행에게 진압된다. 특히 그와 상반되는 이미지를 가진, 정결하면서 지적이고 용감한 부인 미나의 결정적인 활약으로 인해 소멸된다.

그들을 향한 수혈은 계속된다

『드라큘라』는 전설을 차용하면서도 19세기말 영국의 분위기를 고스란히 담아낸다. 당시의 법률, 교역, 병원, 우편, 그리고 등장인물들이 자주 사용하는 녹음기 등의 기계가 등장한다. 『트와일라잇』 시리즈가 평범한 여학생의 일상에 나타난 '에이리언'을 다루듯 드라큘라 역시 수백 년의 세월을 뛰어넘어 대도시 런던에 나타난다. "이런 상황을 설명하기 위해 전통과 전설에 기댈 수밖에 없다"는 반 헬싱의 말대로 드라큘라는 문명의 도시에 나타난 비이성적이고 불합리한 존재다. 이런 점에서 『드라큘라』에는 당시 억압적인 영국사회에 대한 일종의 저항심리가 깔려있다고 볼 수 있다. 과학과 이성이 지배하는 체계화된 사회에서 배제되고 축출된 마이너리티의 감성이 불안정한 무의식으로 표출된다.

문명의 억압과 변종의 출현은 메리 셸리Mary Shelley, 1797~1851의 『프랑켄슈타인Frankenstein』(1818)과 로버트 루이스 스티븐슨Robert Louis Stevenson, 1850~1894의 『지킬박사와 하이드씨Dr. Jekyll and Mr. Hyde』(1886)의 주제이기도 하

다. 이 시기에는 또 억눌린 욕망으로 인해 히스테리 증상을 보인 여성들을 치료한 지그문트 프로이트가 등장했으며 런던에서 다섯 명의 매춘부를 살해한 연쇄살인범 잭Jack the Ripper의 공포가 장안을 휩쓸었다. 드라큘라의 여성 공격이라는 모티브는 이러한 사회적 분위기와 무관하지 않다.

절대악을 퇴치하는 십자군 원정대의 활약을 연상시키는 『드라큘라』는 대개의 순교문학에서 고문 장면이 가학적이거나 피학적인 포르노그래피와 비슷한 것처럼 성적 환상으로 가득하다. 진실한 기독교 청년인 조너선은 드라큘라 백작의 성에서 여성 뱀파이어의 위협에 시달리는 장면을 이렇게 묘사한다.

"금발의 여자가 무릎을 꿇고 몹시 만족스러운 듯이 나를 바라보았다. 그녀의 풍만한 몸매에 가슴이 두근거렸지만, 거기에는 어쩐지 매스껍게 느껴지는 불쾌감이 있었다. 게다가 그녀는 목을 길게 빼고 짐승처럼 혀로 입술을 핥았다. 뾰족하고 흰 이를 감싼 붉은 혀와 선홍빛 입술의 물기가 달빛에 비쳐 번들거렸다. 그녀의 머리가 점점 다가오면서 그녀의 입술이 내 입술과 턱을 지나 목을 깨물 것처럼 밑으로 내려갔다. …… 나는 두 눈을 감고 나른한 황홀경에 빠져 다음 순간을 기다렸다. 심장이 쿵쾅거렸다."

더욱 흥미로운 것은 작가 스토커의 동성애 성향이 『드라큘라』에 들어있다는 점이다. 더블린 트리니티 칼리지를 졸업한 뒤 공무원 생활을 했던 스토커는 당대의 유명한 연극배우 헨리 어빙Henry Irving, 1838~1905에게 매료돼 공직을 떠난 뒤 그가 운영하는 런던 라이시엄 극장의 비즈니스 매니저로 30년간 일을 한다. 어빙에 대한 숭배는 광적인 것이었으나 스토커는 이를 억누른다. 마침 『드라큘라』가 나오기 2년 전인 1895년은 작가 오스카 와일드Oscar Wilde, 1854~1900가 동성애죄로 기소된 해이기도 하다. 펭귄문고 판에 실린 글에서 평론가인 크리스토퍼 크래프트는 드라큘라의 조너선에 대한 지속적 관심을 환기시키면서 "이 작품의 근본적 불안은 드라큘라가 다른 남성을 유혹하고 뒤흔들고 고갈시킬 가능성에서 온다"는 의외의 지적을 한다. 동성애란 이성애에 바탕을 둔 부르주아 가족주의의 근간을 흔드는 불온한 행동이다. 작품 전반에 깔린 작가의 동성애적 강박관념은 루시와의 결혼이 좌절되고 그녀가 뱀파이어가 됐을 때 루시의 연인이던 아서가 신경질적으로 그녀의 가슴에 여러 차례 말뚝을 박는 여성 혐오의 장면에서도 두드러진다.

『드라큘라』는 전설의 변용일 뿐 아니라 사회의 반영이다. 19세기가 가진 문명의 억압성이라는 문제에 대해 스토커는 드라큘라라는 존재를 빌어 암시적으로 대응했다. 외견상 드라큘라는 빛의 전사들에게 처형되지만 문명사회의 미덕을 체현한 여성 미나의 몸에는 드라큘라의 피가 섞여있고 그것은 자손들에게 은밀하게 대물림 된다. 작가는 드라큘라를 완전히 죽이지 않은 채 삶의 의외성, 선과 악의 공존, 욕망과 도덕 사이의 갈등이라는 주제를 넌지시 드러낸 것이다.

어둡고 깊은 자본주의 골짜기에 관한 기억

강남형성史 40년

서울 안의 서울로 불리는 '강남'은 1970년대 초
반 처음 조성될 때부터 줄곧 관심과 비난, 모방
과 부정의 대상이 돼 왔다. 강남은 한국식 자본주의의 급속하고 성공적인
발전을 증명하는 시금석인 동시에, 민·관 양 영역에서 과속과 반칙이 난
무하던 지난 시절의 부끄러운 초상이다. 또 엄청난 부의 집적을 바탕으로
세련된 상업주의와 도시문화를 선보이는 매력적인 공간이기도 하다. 다
른 어느 곳보다 빠르게 변화하는 강남의 표면, 그리고 화려한 외양의 이
면에 숨겨진 억압적 구조와 인간적 슬픔은 강남을 다양한 담론의 장으로
끌어들였다.

강남은 원래 산업화로 인해 갑자기 늘어난 중산층을 위해 만들어진
계획도시였다. 1960년대에 시작된 경제개발 5개년 계획은 이촌향도(離村
向都)를 부추겼으며 생활수준 향상으로 사무직·전문직·관리직이 늘어나
는, 인구의 상향평준화를 가져왔다. 택지가 고갈된 강북을 대신해 중산층

한국 자본주의의 쇼윈도라 불리는 강남은 지
대 상승에 기반한 원시적 축적 단계의 자본주
의에 뿌리를 두고 있지만, 문화와 경제가 결
합한 후기자본주의 시대로 넘어오면서 더욱
주목받기 시작했다.

을 위한 주거지를 조성하기 위해 만들어진 곳이 애초 강남이었다. 1969년
제3한강교(한남대교)의 건설, 1970년 경부고속도로의 완공에 맞춰 도로
주변의 토지구획정리사업이 진행되고, 영동과 잠실 지구를 중심으로 한
대단위 아파트 단지가 들어섰다. 아울러 서울시는 1970년 '한수남쪽개발
계획'을 발표하면서 강남 개발을 본격화 하게 된다.

　한국 자본주의의 쇼윈도인 강남은 지대 상승에 기반한 원시적 축적
단계의 자본주의에 뿌리를 두고 있지만, 문화와 경제가 결합한 후기자본
주의 시대로 넘어오면서 더욱 주목받기 시작했다. 1992년에 나온 문화연
구서 『압구정동: 유토피아 디스토피아』(강내희 외 지음)는 강남의 중심부
인 압구정동을 "자본주의적 야망과 탈자본주의적 욕망이 동시에 존재하

는 곳, 딜레탕트 측면과 아방가르드 측면을 동시에 지닌 문화적 공간"으로 파악한다. 압구정동은 물질만능주의와 소비주의가 판을 치면서도 서구 대중문화를 우리 식으로 수용한 청년문화의 진보성이 존재하는 곳이다. 또 체제로부터의 일탈과 해방을 꿈꾸는 한편, 그런 욕망을 '소비'라는 자본주의적 방식과 외모·계급·성차 등을 중시하는 보수적 이데올로기로 표출하는 한계를 지니고 있는 곳이기도 하다.

유 토 피 아 ? 디 스 토 피 아 !

　강남의 매력과 비애에 가장 먼저 눈을 돌려 대중의 관심을 끌어낸 이는 시인이자 나중에 영화감독이 된 유하였다. 그는 두 번째 시집인 『바람 부는 날이면 압구정동에 가야 한다』(1991)에서 압구정동 특유의 소비문화와 거기에서 느끼는 자신의 페이소스를 솔직하고 대담한 언어로 풀어냄으로써 유토피아이자 디스토피아로서 강남의 존재를 증명했다.

　　바람 부는 날이면, 압구정동에 가야 한다 사과맛 버찌맛
　　온갖 야리꾸리한 맛, 무쓰 스프레이 웰라폼 향기 흩날리는 거리
　　웬디스의 소녀들, 부띠끄의 여인들, 까페 상류사회의 문을 나서는
　　구찌 핸드백을 든 다찌들 오예, 바람 불면 전면적으로 드러나는
　　저 흐벅진 허벅지들이여 시들지 않는 번뇌의 꽃들이여
　　하얀 다리들의 숲을 지나며 나는, 끝없이 이어진 내 번뇌의 구름다리를

출렁출렁 바라본다.

— 시 「바람 부는 날이면 압구정동에 가야 한다 6」 부분

'온갖 야리꾸리한 맛'이 섞인 압구정동에는 '구찌' 핸드백을 든 '다찌' (일본인을 상대로 하는 기생)들이 소비로 시름을 달래고, 인기 연예인들의 '황홀한 종아리'를 지닌 그곳 여인들을 보면서 시인은 부정관(不淨觀, 아함경에 바탕을 두고 모든 육신은 더럽다는 것을 관하는 소승선의 방식)이라도 해야 할 것 같은 숨 막히는 기분을 느낀다.

압구정동 일대는 한창 나이의 시인을 유혹하는 거리에 그치지 않고 그가 어린 시절을 보낸 고향으로서 향수를 불러일으키는 장소이기도 하다. 전북 고창 출신인 그는 초등학교 때 서울로 올라와 답십리를 거쳐 강남으로 이사를 왔다. 배밭이던 압구정동의 변모를 그는 '이전벽해'(梨田碧海)라고 표현한다. 시 속에서 압구정동 원주민으로 별명이 '양아치'로 불린 그의 친구는 배(梨)로 허기진 배(腹)를 채우면서 학생주임의 눈을 피해 '벌거벗은 금발 미녀의 꿀배 같은 유방'이 나오는 「펜트하우스」를 친구들에게 팔았다. 그리고 시인은 "바람 부는 날이면 녀석 생각이 배맛처럼 떠올라 압구정동 그 넓은 배나무숲에 가야 했다"고 회고한다.

시와 영화를 동시에 추구한 그는 박상우의 소설 『샤갈의 마을에 내리는 눈』(1990)을 개작하고 자신의 시 제목을 붙인 〈바람 부는 날이면 압구정동에 가야 한다〉(1993)란 영화로 '입봉'했다. 이 작품은 무협소설을 쓰면서 영화감독을 꿈꾸는 주인공이 여자친구 소영과 배우 혜진 사이를 방황하는 내용이다. 유하는 또 고교시절의 추억을 바탕으로 한 영화 〈말죽

강남 개발 초기의 살풍경을 흙바람 부는 썰렁
한 벌판과 학교 내의 무자비한 폭력으로 형상
화한 영화 〈말죽거리 잔혹사〉의 한 장면.

거리 잔혹사〉(2004)를 만들었다. 강남 개발 초기의 살풍경을 흙바람 부는
썰렁한 벌판과 학교 내의 무자비한 폭력으로 형상화해 개발시대 강남의
풍경을 직설적으로 보여 준다.

주인공 현수(권상우 분)는 갓 개교한 정문고로 전학 온다. 이곳에서는
교사의 폭력과 학생 사이의 폭력이 난무한다. 현수는 열혈 '이소룡 키드'
라는 공통점 때문에 학교짱인 우식(이정진 분)과 친구가 된다. 하굣길 버스
안에서 이들은 영화배우 올리비아 핫세를 꼭 닮은 여학생 강은주(한가인
분)가 깡패들에게 괴롭힘 당하는 것을 구해 주고, 이를 계기로 각자 그녀
를 좋아하게 된다. 학교짱을 놓고 우식과 경쟁하던 종훈(이종혁 분)은 비열
한 방식으로 우식을 꺾는다. 결국 우식은 학교를 떠나고 현수도 그의 단

짝이었다는 이유로 종훈 일패의 거센 압박을 받는다. 여기에다 은주가 우식의 연인이 된 걸 안 현수는 그동안 쌓였던 고통과 분노를 폭발시킨다. '이소룡'의 쌍절곤 무술을 맹렬히 연습한 그는 옥상에서 종훈과 한판 붙고 난 뒤 학교를 떠난다.

강남은 그런 곳이다

강남이 소설에 본격적으로 등장한 것은 2000년대에 들어와서다. 문학사적 흐름으로 보면 민주화와 분단 극복 등 거대 담론에 경도한 리얼리즘 시대를 지나 개인의 내면과 체제로부터의 일탈을 구가한 1990년대 문학을 거쳐 자본주의 소비문화에 대한 천착이 이뤄진 시기이다. 그 선두에 선 작가가 정이현이다. 첫 번째 소설집 『낭만적 사랑과 사회』(2003)와 두 번째 소설집 『오늘의 거짓말』(2007)에서 정이현은 계산적이고 위악적인 면모, 되바라진 언사를 통해 자본주의라는 물신에 사로잡힌 강남 출신의 정체성을 드러낸다. 단편 「낭만적 사랑과 사회」와 「소녀시대」, 「삼풍백화점」이 그 중 대표작이다.

"고무줄이 헐렁하게 늘어나고 누렇게 물이 빠진 면 팬티는 말하자면, 나의 마지막 보루다"라는 도발적인 문장으로 시작하는 단편 「낭만적 사랑과 사회」는 반포의 27평형 주공아파트에 이사오면서 강남에 입성한 주인공이 결혼을 통해 신분 상승을 꿈꾸는 이야기이다. 22살인 '나'는 차가 없는 의대생 상우와 맹하지만 은색 투스카니를 몰고 다니는 민석 사이에

양다리를 걸치고 있다. 나의 꿈은 강남 언저리를 맴도는 엄마의 삶, 즉 "허울만 좋은 중소기업 임원의 아내로 백화점 세일 때 허접한 옷 골라 사 입고 문화센터 노래교실에 다니는 걸로 여유를 찾는" 짝퉁이 아니라 진짜 강남주부가 되는 것이다. 그런 나에게 절호의 기회가 찾아온다. 부유한 집안의 아들로 미국 로스쿨에 다니는 '진지한' 남자와 사귀게 된 것. 나는 마지막 보루인 처녀막을 무기로 10가지 매뉴얼에 따라 그와의 정사를 조심스럽게 진행한다. 그러나 허무하게도 혈흔은 보이지 않고, 그 남자는 무감동하게 루이비통 백을 던져 준다.

「소녀시대」의 주인공은 더욱 어리고 영악하다. 16살의 '나'는 수도권 국립대학 교수이면서 채팅을 통해 어린 여자를 만나는 아빠와 부잣집 딸이지만 머리는 텅 빈 엄마를 냉소하면서 독립을 꿈꾼다. 독립의 수단은 다름 아닌 가족들이 살고 있는 강남의 아파트이다. "미도아파트 55평 8억 5천, 저번 달보다 2천만 원 올랐다. 진짜 미쳤다. 그 돈을 깔고 앉아 밥 먹고 화장실 가고 지지고 볶고 싸우며 살다니." 나는 엄마 아빠가 죽으면 집을 팔아서 남자친구 용이 오빠에게 빨간 포르세를, 베스트 프렌드인 민지에게 오피스텔을 각각 선물한 뒤 외국으로 뜰 생각을 하고 있다.

남자친구 용이는 명동 카페의 알바생으로, "왠지 모를 강북 필이 나고 스타일도 구리다"는 친구들의 만류를 무릅쓰고 사귀는 중이다. 민지만이 "강남, 강북 그런 게 무슨 상관이니? 너희들은 진짜 사랑을 몰라"라며 나를 옹호한다. 오로지 차에만 관심이 있는 용이는 나에게 아빠의 지프 렝글러를 몰래 가져오라고 조른다. 나는 아빠 삐삐에서 애인 깜찍이의 존재를 알고 그녀를 만나는데, 갓 스물을 넘긴 그녀가 임신 중절할 돈이 없다고 하자 '야동'을 찍어 돈을 대준다. 이혼한 부모 사이에서 갈등하던 민지는 끝내 유학길에 오르고, 용이와 나는 납치극을 벌여 부모에게 돈을 뜯어낸다.

정이현의 주인공은 강남의 삶에 대해 냉소적인 자세를 취하면서도 거기에서 벗어나려고 하거나 저항하지 않는다. 오히려 더 높은 지위와 더 많은 물질을 얻기 위해 자신의 부, 전통적인 성역할을 전략적으로 이용한다. 작가가 1인칭으로 풀어내는 강남여성의 심리는 솔직하고 거리낌이 없다. 「소녀시대」의 주인공은 허울뿐인 가족관계 속에서도 자신의 삶이 "아저씨시대보다, 할머니시대보다 짱 멋지다"고 생각한다. 그런 쿨함의 뒤끝에 도사린 고독과 허무를 무시할 수만 있다면. 그런데 「삼풍백화점」에 오면서 작가 정이현은 강남이란 신기루의 허약한 토대에 눈을 돌린다.

이 작품은 삼풍백화점 붕괴사건을 소재로 한다. '나'는 취업준비생이다. 대학 졸업과 동시에 제도권 바깥으로 밀려날지 모른다는 불안감에 약간 시달리기는 하지만 "비교적 온화한 중도우파의 부모, 슈퍼싱글 사이즈의 깨끗한 침대, 반투명한 초록색 모토롤라 호출기와 네 개의 핸드백"을 가진 중산층 여성이다. 삼풍백화점에 들렀던 나는 우연히 강북의 여고시절 동창인 R을 만난다. 여성복 매장에서 일하는 R과 친해진 나는 R의 부탁으로 하루 동안 매장 아르바이트를 하다가 계산 실수로 "어떤 년이야"란 욕설을 들으면서 백화점 점원의 생활을 어렴풋이 짐작한다.

그 후 취직이 된 나는 R과 점점 멀어지는데 어느 날 삼풍백화점이 무너지고 R이 행방불명된다. 이 사고에 대해 한 여성명사는 신문 칼럼에 "호화롭기로 소문났던 삼풍백화점 붕괴사고는 대한민국이 사치와 향락에

물드는 것을 경계하는 하늘의 뜻일지도 모른다"는 내용의 글을 싣는다. 나는 신문사에 전화를 걸어 "그 여자가 거기 한 번 와본 적이나 있대요? 거기 누가 있는지 안대요?"라고 울부짖는다.

1995년 6월 29일, 1500여 명의 사상자를 낸 삼풍백화점 붕괴사고는 멈출 줄 모르고 질주해온 개발시대의 욕망과 그 치부를 적나라하게 드러낸 사건이다. 작가 황석영은 소설 『강남몽』(2010)에서 '강남의 꿈'을 좇아 달려온 인물들을 통해 수십 년에 걸친 남한 자본주의 근대화의 숨 가쁜 여정과 오점투성이의 근현대사를 그려낸다. 이 소설은 각 장마다 강남과 관련된 전형적인 인물들이 등장한다.

여상 재학 중 우연찮게 모델 생활을 거쳐 화류계에 발을 들인 박선녀는 졸부의 첩이 되면서 '강남 사모님'으로 신분상승을 이루는데 부유한 상류층 생활을 누리던 중 백화점에 들렀다가 난데없이 건물이 무너지는 사고를 당한다. 다음 장의 주인공은 삼풍백화점 회장인 김진. 일제시대에 중국 심양대사관 촉탁을 지낸 친일파인 그는 광복 이후 미국 정보국(CIC)의 초창기 멤버였고, 중앙정보부를 창설하는 일을 끝으로 기업가로 변신한다. 그가 백화점과 아파트를 지은 땅은 원래 미군 땅이다. 왕실 귀속재산이었다가 일본에 넘어간 것을 해방 이후 적산 처리 과정에서 미국이 접수한 알짜배기 땅을 불하받은 것이다.

소설은 또 박선녀의 옛사랑인 강남부동산 개발업자 심남수의 이야기로, 개발 붐을 타고 우후죽순 생겨난 유흥업소 이권을 둘러싸고 피 터지는 싸움을 벌인 양대 조폭 두목 홍양태와 강은촌의 이야기로, 그리고 백화점 지하 아동복 매장의 직원으로 박선녀와 함께 무너진 백화점 건물더미에 깔렸다가 구출되는 점원 임정아의 이야기로 이어진다. 삼풍백화점 붕괴사고의 마지막 생존자를 모델로 한 임정아는 집 한 칸 마련하려고 평생 사투를 벌인 부모 밑에서 태어나 교외에서 강남으로 출퇴근하면서 강남이란 신기루를 떠받치는 먹이사슬의 가장 밑바닥에 있는 미약한 존재이다. 작가는 그런 그녀에게 끝내 살아남는 강인함을 선사한다.

삼풍백화점 붕괴 이후 1997년과 2008년, 두 차례의 경제위기를 겪으면서 우리 사회의 중산층은 무너졌고 빈부격차는 더욱 심화됐다. 강남이란 철옹성 역시 훨씬 공고해졌다. 2000년대의 강남은 부동산 가격 상승으로 인해 비강남 시민의 진입이 더 이상 불가능한 계급적 고착성을 지닌 곳이 되면서 기타 지역과 분리된 '그들만의 천국'이 됐다.

산이 높으면 골짜기가 깊고, 빛이 밝을수록 그림자는 어둡다. 강남의 화려한 고층건물과 아파트숲 사이에 자리잡은, 강남경제를 떠받치는 투명한 착취구조는 갈수록 깊고 어두운 골로 파여진 크레바스를 양산한다. 구찌 가방을 모셔놓은 쇼윈도 속 조명에, 날렵하게 빠진 포르셰 헤드라이트에, 그리고 성공을 보장하는 유명학원 네온사인에 취한 사람들이 여기저기서 춤을 춘다. 반면, 크레바스 사이에 갇힌 사람들은 바로 그 불빛 아래 그림자에서 소외감으로 몸부림친다. 현실에서든 문학에서든 영화에서든…… 강남은 그런 곳이다.

상처와 환멸, 희망의 문학

민주화 세대의 후일담

'무진'(霧津)이라는 이 세상에 없는 지명은 한국 문학사에서 가장 유명한 장소 중 하나로 군림해 왔다. 무진은 김승옥의 단편소설 「무진기행」(1964)의 배경이다. 광주에서 기차를 내려 버스를 갈아타고 들어간 어디쯤인 무진은 명산물도 없고 수심이 얕은 탓에 항구가 될 조건도 갖추지 못한 척박한 어촌이다. 유일하게 무진을 다른 고장과 구별해주는 것은 자욱한 안개뿐이다.

"아침에 잠자리에서 일어나서 밖으로 나오면, 밤사이에 진주해 온 적군들처럼 안개가 무진을 뼁 둘러싸고 있는 것이었다. 무진을 둘러싸고 있는 산들도 안개에 의하여 보이지 않는 먼 곳으로 유배당해 버리고 없었다. 안개는 마치 이승에 한이 있어서 매일 밤 찾아오는 여귀(女鬼)가 뿜어내놓은 입김과 같았다"고 작가는 쓰고 있다.

안개에 휩싸인 무진은 그 이름처럼 신비감을 자아낸다. 무진의 안개는 사람의 시야를 흐리게 만들고, 그 안에 뭔가를 감춘다. 안개 속에는 과

6·10 민주항쟁 20주년인 2007년 6월 10일 '6월항쟁 20주년 계승 민간조직위원회' 주최로 서울시청 광장에서 열린 범국민대회에서 참가자들이 6월항쟁의 상징이 된 시위장면을 재현하고 있다. 혁명에 대한 열정과 실패는 환멸과 상처의 문학을 낳는다.

거의 상처와 회한, 부끄러움, 그리고 좀처럼 해소되지 않는 분노와 환멸이 뒤섞여 칙칙하게 대기를 내리누른다. 안개는 현실의 추악한 측면을 감추는 한편 로맨틱하면서 멜랑콜리한 감정을 부추긴다. 무진의 안개 속에서는 어떤 일이 벌어지게 될까.

안개는 무엇을 감추고 있는가

주인공 '나'(윤희중)는 오랜만에 고향인 무진을 찾았다. 오래 전에 서울에서 취직한 나는 실직과 동시에 동거하던 애인과 헤어진 뒤 과부가 된 제약회사 사장의 딸과 결혼해 장인의 회사를 물려받게 돼 있다. 나를 전무 자리에 올리기 위한 주주총회가 열리는 동안 잠시 자리를 비우라는 장인의 명에 따라 무진에 내려왔다.

광주역에 내린 나는 분홍 한복을 곱게 차려입고 양산을 받쳐든 미친 여자를 본다. 그리고 이모집에 도착하는데 중학교 후배이자 모교의 교사인 박이 그곳으로 찾아온다. 박은 "해방 이후 무진중학 졸업생 중 가장 출세한 인물"이라고 나를 치켜세운다. 박을 통해 동창인 조가 고등고시에 합격해 세무서장으로 와 있다는 소식을 들은 나는 조를 찾아갔다가 그곳에서 무진중학의 음악선생인 하인숙을 만난다.

무진이 나에게 상처뿐인 고향인 것은 그 시대의 다른 사람들처럼 지지리도 가난했기 때문만이 아니다. 한국전쟁 당시 나는 돌아가신 어머니의 성화에 못 이겨 징집을 피한 채 골방에서 숨어 지냈다. 다른 친구들이 자원입대해 전쟁터로 나가고 그들의 전사통지서가 날아오는 동안 나는 비겁하다는 자괴감, 공포, 지루함과 싸우면서 "편도선이 붓도록 독한 담배를 피우고 공상과 불면을 쫓아보려고 수음을 했다." 무진은 한마디로 음울하고 부끄러운 청춘의 공간이다.

주인공이 항상 무진을 떠나고 싶어 했듯이 인숙도 무진을 떠나고 싶어 한다. 서울에서 대학을 다닌 별 볼일 없는 집안 출신의 인숙은 시골학교 음악선생이 됐지만 무슨 사연인지 다시 서울행을 꿈꾼다. 나는 후배인 박이 인숙을 좋아하는 걸 알면서도 인숙과 나란히 안개가 자욱한 뚝방길을 걷고, 여전히 남아있는 젊었을 때의 자취방에서 성관계를 갖는다. 나는 인숙에게 고향으로 돌아가지 그러냐고 권하지만 인숙은 "그곳보다는 여기가 낫다"면서 "서울로 데려가 달라"고 부탁한다. 인숙에게도 고향은 선뜻 돌아가고 싶지 않은 곳이다.

　무진의 안개는 여전하다. 더욱이 고향에서 첫 밤을 보낸 나는 이슬비가 뿌옇게 날리는 방죽길을 걷다가 자살한 창녀의 시신이 물 위에 떠있는 장면을 본다. 절망이 깃든 무진은 서울생활에서 실패하거나 지친 나를 받아주는 곳인데 무진에서 되돌아본 나는 장가를 잘 들어 한 몫 잡은 세속적인 남자이다. 숨기고 싶은 과거, 자신의 거울인 인숙을 마주한 나는 낭패감과 함께 어떤 새로움마저 느끼지만, 당초 일주일 동안 머물려던 계획과는 달리 바로 상경하라는 아내의 전보를 받고 심한 부끄러움을 느끼면서 사흘째 되던 날 예정보다 빨리 무진을 떠난다. 자신의 실존을 직시하려는 주인공의 시도는 결국 실패로 끝난다.

　김승옥은 4·19세대 작가로 불린다. 문학사적으로 보면 한국전쟁 이후 실존적 불안에 사로잡혀 있던 전후문학의 한계를 뛰어넘으면서 일상성과 낭만성의 대립을 통해 1930년대 모더니즘의 전통을 새롭게 복원했다. 특히 그의 감각적인 한글 문체와 환상성을 가미한 플롯은 '감수성의 혁명'이란 찬사를 받았다. 서울대 불문과 재학 중이던 1962년에 혜성처럼 등단한 그는 「환상수첩」(1962), 「1964년, 겨울」(1965), 「염소는 힘이 세다」(1966) 등 단편으로 문학청년들의 귀감이 됐다. 그러나 군사독재와의 정면대결을 피한 그는 곧 영화계에 투신해 「무진기행」을 영화화한 〈안개〉(1967)를 비롯해 〈충녀〉(1972), 〈영자의 전성시대〉(1975), 〈겨울여자〉(1977) 등의 시나리오를 썼다.

　일찍 순수문학을 접했음에도 김승옥이 1960년대를 대표하는 작가로

「무진기행」을 영화화한 김수용 감독의 〈안개〉 포스터. 주연배우인 신성일과 윤정희보다 원작자이자 각본을 쓴 김승옥의 이름이 더 강조됐다.

자리매김한 것은 그의 문학이 내포한 시대정신 덕분이다. 4·19혁명은 체제의 억압과 불의에 저항하는 개인을 탄생시켰다. 광복 이후로도 계속돼 온 권위주의를 탈피한 자유의 실현은 불꽃놀이처럼 짧은 순간이었을망정 김승옥이 추구한 낭만적 일탈을 꿈꾸는 개인의 내면을 용인했다. 그런데 이런 개인은 실패한 혁명 이후 상처와 환멸, 자괴감을 느끼는 자폐적 공간으로 자신을 가둔다.

김승옥의 작품은 또한 급속한 산업화의 와중에 상실한 인간성의 황폐함을 고발한다. 「무진기행」의 주인공 윤희중이 처한 이중적 상황, 즉 자신의 부끄러운 내면을 성찰하면서도 현실의 이익을 따르는 모순은 이런 상황을 대변한다.

안개 속 잠행을 추억하는 이들

골방에 숨어 있는 자아로서 김승옥의 적자는 요절한 시인 기형도(1960~1989)를 들 수 있다. 소설가 김승옥이 1960년대의 청년이라면 시인 기형도는 1980년대의 청년이다.

나무의자 밑에는 버려진 책들이 가득하였다
은백양의 숲은 깊고 아름다웠지만

그곳에서는 나뭇잎조차 무기로 사용되었다
그 아름다운 숲에 이르면 청년들은 각오한 듯
눈을 감고 지나갔다, 돌층계 위에서
나는 플라톤을 읽었다, 그때마다 총성이 울렸다
목련철이 오면 친구들은 감옥과 군대로 흩어졌고
시를 쓰던 후배는 자신이 기관원이라고 털어놓았다
존경하는 교수가 있었으나 그분은 원체 말이 없었다
몇 번의 겨울이 지나자 나는 외톨이가 되었다
그리고 졸업이었다, 대학을 떠나기가 두려웠다.

위의 시 기형도의 「대학시절」(1989)은 '1980년대식'이 어떤 것인지를 그 어떤 산문보다 여실하게 증명한다. 나뭇잎조차 무기로 사용되던 시절을 플라톤이나 읽으면서 통과해 온 청춘의 뇌리에는 죄책감과 상흔이 그득하다. 더욱이 자신의 유년기를 고백한 시를 보면 기형도는 어렵사리 살아온 '민중의 아들'이었으나 민주화 투사로 거듭나지 못했다. 스스로를 자신이 처한 상황과 격리시킴으로써 견뎌 온 시절에 대한 고백은 우울하기 짝이 없다. 충분히 애도하지 못한 슬픔은 우울이라는 암세포로 의식 저변에 깔려 두고두고 고통을 준다. 인간에 대한 신뢰와 역사의 진보를 말하던 시절에 기관원인 후배, 침묵하는 교수를 보면서 상실을 경험한 시인은 오히려 대학을 떠나기가 힘든 심경에 이른다.

기형도의 유고시집 『입 속의 검은 잎』(1989)은 무채색으로 칠한 청춘 스케치이다. 잎사귀는 검고, 이웃은 수상하며, 저녁하늘은 흐렸고, 가

최루탄으로 뒤덮인 1980년대의 대학가. 최루탄 연기가 내뿜는 절망감은 지독한 안개처럼 청춘들의 숨을 조였다.

족은 울고 있다. 검은색 그림자가 종종 등장해 자신의 죽음에 대한 예고편처럼 보이기도 한다. 그의 시에는 음모와 거짓과 막막한 현실과 미래에 대한 불안과 삶의 무방향성에 대한 은유로서 안개가 자주 등장한다. 특히 「안개」란 작품은 무진을 바로 연상시킨다.

아침저녁으로 샛강에 자욱이 안개가 낀다.
이 읍에 처음 와본 사람은 누구나
거대한 안개의 강을 거쳐야 한다.
앞서간 일행들이 천천히 지워질 때까지
쓸쓸한 가축들처럼 그들은

그 긴 방죽 위에 서 있어야 한다.
문득 저 홀로 안개의 빈 구멍 속에
갇혀 있음을 느끼고 경악할 때까지.
……

안개에 익숙하지 않은 사람들은 처음 얼마 동안
보행의 경계심을 늦추는 법이 없지만, 곧 남들처럼
안개 속을 이리저리 뚫고 다닌다. 습관이란
참으로 편리한 것이다. 쉽게 안개와 식구가 되고
멀리 송전탑이 희미한 동체를 드러낼 때까지
그들은 미친 듯이 흘러다닌다.
……

몇 가지 사소한 사건도 있었다.
한밤중에 여직공 하나가 겁탈당했다.
기숙사와 가까운 곳이었으나 그녀의 입이 막히자
그것으로 끝이었다. 지난 겨울엔
방죽 위에서 醉客(취객) 하나가 얼어 죽었다.
바로 곁을 지난 삼륜차는 그것이
쓰레기 더미인 줄 알았다고 했다. 그러나 그것은
개인적인 불행일 뿐, 안개의 탓은 아니다.
……

기형도 시대에 문학을 한다는 것은 비판과 현실 참여를 요구했다. 계엄이 선포되고, 최루탄이 터지고, 학생과 노동자가 죽어가는 상황에서 자기 유년을 돌아보거나 내면의 상처를 쓰다듬는 일은 좀처럼 용납되지 않았다. 자신의 존재론적 관심(플라톤을 읽는 정치외교학과 학생!)이나 문학적 재능을 어떻게 사용해야 할지 몰랐다는 것도 그의 대학시절이 우울한 이유 가운데 하나였을 것이다. 이런 점에서 기형도의 시 「안개」는 보기 드물게 현실비판적이다. 안개는 현실의 거짓을 덮고, 사람들의 감각을 마비시키며, 여직공의 겁탈을 용인한다. 취객의 죽음이 안개 탓이 아님을 애써 강변하는 데는 냉소가 들어 있다.

공지영의 장편소설 『도가니』(2009)를 읽을 때 김승옥과 기형도를 떠올리게 되는 것은 선택의 여지가 없다. 『도가니』의 무대는 아예 무진이다. 무진시의 해무(海霧)에 대해 작가는 "거대한 흰 짐승이 바다로부터 솟아올라 축축하고 미세한 털로 뒤덮인 발을 성큼성큼 내딛듯 안개는 그렇게 육지로 진군해왔다. 안개의 품에 빨려 들어간 사물들은 이미 패색을 감지한 병사들처럼 미세한 수증기 알갱이에 윤곽을 내어주며 스스로를 흐리멍덩하게 만들어버렸다"고 묘사했다.

무진의 안개 속에는 자애학원이란 청각장애인 학교의 악행이 숨어 있다. 서울에서 사업에 실패한 뒤 아내 친구 덕분에 자애학원의 교사로 채용된 강인호는 무진에 도착하자마자 이상한 기운을 느낀다. 소년이 철로에 뛰어들어 죽고, 소녀는 과자봉지를 든 채 운동장을 배회한다. 쌍둥이인 교장과 행정실장은 아버지로부터 물려받은 자애학원의 독재자들이다. 인호는 무진에서 서유진이란 대학시절의 여자 선배를 만난다. 유진은 남편과 이혼한 뒤 두 아이를 키우면서 무진의 여성단체에서 일하고 있다.

자애학원에서 소년과 소녀에 대한 성폭행, 그리고 이를 무마하려는 폭력과 협박이 비일비재하게 일어난다는 사실을 알게 된 인호와 유진은 중앙 언론에 이 사실을 알리고 여론을 환기한다. 그러나 학연·지연 등으로 자애학원과 커넥션을 이룬 경찰·검찰·법원·지방언론 등은 자애학원을 제자리로 돌려놓는다. 무진은 외부의 개입을 허용하지 않는 자기완결적인 범죄조직인 것이다. 자신이 끝없는 투쟁의 선상에 서 있음을 알게 된 인호는 농성장에서 도주하다시피 서울로 돌아간다. 반면 실패를 경험했지만 다시 일어설 수 있는 힘을 얻은 유진은 무진을 끝까지 지킨다. 도가니는 광기와 폭력과 거짓말의 도가니이며, 무진의 안개는 그런 현실의 가림막이다.

작가 공지영은 시계 제로에다 구제불능인 무진에도 일말의 희망이 있다고 말한다. 1980년대의 운동권 여학생이자 1990년대 후일담문학으로 작가 생활을 시작한 공지영은 21세기에 들어선 뒤에도 분명한 선악 구도를 포기하지 않고 싸워서 이겨야 한다는 당위와 희망에 대해 이야기하기를 계속한다. 그녀를 지탱해 온 사회의식과 도덕적 책무는 이 작품을 관통한다. 이미 김승옥을 읽은 공지영은 무진에서 새로운 시작이 가능하다는 것을 강조함으로써 「무진기행」이 지닌 의미를 변주하는 것이다.

한국전쟁이 남긴 심오한 질문

순교자

광장

6·25전쟁이 20세기 한국사에서 가장 비극적인 사건임을 부인할 사람은 아무도 없다. 일제시대부터 비롯된 좌우익의 대립, 계급 모순, 강대국의 이권 다툼이 폭발한 이 전쟁은 세계에서 유일한 분단체제를 우리 민족에게 숙제로 남겼다. 그러나 이 전쟁은 현재진행형임에도 불구하고, 젊은 세대들 사이에 점차 실감을 잃어가고 있다. 전쟁을 직접 겪은 세대가 역사의 뒤편으로 물러나면서 참혹한 기억은 점점 사라지고 추상화된 전쟁의 이미지들이 그 자리를 대신한다. 그리고 전쟁이란 복잡한 비극에서 태어난 다양한 요소들이 서사의 소재로 등장한다.

6·25전쟁은 소설·영화·드라마 등에서 마르지 않는 소재의 원천이 돼 왔다. 영화의 경우 특히 그렇다. 〈태극기 휘날리며〉(2003, 감독 강제규)는 국군과 인민군으로 맞서게 된 형제의 이야기로 스펙터클한 화면과 보편적 휴머니즘에 호소한 덕분에 1000만 관객이 본 영화가 됐다. 〈공동경

비구역 JSA〉(2000, 감독 박찬욱)에서는 통일의 염원을 남북한 병사들의 놀이와 우정으로 퇴행시킨 뒤 그런 판타지를 찢고 침입하는 분단의식을 대비시켜 관객들에게 충격을 주었다. '옛날 옛날 어느 곳에 동막골이란 마을이 있었는데……' 식의 우화인 〈웰컴 투 동막골〉(2005, 감독 박광현)은 주민들의 능청스런 천진함 앞에서 남북의 대결을 무화시킨다. 남북 병사들의 다툼 끝에 옥수수 창고에서 터진 폭탄이 팝콘 눈을 내리게 하는 서정적인 장면은 많은 이들의 뇌리에 남아 있다. 이들 작품에서 6·25전쟁은 구체적 사실이 생략된 채 중심적인 사건을 부각시키는 데 필요한 배경으로 물러난다. 세월의 힘이 아닐 수 없다.

그래서일까. 전쟁이 발발한지 10여 년 지난 1960년대에 나온 두 편의 소설, 김은국1932~2009의 『순교자The Martyred』(1964)와 최인훈의 『광장』(1960)을 지금 꺼내어 읽는 것은 매우 각별하다. 이들만큼 6·25전쟁의 의미를 깊게 성찰해낸 이야기가 또 있을까 싶기 때문이다.

지금도 그렇지만 김은국과 최인훈 당대의 전쟁문학은 형제가 서로 총부리를 겨누는 형국이 된 민족의 비극이라는 수난사의 관점, 또는 혹독한 전쟁 속에서 피어난 사랑과 우정이라는 휴머니즘의 관점이 대부분이다. 생생한 세부가 살아있을망정 전체를 조망하는 지성의 힘은 부족하다. 그런데 이 두 편의 소설은 한국전쟁의 구체적인 상황을 제시하면서도 종교적, 이데올로기적 문제의식을 끌어냄으로써 50년의 세월을 훌쩍 뛰어넘어 여전히 명작으로 남아있다.

죽음은 신앙을 잠식시킨다

『순교자』는 재미작가 김은국이 영어로 쓴 소설이다. 함경남도 함흥의 기독교 집안 출신인 김은국은 평양고등보통학교 재학 중에 공산당 치세가 시작되자 남쪽으로 내려와 목포고를 졸업한 뒤 1950년 서울대 경제학과에 입학한다. 그러나 전쟁이 나자 학업을 중단하고 해병대에 입대한다. 미군사령관 아서 G. 트루도 소장의 부관이었던 그는 소장의 도움으로 1955년 미국으로 건너가 미들베리대와 아이오와대에서 공부한다.『순교자』는 김은국이 아이오와대 창작 석사과정을 마치면서 쓴 졸업 작품을 2년 동안 개작한 것이다.

작품의 시간은 1950년 10월 평양 탈환에서 이듬해 1·4후퇴를 거쳐 5월까지다. 육군 정치정보국 평양파견대에 배속된 대학강사 출신의 이대위는 파견대장 장대령으로부터 전쟁이 일어난 6월 25일 평양에서 12명의 목사가 공산당에 의해 순교한 사건의 진실을 밝히라는 명령을 받는다. 공산주의자들의 핍박을 받아 온 목사들은 정권에 협조하지 않았다는 이유로 끌려가 총살당한다. 그런데 원래 끌려간 사람은 14명이었고, 그 중 신목사와 한목사는 살아서 돌아왔다. 순교자 가운데에는 평양 기독교인들의 존경을 한 몸에 받던 박목사도 있는데, 그의 아들인 박대위는 이대위의 친구다. 박대위는 아버지의 광적인 신앙을 혐오해 의절한 상태다.

장대령은 이 사건을 정치적으로 이용하려고 한다. "공산주의자들이 저지른 아주 중대한 종교 탄압의 경우로서 국제적 중요성, 특히 미국에서 큰 중요성을 가질 만한 사건"이라는 점 때문이다. 그러기 위해 살아남은

1610년 루벤스(Pierre Paul Rubens, 1577~1640)가 그린
작품 〈십자가에서 내려지는 예수(Descente de Croix)〉.

두 목사 가운데 정신이상이 된 한목사를 제외한 신목사가 진실을 밝히고 동지들의 순교 장면을 증언해야 한다. 장대령은 진실을 알지만 이대위에 게 뭔가 숨기고 있다. 어느 날 목사들의 총살에 참여한 북한군 소좌가 체 포되면서 새로운 사실이 알려진다. 죽은 이들은 진정한 순교자가 아니었 다는 것이다. 그들 중에는 공산당에 협조한 첩자가 끼여 있으며, 몇 명은 마지막 순간에 목숨을 구걸했다. 특히 박목사는 죽음을 앞두고 "정의롭지 못한 하느님에게 기도하고 싶지 않다"며 무신앙의 절대고독 속에서 숨졌 다는 사실이 드러난다. 북한군이 신목사를 살려준 이유는 그만이 정당한 저항을 했기 때문이다.

이대위는 이 같은 순교사건의 진실을 밝히려고 하지만 신목사의 생 각은 다르다. 그는 평양의 기독교 신자들을 위해 순교사건이 필요하다고 본다. 사람들은 내세를 믿고 신앙적 삶의 의미를 수용함으로써만 고난을 이겨낼 수 있다는 것이다. 자신의 목사들이 배교자이며 무신앙의 상태로 세상을 떠났다는 것을 알게 된다면 신자들은 절망의 나락으로 떨어진다. 그런데 순교사건이 만들어지려면 살아남은 신목사가 거꾸로 배교자가 돼 야 한다. 그는 자신이 공산주의자에게 협조함으로써 살아남았다는 간증 을 하고 신자들에게 용서를 빈다. 처음에 분노하던 신자들은 신목사의 간 증을 통해 신앙을 강화하고, 이어 12인의 순교 추도예배가 행해진다.

『순교자』는 6·25전쟁이란 상황을 놓고 기독교 신앙 속에서 고난의 의미를 탐구한다. "성 중에서는 죽어가는 자들이 신음하며 다친 자가 부 르짖으나 하나님은 그들의 기도를 듣지 아니하시느니라"(욥기 24장 12절) 라는 성경 구절을 인용하면서 인간의 한계 상황에서 신앙이 과연 어떤 역할을 하는지 묻는다. 구약성경에 나오는 욥은 아무런 죄도 없이 자식과 재산을 잃고 장님이 된 채 하느님을 원망하며 울부짖는다. 그러자 하느님은 "네가 내 심판을 폐하려느냐? 스스로 의롭다하려 하며 나를 불의하다 하느냐"라고 우렁찬 소리로 힐책한다. 이 대목은 다양한 해석을 낳아왔는데 대체로 고난을 인간의 지력으로 이해하지 못하는 하느님의 신비로 바라본다. 정의가 아닌 듯이 보이는 고난 속에 섭리가 숨겨져 있다는 것이다.

이 작품에서 이런 신비를 구현하는 인물이 바로 신목사다. 그는 거짓말이라는 십자가를 지는 대가로 사람들에게 거룩한 희망을 준다. 그를 존경하게 된 이대위는 중공군의 개입이 가까워지면서 철수 명령을 받자 신목사에게 함께 서울로 떠날 것을 수차례 권유하지만 그는 끝내 평양에 남는다. 1·4후퇴 이후 임시수도인 부산에서 이북 피란민의 개척교회를 찾은 이대위는 여러 명의 신자들이 각각 다른 장소에서 신목사를 봤다고 증언하는 소리를 들으면서 그의 신성을 새삼스럽게 느낀다.

『순교자』가 발표됐을 때 작가 펄 벅Pearl Sydenstricker Buck, 1892~1973은 "보기 드문 걸작"이라고 호평했고, 「뉴욕타임스」는 "도스토예프스키, 카뮈의 문학세계가 보여 준 도덕적·심리적 전통을 이어받은 훌륭한 작품"이라고 치켜세웠다. 국내에는 1964년 장왕록 번역, 1978년 도정일 번역, 1982년 작가 자신의 번역으로 각각 소개됐다. 또 작품이 발표되던 해에 국립극단에서 허규 연출로 연극무대에 올랐으며, 1965년에는 유현목 감독의 영화와 제임스 웨이드 작곡의 오페라로 만들어지기도 했다.

광활한 벌판에도 경계선은 존재한다

　한편, 최인훈의 『광장』은 『순교자』보다 4년 앞선 1960년 4·19혁명의 열기가 자욱한 가운데 「새벽」지에 발표됐다. 문학평론가 김현이 "정치사적 측면에서 보면 1960년은 학생들의 해였지만 소설사적 측면에서 보면 그것은 『광장』의 해"라고 했을 만큼 『광장』은 혁명이 잠시나마 가져다준 정치적 자유의 상징이 됐다. 이 작품은 한국전쟁 전후 남북한의 체제를 모두 경험하고 환멸을 느낀 이명준이란 젊은이가 정전 이후 포로협상 때 중립국행을 택하고 끝내 배에서 자살한다는 내용이다.

　『광장』은 이데올로기가 첨예하게 대립하는 시대를 온몸으로 부딪치며 살아간 한 젊은이의 초상이다. 서울의 모 대학 철학과에 다니는 이명준은 월북한 아버지의 친구 집에서 기숙한다. 그 집 아들 태식과는 친구처럼 지내고, 영미는 여동생 같다. 명준은 어느 날 영미의 친구인 윤애를 소개받고 그녀를 사랑하게 된다. 남북 대립이 격화하면서 명준은 월북자의 아들이란 이유로 정보기관에 끌려가 모진 고문을 당한다. 숨 막히는 상황에서 명준은 윤애에게 기대지만 윤애는 그를 사랑하는 듯하면서도 계속 밀쳐낸다.

　훌쩍 월북한 명준은 「노동신문」 기자로 일하게 된다. 그는 만주의 콜호즈(kolkhoz, 집단농장)를 취재하러 갔다가 경제계획 목표를 성공적으로 달성했다는 중국 공산당의 선전과 달리 여전히 가난한 인민들의 삶을 보고 사실대로 기사를 쓰지만 그로 인해 자아비판의 대상이 된다. 그에게는 북한체제 역시 숨 막힐 만큼 억압적으로 느껴진다. 역사의 주인공이라는

1950년 11월 25일 국군의 평양 철수 결정에 따라 폭파된 대동강 철교 위로 같은 해 12월 12일 피란민들이 강을 건너는 모습. AP 소속 사진기자인 맥스 데스퍼(Max Desfor)가 촬영해 1951년 퓰리처상을 받은 작품 〈대동강 철교〉.

인민은 당의 명령에 따라 움직이는 꼭두각시에 지나지 않는다. 그런 명준에게 윤애와 비슷한 모습을 한 발레리나 은혜가 나타난다. 그녀와 사랑하는 사이가 되지만 은혜는 명준과의 약속을 어긴 채 모스크바에서 열리는 예술축전에 참가하기 위해 러시아로 떠난다. 그 사이에 전쟁이 터진다.

보위부 장교가 돼 서울에 온 명준은 서울 주변의 공산당 시설을 촬영하다가 잡혀온 태식을 만난다. 자신을 위악적으로 포장함으로써 전쟁의 의미를 애써 찾고 싶어 하던 명준은 그를 고문하고, 태식의 아내가 된 윤애를 욕보이려다가 결국 포기한다. 절망한 명준은 전투가 치열한 낙동강 전선에 자진해 투입된다. 여기서 그는 자신을 만나기 위해 간호병으로 지원한 은혜를 만난다. 두 사람은 명준이 발견한 동굴에서 매일 만나는데, 은혜는 명준의 아이를 가졌음을 고백하고 얼마 후 전사한다.

『광장』에서 광장은 민주주의를 위해 투쟁하는 정치의 장이며, 밀실은 개인의 삶이 보장되는 공간이다. 그런데 "한국의 정치가들이 정치의 광장에 나올 땐 자루와 도끼와 삽을 들고, 눈에는 마스크를 가리고 도둑질하러 나오는 것"이고, 북한의 광장 역시 "당이 생각하고 판단하고 느끼고 한숨지을 테니 너희들은 복창만 하라"는 곳이다. 남한 정치는 "미군부대 식당에서 나오는 쓰레기"이며, 북한 정치는 "붉은 군대가 가져다준 선물"이다. 주체적인 혁명과 그를 통한 민주주의 쟁취의 과정이 생략된 정치는 부패와 억압을 낳을 뿐이다.

작품 초입에서 중립국인 인도를 향하는 배에 탄 명준은 자신을 따라오는 갈매기 두 마리를 본다. 선장은 그것이 선원을 따라오는 사랑하는 여인의 혼이라는 이야기를 들려주고, 명준은 갈매기가 죽은 은혜와 그녀의 뱃속에 있던 아이의 영혼임을 알게 된다. 통역자의 신분인 그는 홍콩에서 상륙을 요청해 달라는 포로들의 요구를 물리치다가 곤욕을 치른 뒤 배에서 뛰어내려 목숨을 끊는다.

『광장』은 남북의 이데올로기에 대해 일정한 거리를 두고 냉철하게 비판함으로써 분단문학의 선구자적 위치를 차지한다. 이 작품은 1980년대 이후에야 비로소 사회과학과 문학에서 나타나기 시작한 분단 이데올로기에 대한 비판을 20년 이상 앞서서 수행한 것이다. 고뇌하는 인민군 이명준은 이병주의 『지리산』(1985), 조정래의 『태백산맥』(1986), 김원일의 『겨울골짜기』(1987), 이문열의 『영웅시대』(1986)에 나오는, 분단시대를 고통스럽게 살아온 인물들의 선배 격이다.

작가는 이 책이 50년에 걸쳐 6개 판본으로 출간되는 동안 다섯 차례 개작했으며, 특히 1976년 문학과지성사 전집판에서는 한문투를 거의 한글로 바꿈으로써 자신의 작품에 영원한 생명을 주고자 노력했다. 그는 주인공 이명준에 대해 "풍문에 만족하지 않고, 늘 현장에 있으려고 한 친구"라고 깊은 감정을 토로했다. 최인훈은 1936년 함경북도 회령 출생으로 서울대 법학과를 한 학기 남겨 두고 중퇴했으며, 『광장』이 나올 무렵 육군통역장교로 복무하면서 글쓰기에 전념했다. 그는 김은국의 목포고 2년 후배이기도 하다.

격동의 역사를 살아 온 고단한 삶의 주인공들

베이비 붐 세대의 영화

한국의 베이비 붐 세대는 전쟁의 폐허가 수습된 1955년부터 산아제한정책이 발표되기 전인 1963년 사이에 태어난 사람들을 가리킨다. 약 816만 명에 이르는 이들의 은퇴가 시작되면서 베이비 붐 세대는 다시 사회적 주목을 받고 있다. 그 중에서도 '58년 개띠'는 베이비 부머의 대표 주자로 꼽힌다. 숫자로 따지면 1961년생 83만 명에 비해 3만 명이나 적지만 이들이 지니는 상징성은 만만치 않다. 처음 '뺑뺑이'로 고교 입시를 치렀고, 유신독재 말기에 대학 시절을 보냈으며, '넥타이 부대'의 주역으로 민주화를 이끌었다. 마흔에 접어들면서 국제통화기금(IMF) 관리체제의 혹독함을 겪은 이들은 부모 부양과 자식 교육의 틈바구니에서 힘든 노후를 맞게 됐다.

어느 나라를 막론하고 베이비 부머는 현대사의 굴곡을 가장 직접적으로 겪는 동시에, 시대 변화의 최전선에 서 있다. 대개 전쟁 직후에 태어난 이들은 급속한 경제 성장이 가져다줄 장밋빛 미래를 꿈꾸었고 그 결실을 맛보았다. 빈곤한 부모세대와 단절해 대량소비와 대중문화, 고등교육의 세례를 받은 첫 세대로서 이들은 자본주의 이데올로기와 정치적 진보주의를 체득했다. 한편으로는 많은 수의 또래집단 때문에 심한 경쟁 상태에서 살아감으로써 입시·취업·승진·사회보장 등에서 불이익을 겪기도한다. 이런 이유로 지나간 시절을 회고할 때 베이비 부머의 관점은 유독빛난다.

그들에게 남은 건 향수뿐인가

일본영화 〈올웨이즈: 3번가의 석양^{Always}〉(2006, 감독 야마자키 다카시)는 1차 베이비 부머인 단카이(團塊) 세대의 향수를 자극하는데 성공을 거둔 영화이다. 1947~1949년생인 단카이 세대는 일본의 산업화를 이끈 역군들이다. 이들은 부지런히 일해서 세계 제2의 경제대국이란 신화를 창조했으나 거품경제의 몰락으로 고통을 겪었고, 자식세대인 단카이 주니어로부터 '경제적 동물'이란 조소를 듣기도 한다. 그러나 한편으로는 은퇴이후에도 일을 놓지 않고 문화소비의 주체로 나서면서 세대적 자신감을드러낸다. 〈올웨이즈〉는 단카이 세대의 유년기인 1958년 도쿄 변두리 유히 3번가를 배경으로 한다.

허름한 자동차 수리점과 문방구가 마주 보는 좁은 골목. 수리점 '스즈키 자동차'의 사장 아들 잇페이는 "테레비, 테레비"를 외치면서 학교에서

경제대국 신화의 주인공이었지만 거품경제 몰락을 온몸으로 끌어안으면서도 '경제적 동물'이란 조소까지 들어야 했던 일본의 베이비부머, '단카이 세대'를 그린 영화 〈올웨이즈〉의 포스터.

친구들과 함께 집으로 돌아온다. 전파사에 주문한 텔레비전이 오기를 눈 빠지게 기다리지만 주문이 밀려 언제 배달될지 모른다. 그 무렵 교복 차림의 시골소녀 무쓰코(호리키타 마키 분)는 기차를 타고 들뜬 마음으로 도쿄에 도착해 번쩍거리는 고층건물을 보고 자신이 취직할 '스즈키 자동차'가 아닐까 생각한다. 한편, 소년잡지에 공상과학소설을 쓰는 삼류소설가 류노스케(요시오카 히데타카 분)는 문방구를 운영하면서 '순수문학가'로 등단할 날을 꿈꾸며 머리카락을 쥐어뜯는다.

실망감 속에 스즈키 자동차의 수리공이 된 무쓰코는 다혈질인 스즈키 노리부미(쓰쓰미 신이치 분) 사장과 다투면서도 열심히 일한다. 류노스케는 문예지에 응모한 소설이 또 다시 낙선되자 동네 술집에서 고주망태가 되도록 술을 마신다. 댄서 생활을 접고 술집을 차린 히로미는 기생이던 옛날 친구 가즈코의 사생아 아들 준노스케를 맡아서 골머리를 앓던 중에 어리숙한 류노스케에게 아이를 슬쩍 맡긴다. 생판 모르는 류노스케와 어떨결에 문방구에서 살게 된 준노스케는 그가 자신이 탐독하는 소년잡지의 소설가라는 사실을 알고 흥분한다.

드디어 스즈키네 집에 텔레비전이 도착한 날, 동네 잔치가 벌어진다. 텔레비전 앞에 모여 앉은 사람들은 역도산이 레슬링 경기에서 가라테 촙을 날리는 장면을 지켜보면서 환호성을 지른다. 그런데 갑자기 접촉 불량으로 화면이 뚝 끊기고, 흥분한 류노스케가 채널 다이얼을 이리저리 돌리다가 쑥 뽑아내자 난장판이 된다. 그 순간 상한 슈크림 케이크를 몰래 먹은 무쓰코는 배를 움켜쥐고 쓰러진다.

원작 만화 특유의 과장된 동작과 유머가 넘쳐흐르는 이 동네는 당시 일본사회의 축소판이다. '악마'라는 별명의 의사 다쿠마는 배가 아픈 무쓰코를 방문 진료한 뒤 히로미의 술집에 들렀다가 닭꼬치를 사들고 집으로 가던 중 길가에 쓰러져서 아내와 딸과 함께 닭꼬치를 먹는 꿈을 꾼다. 그의 아내와 딸은 전쟁 때 방공호로 가다가 폭격을 맞고 죽었다. 전쟁의 상흔은 "만주 후하성 628부대에 있던 야마타씨를 찾는다"는 라디오 방송에서도 느껴진다. 그런가 하면 담배가게 할머니는 엘비스 프레슬리의 노래를 따라 부르면서 새로 나온 콜라를 마신다.

어느 날 준노스케는 류노스케와 히로미가 엄마 가즈코에 대해 이야기하는 것을 듣고 잇페이와 함께 전차를 타고 엄마를 찾아간다. 그러나 엄마는 밖으로 나오지 않는다. 돌아올 차비가 없는 아이들은 거리를 헤매다가 잇페이의 엄마가 "어려울 때 뜯어보라"며 스웨터 팔꿈치에 꿰매 준 부적에서 돈을 찾아내 집으로 돌아온다. 준노스케를 친아들처럼 사랑하게 된 류노스케는 크리스마스를 맞아 문학적 재능을 보이는 아이에게 만년필을 선물한다. 그리고 히로미에게 무형의 반지를 주면서 청혼한다. 이튿날 히로미는 사라진다. 그녀는 아버지의 병 수발 때문에 빚을 많이 지고 팔려 다니는 신세였다.

둘만 남은 준노스케와 류노스케. 설상가상으로 준노스케의 부자 아버지가 나타나 아이를 찾아가려 하지만 아이의 거부로 실패한다. 스즈키 사장 부부로부터 설 귀향 기차표를 크리스마스 선물로 받은 무쓰코는 자기가 도쿄로 떠나는 것을 반기던 매정한 가족에게 돌아가기를 꺼리다가 자신의 어머니가 스즈키 부인에게 매달 보낸 편지를 보고 뒤늦게 고향으로 가는 열차에 오른다. 무쓰코가 고향으로 가는 날, 그녀는 파리 에펠탑보다 33미터 높은 333미터짜리 도쿄타워의 위용을 보게 된다.

도쿄타워 건립 50주년(2008년)을 앞둔 일본인들에게 향수를 물씬 불러일으킨 이 영화는 동화처럼 아름다운 이야기를 통해 거품경제 몰락 이후 지쳐 있던 일본인, 특히 노년의 그늘에 접어든 단카이 세대를 그리운 어린 시절로 데려갔다. 어느덧 60대가 된 관객들은 어린 준노스케와 잇페이의 시선으로 그 시절을 바라보면서 어른들의 고통에도 아랑곳없이 늘 신나고 새로운 사건이 벌어지던 골목을 떠올리는 것이다.

우연과 착각의 연속인 삶

미국 베이비 부머를 대변하는 영화로는 〈포레스트 검프Forest Gump〉(1994, 감독 로버트 저메키스Robert Lee Zemeckis)를 꼽을 수 있다. 어른이 된 포레스트 검프(톰 행크스Tom Hanks 분)가 아들을 스쿨버스에 태워서 학교에 보낸 뒤 "인생은 초컬릿 상자와 같다. 초컬릿 안에 무엇이 들어 있는지는 아무도 모른다"는 명대사와 함께 들려주는 과거의 이야기는 1950년대로 거슬러 올라간다.

아이큐 75에다 불편한 다리에 보조기구를 낀 어린 포레스트 검프는 아이들의 놀림거리가 된다. 트레일러에서 아버지와 둘이 사는 제니만이 그의 편이다. 검프의 특유한 몸짓은 자기집 하숙생이었던 무명의 엘비스 프레슬리에게 영감을 주어 희한한 춤을 추는 로큰롤 황제를 탄생시킨다. 자신을 괴롭히는 아이들을 피해 달아나다가 달리기의 일인자가 된 검프는 미식축구로 대학에 진학하고 존 F. 케네디John F. Kennedy, 1917~1963 대통령을 만난다. 베트남전에 참전했다가 역시 달리기 덕분에 위험에 빠진 동료를 구출해 전쟁 영웅이 된다. 링컨기념관 앞에서 열린 반전시위에 연사로 초대된 그는 마이크가 꺼져 엉뚱한 연설이 탄로 날 뻔한 위기를 모면한 뒤 첫사랑인 제니(로빈 라이트 펜Robin Wright Penn 분)를 만난다. 포크송 가수를 꿈꾸던 제니는 히피가 돼 있었다.

검프의 행운은 계속 이어진다. 우연히 워터게이트 호텔의 맞은편 호텔에 묵는 바람에 민주당 사무실에 침입한 조직원을 신고하고, 반복학습에 강한 덕분에 탁구 선수가 되면서 오랜 냉전을 종식하는 핑퐁외교의 첨

병이 되어 중국에 원정경기를 다녀온다. 베트남전 당시의 상사와 새우잡이 배를 사들여 돈을 번 뒤 과일회사로 잘못 알고 있던 애플사의 주식을 사서 큰 부자가 됐다가 재산을 모두 기부한다. 어머니가 위독하다는 소식을 듣고 고향으로 돌아온 검프는 제니를 만나서 행복한 시간을 보내지만 제니는 다시 떠난다. 제니를 잃은 슬픔을 달래기 위해 미국 전역을 3년 동안 달린 검프는 텔레비전에 나와 유명인사가 되면서 그녀와 재회한다. 시한부 인생인 제니는 검프에게 아들을 남기고 죽는다.

파란만장했던 미국 현대사를 포레스트 검프의 생애 속에서 우연과 착각의 연속으로 재구성한 이 영화에는 베이비 부머의 삶의 궤적이 압축돼 있다. 20세기 후반의 사회 변혁을 주도한 미국의 베이비 부머는 제

벤치에 우두커니 앉아 우연히 찾아올
또 다른 여정을 기다리는 검프의 삶은
미국 베이비 붐 세대를 대변한다.

2차 세계대전이 끝난 1946년에서 1964년 사이에 태어난 세대를 일컫는
다. 이들의 청춘기였던 1960년대는 인종차별 철폐와 여성권리 신장, 베
트남전 반대, 로큰롤 음악과 마약, 자유연애와 이혼 등 격렬한 변화로 들
끓었다. 그 결과 젊은 시절의 베이비 부머는 진보적인 정치 성향을 보이
지만 1980년대에 유례없이 풍요롭고 안정된 삶이 계속된 데다 9·11테
러의 영향으로 인해 나이가 들어갈수록 보수로 회귀한다. 빌 클린턴^{William}
^{Jefferson Clinton}과 조지 W. 부시^{George Walker Bush} 전 대통령은 베이비 붐이 시작
된 1946년에 나란히 태어났다.

이제 그들이 시대에 묻는다

　한국 베이비 부머의 삶은 어떤 작품에서 찾아볼 수 있을까. 우리 영화
계에서 그리 많지 않은 여성감독인 1960년생 임순례는 자기 세대의 정서
와 경험을 〈와이키키 브라더스〉(2001)에 담았다. 이들이 청소년기를 보낸
1970년대, 유신독재 치하의 정치 상황은 억압적이고 우울했지만 급속도
의 경제 성장과 더불어 대중문화가 발전하고 늘어난 대학생 계층을 중심
으로 청년문화가 꽃을 피웠다. 고등학생 특유의 치기와 낭만을 발산하면
서 "나 어떡해, 너 갑자기 가버리면……"을 부르던 철없는 밴드마스터의
인생사는 꿈과 현실 사이의 영원한 괴리를 대변해준다.
　나이트클럽에서 연주하는 남성 4인조 밴드 '와이키키 브라더스'는
(아마 IMF로 인한) 불경기 때문에 한 곳에 정착하지 못한 채 출장밴드로 전

영화 〈와이키키 브러더스〉의 한 장면. "나 어떡해……"를 힘없이 읊조리는 철없는(?) 밴드마스터들의 꿈(와이키키)과 현실(수안보) 사이의 괴리가 느껴진다.

전한다. 팀의 리더인 성우(이얼 분)는 고등학교를 졸업한 뒤 한 번도 가지 않은 고향 수안보의 와이키키 호텔에 일자리를 얻어 팀원들과 귀향한다. 수안보로 가던 도중에 색소폰 주자 현구(오광록 분)는 밤무대에 대한 희망을 버리고 처자식이 있는 부산으로 내려간다.

수안보에 도착한 성우는 고교시절 밴드를 하며 꿈을 나누던 친구들과 재회한다. 그러나 음악에 대한 순수한 열정을 지녔던 친구들은 이제 생활에 찌든 중년이 됐다. 약국을 하는 민수는 돈이 인생의 목표가 됐고, 시청 건축과에 근무하는 수철은 환경운동가가 된 동창 인기와 시위가 있을 때마다 마찰을 겪으면서 불편한 관계에 놓여 있다. 성우의 스승이던 음악학원장은 알코올 중독자가 돼 출장밴드로 연명한다. 성우의 첫사랑인 인희(오지혜 분)마저 남편과 사별하고 트럭 야채장사를 하면서 억척스레 살아간다.

한편, 여자를 좋아하는 오르간 주자 정석(박원상 분)은 여전히 여자를 꼬드기면서 문제를 일으킨다. 강직한 드러머 강수(황정민 분)는 목욕탕의 때밀이 아가씨에게 연정을 느끼지만 재주가 없어 데이트 한 번 못하던 차에 정석이 때밀이 아가씨에게 접근한 사실을 알게 되자 큰 싸움을 벌이고 급기야 대마초에 손을 댄다. 결국 강수는 밴드를 떠나고, 성우는 급하게 음악학원장을 팀에 합류시킨다. 그럼에도 와이키키 브라더스는 손님들의 호응을 얻지 못한다. 손님들이 열광하는 건 드럼을 배우고 싶어하던 나이트클럽의 웨이터(류승범 분)가 미리 녹음된 테크노 음악에 맞춰 선보이는 현란한 몸짓이다.

"우리들 중에 지 하고 싶은 일 하면서 사는 놈, 너밖에 없잖아. 그렇게 좋아하던 음악 하면서 사니까 행복하냐?" 평범한 공무원 친구 수철은 성우에게 이렇게 묻는다. 철없던 학창시절의 꿈을 좇은 결과는 한없이 허망하기만 하다. 그렇다면, 현실과 타협한 삶은 과연 행복했을까?

〈올웨이즈〉에 나오는 꼬마 준노스케와 잇페이는 '경제적 동물'로 한 시대를 보냈고, 시류에 몸을 맡긴 바보 검프의 삶도 순탄하지 않았다. 그들의 고통과 불행은 오롯이 그들 자신의 책임일까? 이제 그들이 시대에 묻는다.

작 품 과 인 물 찾 아 보 기

ㅈ

명작을 읽을 권리

작품이, 당신의 삶에 말을 걸다

초판 1쇄 발행 | 2011년 8월 29일
초판 4쇄 발행 | 2013년 10월 22일

지은이 | 한윤정
발행인 | 정숙경
기획·편집 | 이원범, 김은숙
표지디자인 | 강선욱
본문디자인 | 김수미
마케팅 | 안오영

펴낸곳 | 어바웃어북 about a book
출판등록 | 2010년 12월 24일 제313-2010-377호
주소 | 서울시 마포구 서교동 394-25 동양한강트레벨 1507호
전화 | (편집팀) 070-4232-6071 (영업팀) 070-4233-6070
팩스 | 02-335-6078

ⓒ 한윤정

ISBN | 978-89-965848-7-2   03800

| 어바웃어북이 출간한 우수 교양 선정 도서 |

거장들의 자화상으로 미술사를 산책하다
자화상展

| 천빈 지음 | 정유희 옮김 | 436쪽 | 20,000원 |

- 한국출판문화산업진흥원 선정 '청소년 권장 도서'
- (사)행복한아침독서 '추천도서'

자화상의 아버지로 불리는 뒤러에서부터 다빈치, 라파엘로, 홀바인, 루벤스, 렘브란트, 고흐, 마네, 뭉크 피카소에 이르기까지 거장 111명의 자화상 200여 점으로 한 권의 책 안에서 전람회를 연다! 독자들은 이 책을 통해 거장들의 인생과 미술사의 흐름을 꿰뚫어 보게 된다.

일상공간을 지배하는 비밀스런 과학원리
시크릿 스페이스

| 서울과학교사모임 지음 | 368쪽 | 16,000원 |

- 교육과학기술부 선정 '우수 과학 도서'
- (사)행복한아침독서 '추천 도서'
- 네이버 '오늘의 책' 선정

과학교육의 최일선에 있는 여덟 명의 교사가 과학의 눈으로 파헤친 물건의 속사정. 나사, 냉장고, 자동차, 3D영화 등 일상생활 속에서 찾을 수 있는 흥미로운 과학원리를 쉽게 풀어낸 이 책은, 교과서 각 단원에 흩어져 있던 낱낱의 개념과 원리를 통합적으로 이해할 수 있게 한다.

별 하나에 낭만, 별 하나에 과학
별 헤는 밤 천문우주 실험실

| 김지현, 김동훈 지음 | 강선욱 그림 | 336쪽 | 20,000원 |

- 한국출판문화산업진흥원 선정 '이 달의 읽을 만한 책'

가장 간단한 실험으로 만나는 가장 심오한 우주! 커피와 우유를 섞는 순간 은하가 탄생하고, 헤어드라이기로 드라이아이스에 바람을 쏘이는 순간 혜성이 나타난다. 베일에 싸인 신비로운 우주를 간단한 실험을 통해 눈앞에 생생하게 펼쳐놓는다.

이성과 감성으로 과학과 예술을 통섭하다
미술관에 간 화학자

| 전창림 지음 | 372쪽 | 18,000원 |

- 과학교육기술부 선정 '우수 과학 도서'
- 한국출판산업문화진흥원 선정 '이 달의 읽을 만한 책'
- 네이버 '오늘의 책' 선정
- (사)행복한아침독서 '추천 도서'

미술은 화학에서 태어나 화학을 먹고사는 예술이다. 미술의 주재료인
물감이 화학물질이기 때문이다. 또 캔버스 위 물감이 세월을 이기지
못해 퇴색하거나 발색하는 것도 모두 화학작용에서 비롯한다.
명화는 화학자 손에 들린 프리즘에 투영되어 그동안 어느 누구에게도
들키지 않았던 흥미진진한 속내를 비로소 드러낸다.

그림에 번진 아이의 상처를 어루만지다
아이의 스케치북

| 김태진 지음 | 332쪽 | 16,000원 |

- 문화체육관광부 선정 '우수 교양 도서'

여기 한 미술교사가 있다. 어린 시절 상처받은 아들이었고, 어른이 되어
상처를 준 아버지이기도 한 그는, 이제 그림으로 아이들의 상처를
어루만진다. 아이들은 그의 미술실로 달려와 감추었던 마음속 이야기를
그림에 펼쳐 놓는다. 그 속에는 부모에게 받은 상처, 친구와의 갈등,
좌절된 꿈에 대한 이야기가 아이들의 일기장처럼 오롯이 담겨 있다.

한자의 부와 획에 담긴 세상을 보는 혜안
아침을 깨우는 한자

| 안재윤, 김고은 지음 | 420쪽 | 14,000원 |

- 문화체육관광부 선정 '우수 교양 도서'

인과(因果), 분배(分配), 집착(執着) 등 일상에서 흔히 사용하는
생활한자에서부터 옥불은하(玉不隱瑕), 화광동진(和光同塵) 등
동양고전에 나오는 주옥같은 옛글에 이르기까지
드넓은 한문의 바다를 종횡무진 횡단하며 한자에 담긴
삶의 이치를 현 세태에 맞춰 재미있게 풀어낸다.